Roswitha Gruber
Ein Hallodri wandelt sich

Roswitha Gruber

Ein Hallodri wandelt sich

rosenheimer

© 2023 Rosenheimer Verlagshaus GmbH & Co. KG, Rosenheim
www.rosenheimer.com

Titelfoto: © Privatarchiv der Familie Garmaier
Lektorat: Christine Rechberger, Rimsting
Satz: Carmen Oberlechner, Rosenheim
Druck und Bindung: GGP Media GmbH, Pößneck
Printed in Germany

ISBN 978-3-475-54957-1

Inhalt

Vorwort 7

Ursula 9

Sepp 29
  's Puppei 29
  Heimliches Rauchen 31
  Der Tod des Königs 32
  Das Feuer 33
  Lungenentzündung 37
  Ohrenschmerzen 38
  Waldhündle 40

Rosina 47
  Der Vollbart 62
  Majestätsbeleidigung 63
  Das Fresspaket 63
  Ein Wildschütz 70

Theres 75

Meines Vaters Kinder 107
  Rosi 107
  Heinrich 115
  Sepp jun. 119
  Gretl 124
  Mein Pflichtjahr 126
  Ludwig 146

Mein weiterer Lebensweg 150
Alois 159
Heiner 170
Anna 174
Maria Liebharda 177

Meines Vaters Enkelkinder 203

Vorwort

Vor 23 Jahren sind wir nach Reit im Winkl gezogen. Eine der ersten Personen, die ich dort kennenlernte, war Resi Zeus. Wir freundeten uns an und trafen uns mit unseren Ehemännern mal bei ihr und mal bei uns. Jedes Mal erzählte sie mir ein bisschen aus ihrem Leben, was für mich höchst interessant war. Im vorigen Jahr fragte ich nun, ob es ihr recht wäre, wenn ich ein Buch über ihre Familie schreibe. Sie war sofort einverstanden. Ab da besuchte ich sie öfters. Sie erzählte, und ich machte eifrig Notizen. Was dabei herausgekommen ist, liegt jetzt vor Ihnen. Nun wünsche ich Ihnen gute Unterhaltung.

Roswitha Gruber

Ursula

Resi Zeus erzählt:
Der Gartner-Bauer Pankraz Fischer, geboren am 10. November 1816, erbte von seinem Vater ein mittelgroßes Anwesen in der Dorfmitte von Reit im Winkl. Am 10. November 1847 vermählte er sich mit der Angerbauertochter Ursula Posch aus dem Ortsteil Entfelden. Ursula brachte zehn Kinder zur Welt, von denen drei bei der Geburt oder kurz danach starben. Über die meisten dieser Kinder ist mir nichts bekannt. Nur über die beiden Töchter Ursula, geboren 1852, und Elisabeth, geboren 1857, habe ich Näheres erfahren.

Ursula, die älteste Tochter, hatte wenig Interesse an der Landwirtschaft. Sie wollte weder als Magd auf dem elterlichen Hof dienen, noch wollte sie auf einen Hochzeiter warten, der ihr Einheirat bot. Gleich nach ihrer Schulentlassung »wanderte« sie aus nach Rosenheim, wo sie Anstellung im Haushalt eines Brauereibesitzers fand. Dort sollte sie als Unterstützung der alten Köchin Alberta arbeiten. Alberta war eine vernünftige Person. Sie ließ ihr Küchenmädchen nicht nur »niedere Dienste« verrichten wie Kartoffelschälen, Gemüseputzen oder Geschirrspülen, sie zog sie auch immer wieder hinzu, wenn sie die Speisen zubereitete. So lernte Ursula von ihr alles, was eine gute Köchin können muss. Als die lang gediente

Küchenfee aus gesundheitlichen Gründen ihre Stelle aufgeben musste, brauchte die Hausfrau nicht lange nach einer Nachfolgerin Ausschau zu halten. Sie hatte beobachtet, dass ihr Küchenmädchen schon genauso gut kochte wie die alte Alberta. Also wurde Ursula die neue Köchin. Damit stieg nicht nur ihr Ansehen bei der übrigen Dienerschaft, sondern auch ihr Einkommen. Zu ihrer Entlastung wurde ihr schon bald ein Küchenmädchen zur Seite gestellt.

Anders als andere Herrschaften in jenen Jahren, kannten der Brauereidirektor und seine Frau keine Standesdünkel. In ihrer Küche wurden für alle Mitarbeiter dieselben Speisen gekocht wie für die Familie. Die Küche war auch groß genug für einen langen Esstisch, an dem alle 15 Personen Platz hatten. Außer dem Hausherrn, seiner Frau und den vier Kindern waren das die fünf Brauereiangestellten, das Hausmädchen, das Kindermädchen, die Köchin und das Küchenmädchen. Sobald Ursula und ihre Gehilfin das Essen aufgetragen hatten, setzten sie sich zu den anderen und speisten in fröhlicher Runde mit.

Da der Brauereibesitzer mit der Produktion bald nicht mehr nachkam, stellte er mit Sepp Hellinger einen jungen Braumeister ein. Schnell erkannte er, dass er mit diesem keinen Fehlgriff getan hatte. Sepp war nicht nur fleißig, er entwickelte auch eigene Ideen und setzte sie um. Nun saßen also 16 Personen am Tisch. Sepp gefiel die junge, hübsche Köchin, die zudem sehr tüchtig zu sein schien, ausnehmend gut. Am Tisch versuchte er immer wieder, mit ihr ins Gespräch zu kommen. Ihr war das nicht unangenehm. Eines Tages, als er einen Moment mit ihr in der Küche allein war, fasste er sich ein Herz und fragte sie, ob sie an ihrem freien Sonntagnachmittag einen Spaziergang mit ihm machen wolle. Er sieht nicht übel aus, dachte sie, und immerhin ist er Braumeister. Also sagte sie frohen Herzens zu.

Er hatte einen Treffplatz gewählt, der so weit von der Brauerei entfernt war, dass niemand von der Familie und den Mitarbeitern sie sehen würde. Während sie durch die Straßen der Stadt schlenderten, erzählte er ihr über seine Herkunft und sie über die ihre. Sie stellten fest, dass sie ähnliche Wurzeln hatten. Er, zwei Jahre älter als sie, war der dritte Sohn eines Bauern mit einem Betrieb mittlerer Größe, unweit von Rosenheim. Genau wie sie hatte er wenig Interesse an der Landwirtschaft gezeigt und war schon früh aus dem Haus gegangen, um eine Lehre in einer Münchner Brauerei zu machen.

Der Spaziergang und die Gespräche hatten beiden so gut gefallen, dass sie beschlossen, das Treffen in 14 Tagen, wenn Ursula wieder ihren freien Nachmittag hatte, zu wiederholen. Diesmal wanderten sie aus der Stadt hinaus und ergingen sich zwischen Wiesen und Feldern. Inzwischen hatte Sepp so viel Zutrauen zu Ursula gewonnen, dass er seine Zukunftspläne vor ihr ausbreitete.

»Hier in der Brauerei kann ich nichts werden«, begann er.

»Wieso?«, fragte die Köchin erstaunt. »Du hast es doch weit gebracht. Immerhin bist du in jungen Jahren schon Braumeister.«

»Ja, schon«, gab er zu. »Aber ich sehe keine weiteren Aufstiegschancen. Bis an mein Lebensende würde ich hier Angestellter bleiben müssen. Das gefällt mir nicht. Ich will weiterkommen. Was mir vorschwebt, wäre eine eigene Brauerei zu besitzen, mein eigener Herr zu sein und Chef über viele Untergebene.«

»Das muss wohl ein schöner Traum bleiben«, meinte seine Begleiterin lächelnd. »Du hast keinen Vater, der dir eine Brauerei vererben kann, und als Angestellter wirst du nie so viel verdienen, dass du eine eigene Firma gründen kannst.«

»Das stimmt. Aber es gibt noch eine andere Möglichkeit«, flüsterte er geheimnisvoll, obwohl niemand in der Nähe war, der das hätte hören können.

»Und die wäre?«

»Seit ich in Lohn und Brot bin, spare ich ziemlich eisern. Sobald ich genug beisammen habe, werde ich nach Amerika auswandern. Man hört immer wieder, Amerika sei das Land der unbegrenzten Möglichkeiten. Dort hat jeder, der arbeiten kann und arbeiten will, eine Chance. In diesem Land will ich mich selbstständig machen.«

»Wie willst du das schaffen, in einem fremden Land, dessen Sprache du noch nicht mal beherrschst, mit dem wenigen Geld, das dir nach der Bezahlung der Überfahrt noch bleibt?«

»In Amerika kann man für ein paar Pfennige Land kaufen. Dort werde ich eine Brauerei bauen und echtes bayerisches Bier brauen. Das wird bei den Amerikanern gut ankommen, und ich werde in kurzer Zeit ein wohlhabender Mann sein.« Ursula hörte sich das alles an, lächelte nachsichtig und dachte: Der spinnt.

Doch bei jedem weiteren Spaziergang sprach er mit einer solchen Begeisterung davon, dass sie erkannte, wie ernst es ihm damit war. Ihre Pläne dagegen sahen ganz anders aus. Sie träumte von einer gemeinsamen Zukunft mit ihm. Denn an ihm passte ihr alles: sein Aussehen, sein Beruf, seine Tüchtigkeit. Mit einem solchen Mann konnte man unbesorgt eine Familie gründen. Das Einzige, was sie an ihm störte, war, dass er so hartnäckig von seinen Auswanderungsplänen sprach. Deshalb protestierte sie eines Tages: »Du kannst nicht einfach auswandern. Du kannst mich doch nicht verlassen, jetzt, wo ich mich in dich verliebt habe.«

»Hast du das wirklich?«, strahlte er sie an. »Sag das noch mal!«

In anderen Worten wiederholte sie lächelnd: »Ich liebe dich.«

»Damit machst du mich zum glücklichsten Menschen der Welt! Ich liebe dich nämlich auch. Von dem Augenblick an, als ich dich zum ersten Mal am Küchenherd sah, dachte ich: Das ist eine Frau, die zu dir passt.«

Gleich darauf sprach er die Worte aus, auf die sie schon lange gewartet hatte: »Willst du mich heiraten?«

Kaum, dass sie ihr Ja gehaucht hatte, riss er sie in die Arme und drückte ihr ein heißes Busserl auf die Lippen. Nun glaubte sie, dass er nach diesem Liebesgeständnis und dem Heiratsantrag gewiss in der Heimat bleiben würde. Zu ihrer Enttäuschung reagierte er jedoch völlig anders, als sie erwartet hatte. Noch bevor sie dazu kam, ihn zu bitten, ihr zuliebe auf die Auswanderung zu verzichten, sprudelte er heraus: »Du brauchst keine Angst zu haben, ich werde dich nicht zurücklassen, wenn ich nach Amerika gehe. Du bist ein fester Teil in meinem Plan. Allein auswandern ist nicht gut. Deshalb war ich schon seit einiger Zeit auf der Suche nach einer Frau, mit der man ein solches Wagnis eingehen kann. In der Küche des Braumeisters habe ich dich lange genug beobachtet, um zu erkennen, dass du tüchtig bist, dass du zupacken kannst und dass du eine Frau bist, mit der man die Welt erobern kann.«

Diese Worte schmeichelten ihr zwar, aber viel lieber hätte sie von ihm gehört, dass er sich mit ihr ein Leben in der Heimat aufbauen wolle. »Ja, willst du denn wirklich nach Amerika auswandern?« Tiefe Enttäuschung schwang in ihrer Stimme mit.

Diese schien er glatt zu überhören. Denn begeistert fuhr er fort: »Auf jeden Fall! Nun weiß ich doch wenigstens, für wen ich das alles auf mich nehme, das unermüdliche Arbeiten, die abenteuerliche Überfahrt und den ungewissen Neubeginn.«

»Aber du weißt ja gar nicht, ob ich mit dir auswandern will. Vor dem fremden Land habe ich Angst und vor der Fahrt über das große Wasser ebenfalls«, wandte sie ein.

»Freilich willst du mit. Du bist couragiert genug für ein solches Abenteuer. Du wirst sehen, in dem neuen Land wird es dir gefallen.«

Darauf antwortete sie nicht. Über seine Worte musste sie erst ausgiebig nachdenken. Das tat sie am Abend in ihrer Kammer. Sie nach Amerika? Das war undenkbar. Von diesem Land wusste sie nicht viel mehr als den Namen und dass schon einige Menschen dorthin ausgewandert waren. Doch das waren alles arme Teufel gewesen, Leute, die hier nicht einmal satt zu essen hatten. Nie hatte sie erfahren, wie es ihnen auf dem fernen Kontinent ergangen war. Niemals hatte sie eine Rückmeldung darüber bekommen, ob sie drüben wirklich ihr Glück gemacht hatten oder ob sie »untergegangen« waren.

Ihr Sepp hatte nicht nur einen Beruf, von dem er eine Familie gut ernähren konnte, es war auch eine angesehene Tätigkeit und zudem krisensicher, denn Bier wurde in Bayern immer getrunken. Nichts zwang ihn also, sich auf ein solches Abenteuer einzulassen. Sie musste versuchen, ihm das auszureden. Sollte ihr das nicht gelingen, würde sie ihn vor die Wahl stellen: Entweder Amerika oder ich! Mit diesem Gedanken schlief sie ein.

Am anderen Morgen, als sie ihn beim Frühstück wiedersah, wurde sie schwankend. Angenommen, er würde sich gegen sie entscheiden, was war dann? Würde sie tatsächlich auf ihn verzichten wollen? Diese Frage stellte sie sich in den folgenden 14 Tagen immer wieder. Von der Familie und der Belegschaft hatte noch niemand mitbekommen, dass sie ein Liebespaar waren, weil sie sich bei Tisch auf jede Weise zurückhielten, kein verliebter Blick, kein privates Wort und erst recht keine zärtliche Berührung. Daher merkte auch niemand etwas von Ursulas inneren Kämpfen. Wie jeden Tag erledigte sie gewissenhaft ihre Arbeiten, die sie etwas von ihrem Herzensproblem ablenkten. Als Sepp sie nach zwei Wochen wieder an ihrem geheimen Treffpunkt abholte, war sie dennoch wild entschlossen, sollte er sich seine »gspinnerte« Idee nicht ausreden lassen, ihn vor die Entscheidung zu stellen.

Auf ihrem Weg Richtung Wald versuchte sie, ihn von seinen Auswanderungsgedanken abzubringen, indem sie ihn mit beredten Worten auf die Gefahren der Überfahrt hinwies, ebenso auf die Unsicherheit, auf die er sich einlassen würde. Dann schilderte sie ihm die Vorteile, die ihm die Heimat bot: »Du behältst dein sicheres Einkommen. Du bleibst in der Nähe von Freunden und Verwandten. Wenn wir beide weiterhin so eifrig sparen, werden wir uns bald ein Häuschen leisten können, mit einem Garten drum herum. In diesem können unsere Kinder glücklich spielen.«

Ihre Ausführungen hörte er sich zunächst kommentarlos an. Dann entgegnete er, ihre Planungen seien lieb und nett, aber dabei würde er immer ein armer Häusler bleiben und sich vorkommen wie ein Adler, dem man die Schwingen gestutzt habe. Er fühle sich zu Größerem berufen und wisse, dass er die Fähigkeit und die Kraft habe, mehr aus seinem Leben zu machen.

Mittlerweile hatten sie den Wald erreicht. Schweren Herzens erkannte Ursula, dass sie ihrem geliebten Sepp selbst mit den besten Argumenten nicht beikommen konnte. Zu ihrem Bedauern sah sie keine andere Möglichkeit, als ihn vor die Wahl zu stellen: Amerika oder ich. Sie holte tief Luft, um den folgenschweren Satz vorzubringen.

Just in dem Moment zog er sie zärtlich in die Arme und bedeckte ihre Wangen, ihre Stirn und ihren Mund mit Küssen. Da spürte sie ihren Widerstand dahinschmelzen. Als er auch noch sagte: »Was bin ich doch für ein Glückspilz, dass der liebe Gott mir eine solche

Frau zur Seite gestellt hat«, verlor ihr Aufbegehren vollends seine Kraft. Sie spürte, dass sie mit jeder Faser an diesem Mann hing, und wollte es nicht riskieren, ihn durch ein Ultimatum zu verlieren. Die Worte, die ihr bereits auf der Zunge lagen, schluckte sie hinunter und sie dachte: Heute und morgen wird er ja noch nicht abreisen – bis es wirklich so weit ist, kann er es sich vielleicht noch anders überlegen.

Nachdem ihre Gedanken diesen Weg eingeschlagen hatten, genoss sie den Waldspaziergang, Sepps Aufmerksamkeit und auch seine weiteren Zärtlichkeiten.

Bis sie sich das nächste Mal trafen, war es November geworden. Der erste Schnee war gefallen, und es war rau und unwirtlich im Freien. Deshalb wartete Sepp mit einem anderen Vorschlag auf: »Wollen wir nicht zu mir gehen?«

»Du traust dich wirklich, mit mir ins Gesindehaus zu gehen?«, fragte sie erstaunt. Über das Thema Wohnen hatten sie bisher nie gesprochen. Sie war der Annahme gewesen, dass er, wie alle Brauereiangestellten, ein Zimmer im Gesindehaus habe. Seit sie als Köchin arbeitete, bewohnte sie ein Zimmer im Haupthaus. Schnell klärte er sie auf: »Nicht, dass du meinst, ich sei hochnäsig, aber für einen Braumeister schickt es sich nicht, mit den Arbeitern auf einer Stufe zu stehen. Da legt schon der Brauereibesitzer großen Wert drauf. Für mich hat er ein kleines möbliertes Zimmer in der Stadt angemietet.«

Neugierig geworden folgte Ursula ihm. Über eine knarrende Treppe führte er sie in den ersten Stock eines Mehrfamilienhauses. Interessiert schaute sie sich um. Was sie sah, gefiel ihr. Das Zimmer war zwar winzig, aber gemütlich. In einer Ecke stand ein Bett, sorgfältig mit einer Tagesdecke verhüllt, daneben ein Nachtkastl. Gegenüber befand sich ein Waschtisch, auf dem eine irdene Schüssel und eine irdene Kanne standen. In einer anderen Ecke gab es einen Ofen mit einer Holzkiste daneben. Im Ofen war noch etwas Glut, und Sepp legte gleich einige Scheite nach, sodass sich bald eine behagliche Wärme verbreitete.

Einen Kleiderschrank gab es nicht, an der Tür befanden sich ein paar Haken, an denen einige Kleidungstücke hingen. Das Fenster zierten weiße spitzenbesetzte Scheibengardinen, rechts und links davon hingen dunkle Vorhänge von undefinierbarer Farbe. Ein kleiner Tisch mit zwei Stühlen ergänzte die Einrichtung. Zunächst nahmen die beiden Verliebten auf den Stühlen Platz. Diese wurde ihnen aber mit der Zeit zu hart. Deshalb schlug der junge Mann vor, sich aufs Bett zu setzen. Er nahm die Tagesdecke ab, faltete sie sorgfältig und legte sie auf einen der Stühle.

Sepp zog seine Braut in die Arme und küsste sie leidenschaftlich. Dabei blieb es jedoch nicht. Als er begann, sie auszukleiden, wehrte sie sich: »Nein, Sepp! Wir müssen vernünftig sein! Ich kann es mir nicht leisten, ein Kind zu bekommen.«

»Das weiß ich. Aber keine Angst, da wird schon nichts passieren. Ich passe auf.« So ließ sie es denn über sich ergehen und biss die Zähne zusammen, als sie einen leichten Schmerz verspürte.

Ängstlich beobachtete sie in den folgenden Tagen ihren Körper und atmete auf, als nach einer Woche ihre Blutung einsetzte. Demnach hatte er Wort gehalten und tatsächlich aufgepasst. Also war sie bei ihrem nächsten Treffen in seinem Zimmer wesentlich entspannter, und es machte ihr sogar Spaß, mit ihm zu verschmelzen. So vergingen der November, der Dezember und der Januar. Die beiden Turteltauben genossen ihre junge Liebe, und vom Auswandern wurde nicht mehr gesprochen. Im Februar aber wartete die junge Köchin vergeblich auf das Einsetzen ihrer Tage. Ach was, versuchte sie sich selbst zu beruhigen, die können schon mal Verspätung haben. Als sie im März erneut ausblieben, sah sie sich genötigt, Sepp davon zu erzählen. Der schien aber keineswegs so entsetzt, wie sie befürchtet hatte. Im Gegenteil, er zeigte sich eher erfreut: »Nun wissen wir beide wenigstens, dass wir nicht unfruchtbar sind.«

Dass seine Verlobte ein Kind erwartete, ließ den jungen Braumeister nicht von seinem Entschluss abbringen – wie seine Braut insgeheim gehofft hatte.

»Und was ist mit Heiraten?«, fragte sie verunsichert.

»Keine Sorge! Freilich heiraten wir und zwar in Amerika. Das Kind soll in diesem Land zur Welt kommen. Dann ist es ein echter amerikanischer Staatsbürger und hat eines Tages sogar die Chance, Präsident zu werden.«

»Du hast den Gedanken ans Auswandern also noch immer nicht aufgegeben?«

»Natürlich nicht! Nun, da ich Familienvater werde, ist mir eine Existenzgründung auf der anderen Seite vom großen Teich noch wichtiger. Sobald die Frühjahrsstürme vorüber sind, werde ich die Überfahrt wagen. Von drüben schreibe ich dir sofort, wenn ich für uns ein angemessenes Zuhause gefunden habe.

Dann kommst du nach, noch bevor die Herbststürme eingesetzt haben.«

Bereits am folgenden Tag kündigte Sepp seine Stelle, und Ursula gestand ihrer Chefin, dass sie ein Kind erwartete. Sie bat darum, noch so lange in ihren Diensten bleiben zu dürfen, bis ihr Verlobter sie nachkommen lasse. Es war ihr nämlich wichtig, noch so viel wie möglich zu verdienen, damit sie in Amerika nicht mit leeren Händen ankommen würde. Die Chefin bedauerte, ihre tüchtige Köchin schon so bald zu verlieren. Als sie aber merkte, wie wild entschlossen Ursula war, wollte sie ihr keine Steine in den Weg legen.

Beim Schreiner gab der verliebte Auswanderer eine Reisekiste in Auftrag und packte Mitte April alles hinein, was für ihn wichtig war: seine Kleidung, seine Papiere, sein Geld und den Schlafsack, den seine Mutter eigens für ihn genäht hatte. Die Kiste beförderte er mit dem Handwagen, den er sich vom Braumeister geliehen hatte, zum Bahnhof. Ursula würde den Wagen wieder zurückbringen, denn selbstverständlich begleitete sie ihren Liebsten zum Bahnsteig, wo sie sich tränenreich von ihm verabschiedete.

»Ah, geh, wein doch nicht, Herzerl. Es ist doch kein Abschied für immer. In ein paar Monaten werden wir wieder beisammen sein und ein glückliches Leben beginnen.«

Während er diese Trostworte sprach, war ihm eigentlich selbst zum Weinen zumute. Schnell bestieg er den Waggon und trat ans Fenster. Schon setzte sich der Zug dampfend und schnaubend in Bewegung. Mit ihrem Taschentuch winkte sie ihm nach, bis er um die Biegung verschwunden war.

Eine gute Woche nach Sepps Abreise schob der Brauereidirektor beim Mittagessen einen Brief neben den Teller seiner Köchin. »Für mich?«, fragte sie ungläubig. Der Chef nickte. »Wenn du die Ursula Fischer bist, dann ist der Brief für dich.«

Noch immer ungläubig drehte sie das Kuvert um. Als Absender war angegeben: Josef Hellinger, zurzeit Hamburg, Auswandererbaracke. Sofort klopfte ihr Herz schneller. Am liebsten hätte sie den Brief gleich aufgeschlitzt. Da sie aber aller Augen neugierig auf sich gerichtet sah, steckte sie ihn in ihre Schürzentasche und tat uninteressiert.

Nach dem Abspülen konnte sie ihn in aller Ruhe lesen.

Hamburg, den 17. April 1877

Liebe Ursula!

Ehe ich an Bord gehe, will ich dir schreiben, wie es mir bisher ergangen ist. Für die Bahnfahrt nach Hamburg habe ich zwei Tage gebraucht. Weil ich einen Frachtsegler nehmen will (das ist die billigste Art, über den Atlantik zu kommen), landete ich in der Auswandererbaracke. Hier warten nicht nur Hunderte Menschen auf eine Passage, sondern auch Ratten, Läuse und Flöhe. Ich bin froh, dass du dies alles nicht mitzuerleben brauchst. Du musst bei deiner Überfahrt unbedingt einen Dampfer wählen. Die Passagiere der Frachtdampfer werden schon während ihrer Wartezeit besser untergebracht. Auch soll es auf den Dampfschiffen wesentlich komfortabler zugehen als auf den Seglern.

Abgesehen davon dauert die Überfahrt mit einem Dampfer nur etwa zwei Wochen, während ich, wie man mir versicherte, mit dem Segler mindestens sechs Wochen auf See sein werde. Sofern keine günstigen Winde wehen, kann es bis zu zehn Wochen dauern, bis wir den Hafen von New York anlaufen. Allerdings kostet die Fahrt mit einem Dampfer auch ein Vielfaches von dem, was ich für meine Passage hinlegen musste. Trotzdem beschwöre ich dich, nimm für deine Überfahrt auf jeden Fall einen Dampfer.

Bis du von mir ein Lebenszeichen aus Amerika bekommst, musst du viel Geduld aufbringen. Denn ein Brief von dort wird ebenfalls sechs bis zehn Wochen unterwegs sein. Bis er bei dir ankommt, kann es bereits Ende September sein. Zu diesem Zeitpunkt scheint mir eine Reise in deinem Zustand nicht ratsam, sonst wird unser Kind womöglich noch auf dem Schiff geboren. Dieser Gedanke bereitet mir Sorgen. Deshalb rate ich dir, solltest du im August die Überfahrt nicht antreten können, warte bis Mitte April im Jahr darauf.

Nun sei gegrüßt, mein geliebtes Herz. Pass gut auf dich und unseren Spatzl auf. Sobald ich New York erreicht habe, werde ich schreiben.

Liebe Grüße und ganz viele Bussis,
Dein Sepp

Über diesen Brief freute sich Ursula sehr und wurde auch etwas ruhiger. Denn seit sie ihren Verlobten zum Bahnhof begleitet hatte, war sie von ihren Gefühlen hin- und hergerissen worden. Einerseits brach es ihr fast das Herz, dass ihr Geliebter nun fern von ihr war und sich auf einer abenteuerlichen Reise befand, andererseits wusste sie es zu schätzen, dass sie noch in der Geborgenheit der Heimat bleiben konnte. Um sich Sepps Worte zu verinnerlichen, las sie seine Zeilen immer wieder mal durch.

Das Einzige, was sie für ihn tun konnte, war, für eine glückliche Überfahrt zu beten. Ansonsten übte sie sich in Geduld. Sie rechnete sich aus, frühestens Ende Juli eine Nachricht von ihm bekommen zu können. Ihre Arbeit half ihr über die schlimmen Stunden hinweg. In ihrer Freizeit häkelte sie winzige Kleidungsstücke aus Wolle: Mützchen, Jäckchen, Schühchen. Ihre Herrin, die ihre Familienplanung abgeschlossen hatte, bot ihr die abgelegte Kindswäsche an, die Ursula dankbar annahm.

Drei Monate waren seit Sepps Abreise nach Hamburg vergangen, und die Köchin wartete jeden Tag sehnsüchtig auf den Postboten. Aber nie hatte er etwas für sie dabei. Woche um Woche verging. Als sich der August seinem Ende näherte, war ihr klar, dass sie mit der Auswanderung bis zum nächsten Frühjahr warten musste.

Ende September, es waren gut fünf Monate seit Sepps Brief aus Hamburg vergangen, ließ der Direktor seine Köchin am Nachmittag durch einen Lehrbuben in sein Kontor rufen. So etwas war noch nie vorgekommen. Was hatte das zu bedeuten? Während sie dem Buben folgte, war ihr sehr beklommen zumute. Beim Eintreten ins Büro erblickte sie eine Kiste, die auf dem Boden neben dem Schreibtisch stand und die sie sofort als das Eigentum ihres geliebten Sepp erkannte. Sie wankte. Hätte ihr Herr sie nicht geistesgegenwärtig aufgefangen, wäre sie zu Boden gesunken.

Fürsorglich setzte er die Bewusstlose auf seinen Sessel und fächelte ihr unbeholfen mit einem Blatt Papier Luft zu. Gleichzeitig befahl er dem Lehrbuben: »Ruf meine Frau. Das ist Weiberkram. Sie kennt sich damit besser aus.«

Als die Frau erschien, schlug Ursula schon wieder die Augen auf und fragte: »Wie bin ich hierhergekommen?« In dem Moment fiel ihr Blick erneut auf die Kiste, und sie brach in Tränen aus. Das machte den Herrn des Hauses noch hilfloser. »Lass sie nur weinen«, sagte seine Frau. »Das löst ihren Schmerz.« Sie hatte nämlich ihrerseits die Kiste erblickt, und ihr war ebenfalls klar, was das zu bedeuten hatte. Zwei Aufkleber fielen ihr ins Auge. Auf dem einen stand: »Josef Hellinger, von Hamburg nach New York«, auf dem anderen: »Von New York nach Hamburg«. Darunter folgte Ursulas Adresse.

Als die Köchin ihre Tränen so weit abgetrocknet hatte, dass sie wieder etwas sehen konnte, zitterte sie aber noch zu sehr, um die Kiste selbst öffnen zu können. Deshalb war sie ihrem Dienstherrn dankbar, dass er das für sie übernahm. Obenauf lag ein Brief von der Reederei:

New York, den 29. Juni 1877

Sehr geehrtes Fräulein Fischer!

Aus den Papieren des Josef Hellinger war zu ersehen, dass Sie die Verlobte sind. Da wir keine andere

Adresse fanden, senden wir Ihnen seine Sachen zu, in der Annahme, dass das so in Ordnung ist. Oben genannter Passagier hatte am 29. April 1877 mit einem unserer Segler die Überfahrt nach New York angetreten. Leider war schon bald auf dem Schiff Typhus ausgebrochen. Dadurch wurde über die Hälfte der Passagiere und ebenfalls ein Großteil der Mannschaft hinweggerafft. Mit großem Bedauern teilen wir Ihnen mit, dass auch Ihr Verlobter darunter war. Wie alle anderen Typhus-Opfer, wurde er direkt auf See bestattet.

Mit vorzüglicher Hochachtung
Müller, in Vertretung für die Reederei

Ursula konnte den Brief nicht in einem Zuge lesen, immer wieder verschwammen die Buchstaben vor ihren Augen. Beim Durchsehen des Kisteninhalts vermisste sie lediglich den Schlafsack. Darin war Sepp vermutlich gestorben, und man hatte ihn gleich in diesem über Bord geworfen. Alles andere war vorhanden. In seinem »guten Anzug« fand sie sogar das eingenähte Geld. Das verwende ich für unser Kind, dachte sie nur und brach erneut in Tränen aus. Ihre Herrin, zum Glück eine einfühlsame Person, führte Ursula in ihre Kammer und packte sie ins Bett. »Du kommst erst wieder runter, wenn du dich besser fühlst.«

In den folgenden Tagen war es nur der Gedanke an ihr Kind, der die Köchin aufrecht hielt. Gewissenhaft ging sie ihrer Arbeit nach, machte sich aber immer wieder Gedanken, was aus ihr und ihrem Kind werden sollte. Nun wurde es in der damaligen Zeit in der dienenden Klasse nicht als Schande angesehen, ein lediges Kind zu haben. Das Problem war nur, wer sollte sich darum kümmern, wenn die Mutter gezwungen war, ihrem Broterwerb nachzugehen?

Die Frau des Braumeisters war es, die nach einigen Tagen die Initiative ergriff: »Nach deinen Angaben habe ich ausgerechnet, dass das Kind Ende Oktober zur Welt kommen wird. Du kannst gerne bei uns in Stellung bleiben, wenn du das Kind anderswo zur Welt bringst und einen Pflegeplatz findest. Mein Vorschlag: Frag doch mal bei deiner Mutter an.«

Noch am selben Tag sandte Ursula ihrer Mutter einen Brief mit der entsprechenden Anfrage. Sie war sehr erleichtert, als nach wenigen Tagen eine positive Antwort eintraf.

Bisher hatte die Köchin Ursula ihr Küchenmädchen immer wieder mal ein einfaches Gericht zubereiten lassen. Nun aber begann sie damit, ihr gezielt das Kochen beizubringen, damit sie in der Lage sein würde, Familie und Belegschaft der Brauerei mit guten Mahlzeiten zu versorgen, während sie in ihrem Elternhaus ihr Kind zur Welt brachte.

Am 19. Oktober veranlasste die Hausherrin ihre Köchin, die Reisetasche zu packen. Sie drängte sie, schon früher nach Hause zu fahren, denn Kinder würden sich nicht immer an den vermeintlichen Termin halten. In den frühen Morgenstunden des folgenden Tages begleitete ein Lehrling Ursula mit einem Handwagen, auf dem ihre Reisetasche und Sepps Kiste lagen, zur Poststation. Dort bestieg sie die Postkutsche, die sie nach Reit im Winkl bringen sollte.

Hatte sich ihre Herrin verrechnet, oder lag es daran, dass die Kutsche sie ordentlich durcheinanderschüttelte auf der holprigen Fahrbahn? Denn gegen Ende der Reise setzten unverkennbar die Wehen ein. An der Zielstation bat sie den Postillion, er möge ihr Gepäck im Gasthof zur Post abstellen. Ihr Vater werde es von dort abholen. Sie selbst schaffte es mit letzter Kraft, ihr Elternhaus, das nicht allzu weit entfernt lag, zu erreichen. Die Mutter gab dem Vater, der sich sogleich mit seinem Handwagen auf den Weg machte, den Auftrag, auf dem Rückweg die Hebamme mitzubringen. Wenig später war sie schon zur Stelle. In den frühen Morgenstunden des 21. Oktober 1877 kam dann ein Bub zur Welt, zwar etwas mager, aber rundum gesund. Zum Andenken an seinen Vater gab ihm die junge Mutter den Namen Sepp. Dieser Sepp sollte mein Vater werden. Demnach war Ursula, seine Mutter, meine Großmutter. Drei Wochen nach seiner Geburt rumpelte Ursula mit der Postkutsche zurück nach Rosenheim.

Einige Jahre später fand sie doch noch ein bescheidenes Glück. Sie heiratete den Bergmann Röpfl und zog mit ihm nach Miesbach, wo er seinen Lebensunterhalt in einem Kohlenbergwerk verdiente. Dort wurde seit 1849 Braunkohle gefördert, die wegen ihres schwarzglänzenden Aussehens auch Pechkohle genannt wurde und einen etwas höheren Heizwert als die übliche Braunkohle hatte. Dieses Werk beschäftigte zeitweilig etwa ein Drittel der Bevölkerung von Miesbach. Im Jahre 1911 musste es leider geschlossen werden, weil sich der Abbau nicht mehr lohnte. Ursulas Ehemann wechselte, wie viele seiner Kumpels, in das Bergwerk nach Hausham. Die Entfernung von fünf Kilometern bedeutete kein Problem, da es mittlerweile eine Bahnverbindung zwischen Miesbach und Hausham gab.

Mit ihrem Ehemann hatte Ursula keine Kinder. Ihm wäre es recht gewesen, wenn sie ihren Sohn zu sich genommen hätte. Sie wollte ihn jedoch nicht aus seinem gewohnten Umfeld reißen. Auch wollte sie es ihrer Mutter nicht antun, ihr den Buben wegzunehmen, da er endlich in dem Alter war, dass er sich nützlich machen konnte. Den Kontakt zu ihrem Sohn behielt sie immer bei, auch wenn es für sie sehr schwierig war. Die siebzig Kilometer zwischen Miesbach und Reit im Winkl waren unter den damaligen Verhältnissen eine beachtliche Entfernung.

Als der Sohn schon mehrfacher Familienvater war und die Mutter die Strapazen einer Reise nicht mehr auf sich nehmen konnte, besuchte er sie immer wieder mal mit dem Radl. Fuhr er per Bus und Bahn hin, nahm er stets eines von uns Kindern mit. Die alte Frau freute sich, wenn sie ein Enkelkind um sich hatte, und ich genoss es sehr, bei dieser sehr lieben Oma zu sein.

Da sie erst 1940, im hohen Alter von 88 Jahren starb, hatte sie mir vorher noch ihre Lebensgeschichte erzählen können.

Sepp

Als der kleine Sepp ein halbes Jahr alt war, gab es im Gartner-Haus erneut Nachwuchs. Tochter Elisabeth, Jahrgang 1857, brachte am 21. Mai 1878 ebenfalls ein lediges Kind zur Welt, nämlich Maria. Elisabeth ging einige Wochen nach der Geburt ihres Kindes aus dem Haus, um sich bei einem Großbauern ihren Lebensunterhalt zu verdienen. So wuchsen Cousin und Cousine unter der Obhut der Großeltern auf. Die beiden jungen Mütter kamen jedoch immer wieder mal nach Hause, um nach ihren Kindern zu sehen. 1881, also drei Jahre nach Marias Geburt, brachte ihre Mutter Elisabeth in ihrem Elternhaus wieder eine ledige Tochter zur Welt, die sie Elisabeth nannte. Dieses Kind starb 1889 mit sechs Jahren an Diphterie.

Sepp muss ein aufgewecktes Kerlchen gewesen sein. Er hatte eine gute Beobachtungsgabe, gepaart mit einem ausgezeichneten Gedächtnis. An den langen Winterabenden erzählte er uns Kindern gerne Erlebnisse aus seiner eigenen Kindheit.

's Puppei

Eine der Geschichten, die ich besonders gern hörte, war die von einem Versehgang. So nannte man es, wenn der Pfarrer einem Schwerkranken die Sterbesakramente brachte, um ihn für seine letzte Reise zu stärken. Zur damaligen Zeit war es bei uns der Brauch, dass der Priester über seiner schwarzen Kleidung einen weißen, mit langen Spitzen besetzten Überwurf trug, genannt Rochett. So war schon von fern zu erkennen, dass er sich auf einem Versehgang befand. Doch damit nicht genug. Damit es jeder Passant wirklich sehen und hören konnte, dass ein Geistlicher zu einem Sterbenden unterwegs war, mussten zwei Ministranten vor ihm hergehen, von denen einer eine Laterne trug mit einer brennenden Kerze darin, und der andere ein Glöcklein, mit dem er ständig läutete. Die Leute am Straßenrand knieten ehrfürchtig nieder, um zu beten. Menschen, die das Läuten im Haus vernahmen, kamen heraus, knieten ebenfalls nieder und beteten für die arme Seele, bis der Pfarrer außer Sichtweite war.

Die heilige Wegzehrung, wie man die Kommunion auch nannte, trug der Pfarrer sorgsam mit beiden Händen. Sie befand sich in einem kleinen goldenen Behälter, eingebettet in eine Hülle aus wertvollem Stoff, der reich mit christlichen Motiven bestickt war und Bursa genannt wurde. Der kleine Sepp, der das zum ersten Mal sah, muss diese für eine Puppe gehalten haben. Eilig lief er auf den geistlichen Herrn zu, zupfte ihn an seinem Gewand und bat: »Gib mir das Puppei.«

»Bist du narrisch word'n?«, fauchte ihn Hochwürden an. »Schleich di!«

Tief enttäuscht rannte der Dreijährige zu seiner Großmutter, wo er Trost suchte. Die Geschichte hat er sein Lebtag nicht vergessen. Ein heutiger Pfarrer hätte ihm wahrscheinlich, statt ihn so barsch anzufahren, erklärt: »Ah, geh, Bub, das ist doch kein Puppei, das ist der liebe Heiland, den muss ich zu einem kranken Menschen tragen.« Das hätte sich das Kind vermutlich auch gemerkt, aber mit positiven Gefühlen.

Heimliches Rauchen

1883 kam Sepp in die Schule und scharte gleich eine Menge Freunde um sich, mit denen er so allerlei anstellte. Es war nur gut, dass seine liebe Großmutter meist nichts davon erfuhr. Als er acht oder neun Jahre alt war, trafen sich die Freunde gerne in einem alten Schützengraben, der sich nicht allzu weit vom Dorf entfernt befand. Der rührte wohl noch von einem Krieg her, den die Bayern gegen die Österreicher ausgefochten hatten. Dieser Graben war ein beliebter Spielplatz für die männliche Dorfjugend. Vor allem nutzten die Schulbuben ihn, um dort heimlich zu rauchen, wenn es einem von ihnen gelungen war, dem Vater oder dem Opa eine Zigarette zu stibitzen. Eines Tages nun stand plötzlich wie ein Rachegott der Lehrer vor den erschrockenen Buben. Mit Donnerstimme verkündete er: »Das wird ein Nachspiel haben! Morgen in der Schule!«

Die kleinen Burschen konnten sich ausmalen, was sie erwarten würde: Der Lehrer würde ihren Allerwertesten mit dem Rohrstock traktieren. Also beratschlagten sie, welche Vorsichtsmaßnahme angebracht wäre.

Bevor sich Sepp am folgenden Morgen auf den Schulweg begab, zog er seine Sonntagshose an und darüber seine Schulhose. Zur Sicherheit stopfte er an seiner Kehrseite ein kleines Sofakissen zwischen die beiden Hosen. Die anderen »Rauchergenossen« waren auf die gleiche Weise ausgestattet, als sie den Schulraum betraten. Der Lehrer, dem sofort auffiel, dass seine Schüler an ihrer rückwärtigen Körperpartie über Nacht stark zugenommen hatten, sah von der angekündigten Bestrafung ab. Die Buben, die glaubten, der Lehrer habe seine Androhung vergessen, fühlten sich sicher und ließen am nächsten Tag die »Polsterung« weg. Darauf hatte der Lehrer nur gewartet. Einen nach dem anderen legte er nun übers Knie und prügelte die armen Sünder.

Der Tod des Königs

Wie wir alle wissen, ertrank der bayerische König Ludwig II. im Jahre 1886 im Starnberger See, der damals noch Würmsee genannt wurde. Sepp war gerade in der dritten Klasse, als der Lehrer diese ungeheuerliche Nachricht verkündete. Den Schüler Sepp beeindruckte das nicht besonders. Als es aber hieß, dass am 19. Juni, am Tag der Beerdigung des Königs, schulfrei sei, entkam ihm ein Jubelschrei. Immer wieder schwärmte er uns Kindern später von dem schulfreien Tag vor.

Echte Trauer aber empfand er noch im selben Jahr, als sein Großvater Pankraz ganz überraschend starb. Das war ein herber Verlust für den Buben. An seinem Opa hatte er sehr gehangen und in ihm einen Vater, einen Lehrmeister und ein Vorbild gesehen. Die Oma bewirtschaftete fortan den Hof mit ihrem ältesten Sohn Pankraz, der 1853 geboren war, allein weiter.

Pankraz, ein kräftiger Bursche, erledigte alle Aufgaben im Stall und auf dem Feld, die man ihm anschaffte. Er war ein gutmütiger netter Kerl, war aber nicht in der Lage, selbst Entscheidungen zu treffen. Deshalb kam er als Hoferbe nicht infrage.

Auch Enkel Sepp wurde auf dem Hof immer mehr eingespannt. Mit der Zeit war aus dem kleinen Lausbuben ein großer Junge geworden, der im Alter von 13 Jahren aus der Schule kam. Von da an musste er sich sein »täglich Brot« bei fremden Leuten erarbeiten. Er wurde Kiahbua beim Moar, einem Bauern mit einem ansehnlichen Hof, der nicht allzu weit entfernt lag. Jeden Pfennig, den Sepp dort verdiente, musste er bei der Großmutter abliefern. Deshalb sicherte sie ihm zu: »Wenn ich mal nicht mehr bin, kriegst du das Sach.«

Ihre Enkelin Maria, also Sepps Cousine, die kurz nach ihm das Licht der Welt erblickt hatte, wurde nicht zum Arbeiten fortgeschickt. In ihr zog sich die Großmutter eine Haushaltshilfe heran.

Das Feuer

In den frühen Morgenstunden des 20. Juni 1891 gellte Sirenengeheul durch das noch schlafende Dorf. Wenig später erschallte in den Straßen der Ruf: »Feuer! Feuer! Es brennt!«

Sepp wurde aus dem Schlaf gerissen, war sofort hellwach und rannte hinaus, wie viele andere Menschen auch. Nicht Neugier war es, welche sie auf die Straßen trieb, sondern die nackte Angst. Man wollte sehen, wo es brannte und ob man sich selbst in Gefahr befand. Schnell entdeckte man, dass beim Tischlerhaus bereits Flammen aus dem Dachstuhl schlugen. Sofort bildeten die Menschen Eimerketten, darunter auch der 13-jährige Sepp, um mit Wasser vom Dorfbrunnen zu löschen. Das in der Werkstatt gelagerte trockene Holz gab dem Feuer reichlich Nahrung und mit den paar Eimern Wasser war dagegen nichts auszurichten. Also bemühten sich die Leute in erster Linie darum, zu verhindern, dass sich das Feuer auf weitere Häuser ausdehnte.

Zum Glück war der Posthalter so geistesgegenwärtig gewesen, sofort zur Poststelle im nächstgelegenen Ort zu morsen, das sieben Kilometer entfernte Kössen in Österreich. Dem Posthalter war nämlich bekannt, dass die dortige Feuerwehr bereits über eine leistungsstarke Spritze verfügte. Obwohl sich die Kössner mit ihrer Feuerspritze schon bald in Bewegung setzten, kam ihre Hilfe für das Tischlerhaus zu spät. Man muss bedenken, dass die Feuerspritze auf einem Wagen stand, der von Pferden gezogen wurde.

Trotz aller Versuche der Dorfbewohner, den Brand einzudämmen, waren Funken zur benachbarten Kirche und auf deren Kirchturm übergesprungen. Deshalb konzentrierte sich die ganze Löschaktion der Nachbarfeuerwehr auf den Kirchturm. Der Dachstuhl war zwar nicht mehr zu retten, doch der gezielte Einsatz verhinderte, dass auch der Rest der Kirche vom Feuer zerstört wurde.

Zwei Jahre lang war Sepp beim Moar beschäftigt, im Sommer als Hütebua auf dorfnahen Wiesen und im

Winter als Stallbua. Danach war er groß und stark genug, um beim Staatsforst als Waldarbeiter anzufangen. Um die Jahrhundertwende lebten acht bis zehn Holzknechte in einer Waldhütte, die sie sich selbst aus Stangen und Baumrinden gebaut hatten und die man Kobel nannte. Das war kein solides Bauwerk, denn nach zwei oder drei Jahren hatte es ausgedient und wurde wieder abgebaut. Der Holzfällertrupp zog in ein anderes Waldgebiet und errichtete dort eine neue Hütte. Im Inneren waren diese Kobel alle gleich und äußerst spärlich eingerichtet. Als Schlafgelegenheit diente jedem Holzknecht ein Sack, den er eigenhändig mit Laub gefüllt hatte. Dazu eine Steppdecke, von Mutter oder Oma grob genäht und mit Schafwolle gefüllt. An den Wänden waren Haken angebracht, an denen nachts ihre Kleidung hing. In einer Ecke befand sich ein grob gezimmertes Regal, auf dem jeder seine Pfanne und seine Lebensmittelvorräte für eine Woche hatte. An Besteck hatte jeder nur einen Löffel, mehr brauchten sie nicht, denn sie aßen zu jeder Mahlzeit nur Mus.

Am Montag verließen die Holzfäller schon in aller Herrgottsfrühe ihr Zuhause, jeder mit einer großen Holzkiste, die er sich selbst zusammengezimmert hatte. An den Schmalseiten befand sich jeweils ein Metallgriff, damit sie sich bequemer tragen ließen. Nur Sepp besaß einen etwas feineren »Koffer«. Es war der, den einst ein Schreiner für seinen Vater gebaut hatte und mit dem dieser über den Atlantik gesegelt war. Trotz der Griffe wäre es für die Männer unmöglich gewesen, ihr Gepäck jeden Montag von ihrem Zuhause bis in den Wald zu schleppen. Deshalb holte bereits gegen 4 Uhr in der Frühe ein Fuhrwerk die Holzknechte nebst ihren Kisten ab und brachte sie bis zum Waldrand. Von da an war es immer noch mühsam genug, die Holzkoffer bergan bis zur Hütte zu transportieren. Drei Mann trugen immer zwei Kisten, bis sie alle vor Ort waren.

In den Kisten brachten sie unter anderem drei runde Spanschachteln in unterschiedlicher Größe mit. In der kleinsten Schachtel befand sich Salz, in der mittleren etwa ein Kilogramm Butterschmalz und in der größten war Mehl. In der Kiste lagen außerdem Ersatzkleidung, ein Leinenhandtuch und vor allem die Steppdecke, Goltern genannt. Mitsamt den leeren Spanschachteln und der Schmutzwäsche wurde sie an jedem Wochenende zu Tal befördert. Die Arbeiter wagten es nicht, die wertvolle Steppdecke im Kobel zu lassen. Wie leicht hätte sich ein Landstreicher ihrer bemächtigen können, oder Mäuse hätten sie anknabbern oder gar ein Nest darin bauen können.

Im Waldkobel lebten die Holzknechte nur von Mitte April bis Mitte Oktober. Sobald der Schnee kam, zogen sie ins Tal nach Seegatterl in die sogenannte Loit- oder Leitstuben, die wesentlich stabiler gebaut war. Vermutlich rührte der Name daher, dass man die Baumstämme, die im Sommer geschlagen und entastet worden waren, im Winter durch Loiten oder Leiten bis in die Nähe der Hütte rutschen ließ.

In der Loitstuben schliefen die Männer komfortabler als im Wald. Hier gab es für jeden eine Pritsche, auf die sie ihren Laubsack legen konnten. Ihre Goltern taten ihnen hier ebenfalls gute Dienste. In der Stube stand ein Herd, auf dem sie nicht nur ihre Mahlzeiten zubereiten konnten, er erwärmte auch den Raum. Während die Holzknechte in den Sommermonaten nur von Montag bis Freitag arbeiteten, wurde im Winter zusätzlich an den Samstagen gearbeitet, sonst hätten sie wegen der früh hereinbrechenden Dunkelheit ihr Pensum nicht geschafft.

Lungenentzündung

Im März und April wurden die an der Loitstube gelagerten Stämme abtransportiert.

Die Arbeiter luden sie auf Pferdefuhrwerke und brachten sie zu verschiedenen Sägewerken und auch nach Traunstein und Bad Reichenhall zu den Salinen. An einem Märztag im Jahre 1894 brannte die Sonne so stark vom Himmel, dass die Holzknechte ihre Hemden ablegten und mit bloßem Oberkörper den Holztransport begleiteten. Da ein kühlender Wind wehte, spürten sie gar nicht, dass ihnen die Sonne den Rücken verbrannte. Bis zum Abend hatten alle einen so mächtigen Sonnenbrand, dass sie nicht mehr auf dem Rücken liegen konnten. Zusätzlich hatte sich der Sepp auch noch eine starke Erkältung zugezogen. Als er anfing zu husten, dachte er sich noch nichts dabei, aber als er Fieber bekam, begab er sich zur Großmutter. Weil das Fieber stark anstieg, ließ sie den Arzt kommen. Der horchte den Buben ab und diagnostizierte eine Lungenentzündung. Zur damaligen Zeit bedeutete eine solche Diagnose gewissermaßen ein Todesurteil. Man konnte ja so gut wie nichts dagegen tun. Das Einzige, was ihr der Doktor empfahl, waren Wadenwickel, damit das Fieber nicht allzu hoch steige. Diese machte die Großmutter auch gewissenhaft. Sie tat aber noch mehr. Tag und Nacht saß sie am Bett des Enkels und flößte ihm warmes Bier ein. Damit erzielte die kluge Oma gleich drei Wirkungen: Das Bier bewahrte den Patienten vor dem Austrocknen, es war Nahrung und es beruhigte, sodass er immer wieder in erholsamen Schlaf fiel.

Als der Doktor dem jungen Mann nach einigen Tagen auf der Straße begegnete, blickte er ihn erstaunt an: »Wie, du lebst noch? Wie hast du das geschafft?«

»Meine Großmutter hat halt die richtige Therapie angewandt.«

»Die musst du mir verraten.«

Das tat der Sepp und der Mediziner murmelte in seinen Bart: »Interessant, interessant, das muss ich mir merken.«

Aufgrund seiner Erfahrung mit der Lungenentzündung hat uns der Vater später immer wieder ermahnt: »Kinder, nehmt euch in Acht vor der Märzensonne, sie ist tückisch!«

Ohrenschmerzen

Obwohl die Loitstube beheizt und besser isoliert war als die Waldhütten, pfiff im Winter an manchen Tagen der Wind ganz schön durch die Ritzen. Da passierte es, dass der Sepp eines Nachts – es war im Jahr nach der Lungenentzündung – mit starken Ohrenschmerzen aufwachte. Sie waren so schlimm, dass er es nicht mehr aushielt und deshalb beschloss, seine Großmutter aufzusuchen. Er stand auf, zog sich an und machte sich auf den Weg zum Gartner-Hof. Die

Schmerzen müssen ihn jedoch so verwirrt haben, dass er vergessen hatte, seine Schuhe anzuziehen. Den ganzen Weg, es waren über sieben Kilometer, legte er auf Strümpfen zurück, auf den dicken Socken, die ihm die Oma aus Schafwolle gestrickt hatte. Da der Schnee hart gefroren war, lief er darüber wie auf Asphalt und bekam noch nicht mal nasse Füße. Völlig erschöpft kam er mitten in der Nacht bei Oma Ursula an. Sie hatte tatsächlich wieder das richtige Rezept für ihn. Sie füllte etwas Öl in Eierschalen und stellte sie zum Erwärmen an den Rand des Herdes. Von diesem Öl tropfte sie ihm direkt aus der Schale immer wieder ins Ohr. Zusätzlich wandte sie auch wieder die innere Medizin an, warmes Bier. Nach einigen Tagen war der Enkel vollständig genesen, ohne dass sie einen Arzt gebraucht hätten.

Im Sommerhalbjahr bereiteten sich die Waldarbeiter ihr Essen im Freien zu. Im Kobel stand kein Herd, und ein offenes Feuer wäre zu gefährlich gewesen. Vor der Hütte hatten sie gleich mehrere kleine Feuerstellen angelegt, damit der Einzelne nicht zu lange warten musste, bis er an der Reihe war. Feldsteine waren so angeordnet worden, dass zwischen ihnen das Feuer brannte und man sein Pfandl darauf stellen konnte.

Man kann sich vorstellen, dass die Männer ein sehr eintöniges Essen hatten, weil es lediglich aus Mehl, Salz und Wasser bestand. Nur das Butterschmalz, in dem das Mus gebraten wurde, verlieh ihm etwas Geschmack und Nährwert. Da es dieses »Miasei« morgens, mittags und abends gab, hing es ihnen bald zum Hals heraus. Deshalb freuten sie sich, wenn im Sommer die Walderdbeeren reif waren, die sie unter das fertige Mus geben konnten. War die Erdbeerzeit um, lieferte der Wald weitere Köstlichkeiten, nämlich Heidelbeeren, Himbeeren und Brombeeren. Wenn die Beerensaison beendet war, brachten sich die Holzfäller von zu Hause Sauerkraut mit, das noch in jedem Haushalt selbst hergestellt wurde. In den ersten Jahren, die Sepp als Holzfäller arbeitete, benutzte er dazu einen Einmachkrug aus Steinzeug, den er mit einem geschliffenen Deckel und zusätzlich mit einer Schweineblase verschloss. Erst später leistete er sich eines von den bunten Einmachgläsern mit Deckel, wie sie erstmalig 1870 auf den Markt kamen.

Statt der Beeren mischten sie also im Winter Sauerkraut unter das Mus. Eigentlich taten sie dies alles nur in der Absicht, den Geschmack ihres Mahles aufzubessern. Sie konnten nicht ahnen, dass sie damit etwas Wichtiges für ihre Gesundheit taten. Über Vitamine und Spurenelemente war in jener Zeit noch nichts bekannt, doch Beeren und Sauerkraut bewahrten sie vor Mangelkrankheiten.

Waldhündle

Eines Tages saßen die Holzknechte wie gewohnt auf Baumstümpfen oder Baumstämmen und löffelten ihr karges Mittagsmahl aus ihrem Pfandl. Wie aus dem Nichts stand da plötzlich ein altes Weiberl in ihrer Mitte. Erst als sie ein freundliches »Grüß Gottle« vernahmen, wurden sie der Alten gewahr. Stumm musterten sie diese von oben bis unten. Ihr strähniges graues Haar, zu einem unordentlichen Zopf geflochten, baumelte hinter ihrem Rücken. Zu ihrem bodenlangen schwarzen Rock, der mehrere bunte Flicken aufwies, trug sie eine Bluse von undefinierbarer Farbe, die aus der Lumpenkiste zu stammen schien. Über der linken Schulter trug sie einen derben Stock, an dem ein Bündel aus rot-weiß-kariertem Stoff hing. Die alte Frau ließ ihrerseits den Blick prüfend von einem zum andern schweifen. Dann fragte sie höflich: »Würde mir einer von euch sein Pfännle leihen? Ich bringe es auch ganz sicher bald zurück.«

Es gab aber noch kein leeres Pfandl, weil alle noch mit Essen beschäftigt waren. Mit vollem Mund fragte einer von ihnen: »Wo kommst denn du so plötzlich her?«

Noch ehe sie darauf antworten konnte, stellte ein anderer fest: »Also vo do bist net, sonst täten wir dich kennen. Außerdem verrät dich deine Sprache. Bei uns heißt das Pfandl und net Pfännle.«

»Aus dem Schwarzwald komme ich«, gab sie freimütig zu.

Vermutlich hatte keiner von ihnen eine Ahnung, wo das genau war. Fritz, ein etwas älterer Kollege, der als Erster mit Essen fertig war, reichte ihr sein Pfännchen: »Da, nimm das meine. Aber bring es mir gewiss zurück.«

Sie versprach es, bedankte sich und zog davon. Auf den ersten Blick hatten die Männer die Frau für über Achtzig gehalten. Aber ihrem flotten Gang nach zu schließen, musste sie wesentlich jünger sein. Nach einer guten halben Stunde war sie tatsächlich zurück und überreichte dem sehr erleichtert wirkenden Fritz sein Koch-Essgeschirr.

Neugierig erkundigte sich der Sepp: »Was hast denn in dem Pfandl gebraten?«

»Waldhündle«, war ihre Antwort.

»Waldhündle?«, fragten fast alle gleichzeitig. »Was ist denn das?«

»Das sind Schnecken«, antwortete das Weiberl ungerührt.

»Schnecken?«, vergewisserte sich einer der Holzfäller. Sie bejahte.

»Pfui Deifi!«, kam es von allen wie aus einem Mund. Dabei verzog jeder angewidert sein Gesicht. Dem armen Fritz, der sein »missbrauchtes« Kochgeschirr noch am Stiel hielt, grauste es dermaßen, dass er es in hohem Bogen ins Dickicht warf. Dafür hatten alle Verständnis. An seiner Stelle hätten sie ebenso reagiert.

Das Weiberl aber schaute verständnislos in die Runde, zuckte mit den Schultern, rief »Ade«, und verschwand. Nun stand der arme Fritz ohne Pfandl da. Für den Rest der Woche brauchte er aber nicht zu hungern, denn unter den Waldarbeitern herrschte eine gute Kameradschaft. Damit er sich weiterhin sein Miasl machen konnte, liehen sie ihm reihum ihre Pfännchen.

In der folgenden Woche brachte er sich von daheim ein anderes mit. Nach seinem alten Pfandl hat er nie mehr gesucht. Vielleicht hatte die Alte das herrenlos gewordene Pfännle an sich genommen, während die Holzknechte bei der Arbeit waren. Falls nicht, liegt es heute noch im Waldesdickicht. Das Weiberl hat jedenfalls nie wieder jemand in der Gegend gesehen.

Während Sepps Zeit als Holzknecht war der Gartner-Hof noch immer sein Zuhause. Am Wochenende wusch ihm die Großmutter seine Wäsche und füllte seine Spanschachteln für die neue Woche auf. Jeden Samstag und Sonntag stellte sie ihm einen ordentlichen Schweinsbraten mit Semmelknödeln und Salat, Sauerkraut oder Blaukraut auf den Tisch, so wie das alle Mütter oder Großmütter der Holzknechte taten. Sie waren der Überzeugung, dass ihnen nur so die Kraft erhalten blieb für die schwere Arbeit unter der Woche.

Leider verstarb Großmutter Ursula 1896, im Alter von 76 Jahren, kurz vor Sepps 21. Geburtstag. Nun sorgte seine Cousine Maria, die ja mit ihm aufgewachsen war, für ihn. Natürlich konnte er nicht erwarten, dass sie das um Gotteslohn tat. Er zahlte ihr ein angemessenes Kostgeld.

Laut Notifikation des Amtsgerichts Traunstein vom 2. September 1898 erbte die 1857 geborene Tochter Elisabeth, also die Mutter von Cousine Maria, das Anwesen, obwohl seine Großmutter es Sepp versprochen hatte. Das grämte ihn jedoch nicht allzu sehr, denn Landwirt hätte er nicht sein mögen. Außerdem sah er ein, dass es Maria, die es von ihrer Mutter erben würde, eher zustand als ihm. Denn sie hatte sich jahrelang auf dem Hof abgerackert.

Maria brachte 1902 ein lediges Kind zur Welt, das sie ebenfalls Maria nannte. Am 5. März 1905 gebar sie sogar ledige Zwillinge. Die kleine Elisabeth starb noch im selben Jahr, fünf Monate später. Ihre Schwester Barbara folgte ihr ein Jahr darauf, nämlich am 7. August 1906. Damit war Marias Maß an Unglück noch nicht voll, im folgenden Jahr ertrank Maria, ihre älteste Tochter, in einem Weiher.

Mit Eduard »Edi« Lengg, einem Holzarbeiter aus Kitzbühel in Tirol, fand sie endlich ein bescheidenes Glück. Sie heiratete ihn 1909 und bewirtschaftete mit ihm den Hof. Er, ein gottesfürchtiger Mann, versah zusätzlich in unserer Kirche das Amt des Mesners. Doch das Glück des jungen Paares sollte nicht lange anhalten. Maria starb 1912 im Kindbett, wenige Stunden nach der Geburt des Sohnes Edi. Sie wurde nur 34 Jahre alt.

Noch um die Jahrhundertwende war der Lohn der Waldarbeiter so niedrig, dass man davon keine Familie hätte ernähren können. Von seinem Lohn konnte ein Holzknecht auch keinerlei Rücklagen machen fürs Alter. War einer nicht mehr in der Lage, seinem anstrengenden und gefährlichen Beruf nachzugehen, stand er buchstäblich auf der Straße. Denn so etwas wie eine Sozialversicherung oder Rente für diesen Berufszweig gab es noch nicht. Mit ein bisschen Glück konnte ein ausgedienter Holzfäller ins Armenhaus der Gemeinde einziehen. Aber nur, wenn er noch in der Lage war, Holz zu hacken oder andere Aufgaben für die Gemeinde zu übernehmen. Konnte er das nicht, blieb dem armen Teufel nichts anderes übrig, als ins »Quartier« zu gehen. Das bedeutete, dass er von Haus zu Haus »weitergereicht« wurde. Jeder Einwohner war nämlich verpflichtet, einen arbeitsunfähigen Mitbürger für einen Tag bis zu drei Wochen zu beherbergen und zu verköstigen – je nach seinen finanziellen Verhältnissen.

In Sepps Jugend wurden die Holzknechte also nicht nur schlecht bezahlt, ihre Arbeit war auch außergewöhnlich hart. Immer zwei Männer schlugen mit ihrer Axt abwechselnd in die Kerbe eines Stammes, bis er umfiel. Um die Jahrhundertwende führte man endlich Wiegesägen ein, dadurch wurde ihr Leben etwas leichter. Finanziell besserte sich die Situation nach 1900 ebenfalls ein wenig. Trotzdem war das dem Sepp Fischer irgendwann alles zu unsicher. Im Alter wollte er nicht auf die Gnade und Barmherzigkeit seiner Mitmenschen angewiesen sein. Da er auch mit dem Gedanken spielte, irgendwann eine Familie zu gründen, hielt er Ausschau nach einem einträglicheren Beruf.

Rosina

Auf der Suche nach einer Ehefrau begann der Sepp, sich unter den Schönen des Landes umzusehen. Dazu kam ihm der Gebirgs-Trachten-Erhaltungs-Verein, kurz GTEV, gerade recht. Dieser war im April 1901 gegründet worden. 22 Mannsbilder, meist junge Burschen, darunter auch er und einige Männer mittleren Alters, hatten sich im Gasthaus zur Post getroffen. Mit viel Begeisterung und großen Erwartungen hatten sie einen Trachtenverein ins Leben gerufen, dem sie den schönen Namen »Dö Koasawinkla« gaben, weil man von Reit im Winkl aus auf den Wilden und den Zahmen Kaiser blickt. Auf die Idee zu dieser Vereinsgründung waren sie gekommen, weil sich bereits in Nachbarorten solche Vereine gebildet hatten. Zum einen erhoffte man sich, durch Veranstaltungen mit Schuhplattln und Dirndldrahn den aufkommenden Fremdenverkehr zu beleben, und zum anderen wollte man Gelegenheiten schaffen, bei denen sich Madln und Buben näher kommen können.

Seit der Vereinsgründung ließ Sepp keinen Tanzabend aus. Mal machte er der einen schöne Augen, mal einer anderen. Mit allen schwang er heftig sein Tanzbein. Aber die Richtige war nicht dabei. Die Bauerntöchter, bei denen im Hintergrund ein Hof winkte, tanzten zwar gerne mit dem feschen Burschen, aber zum Heiraten taugte ihnen der arme Holzknecht nicht. Die Mägde dagegen, die sich für ihn interessiert hätten, waren selbst arm und daher nicht nach seinem Geschmack.

An einem Freitagabend Ende Mai 1903, als er sich auf dem Heimweg befand, erblickte er ein Dirndl, das er noch nie gesehen hatte. Sie hatte eine gute Figur, ein hübsches Gesicht, und ihre braunen Zöpfe waren sauber zu einer Gretlfrisur aufgesteckt. Noch bevor er sie ansprechen konnte, verschwand sie im »Gasthaus Unterwirt«. Wie ein Urlaubsgast sah sie eigentlich nicht aus, sondern eher so, als ob sie dort arbeite.

Um der Sache auf den Grund zu gehen, setzte er sich am Samstagabend in die Gaststube. Wenig später trat eine junge Person an seinen Tisch, um die Bestellung aufzunehmen. Es war aber nicht das Mädchen, das er erwartet hatte. Obwohl er darüber enttäuscht war, bestellte er eine Maß und fragte, ob es im Haus noch eine weitere Bedienung gäbe.

»Nein«, antwortete sie. »Wir haben keine andere. Beim Unterwirt bin ich die einzige.«

»Ach ja? Das wundert mich. Denn gestern Abend sah ich ein Madl hier im Haus verschwinden.« Um der Kellnerin auf die Sprünge zu helfen, beschrieb er das Mädchen.

»Das muss die Rosina gewesen sein, unser Zimmermädchen«, gab sie Auskunft.

Das genügte ihm vorerst. In der Gaststube bestand für ihn also keine Chance, mit ihr anzubandeln. Er sann auf eine andere Gelegenheit.

Am folgenden Tag besuchte er, wie üblich, das Hochamt. Auf der Empore setzte er sich in die erste Reihe, um den vollen Überblick übers Kirchenschiff zu haben. Zu seinem Leidwesen konnte er die Rosina nicht entdecken.

Also begab er sich am Sonntag drauf, obwohl es ihm schwerfiel, in die Frühmesse. Sein frühes Aufstehen wurde belohnt. Die Gesuchte entdeckte er tatsächlich in einer der hinteren Bänke auf der Frauenseite. Kaum dass der Priester nach dem Gottesdienst in der Sakristei verschwunden war, strebte der junge Mann aus der Kirche, um Rosina abzufangen.

»Grüß dich!«, trat er auf sie zu. »Du musst neu im Dorf sein. Ich hab dich noch nie hier gesehen.«

»Das stimmt nicht ganz. Wie mir die Hanni, unsere Bedienung, dich beschrieben hat, musst du in der vorigen Woche nach mir gefragt haben.«

»Donnerwetter!«, lachte er. »Hier bleibt aber auch nichts geheim. Darf ich dich zum Unterwirt begleiten?«

»Für die paar Schritte lohnt es kaum. Wenn du dich aber mit mir unterhalten willst, ich habe heute Nachmittag von 14 bis 17 Uhr frei.«

Das ließ sich der Bursche nicht zweimal sagen. Pünktlich war er zur Stelle. Auf dem ausgiebigen Spaziergang erfuhr er, dass sie drei Jahre jünger war als er und dass sie von einem Bauernhof aus Grünbach stammte. Von den sieben Geschwistern daheim konnte nur der Älteste den Hof erben. Die anderen mussten irgendwo in Stellung gehen, um sich ihren Lebensunterhalt zu verdienen. Rosina hatte auf eine Zeitungsanzeige geantwortet und war am 1. Mai als Zimmermädchen beim Unterwirt gelandet.

Die Verliebten waren bald unzertrennlich. Sie gingen nicht nur an jedem Sonntagnachmittag spazieren, der Bursche nahm das Dirndl auch zu allen Tanzabenden und zum Waldfest des Trachtenvereins mit.

Vergessen waren für ihn alle anderen Mädchen, und erst recht, als ihm die Rosina im folgenden März gestand, dass sie ein Kind erwarte. Spontan machte er ihr einen Heiratsantrag.

Auf diesen reagierte sie folgendermaßen: »Ehe ich Ja sage, muss ich dir ein Geständnis machen: Ich habe einen vierjährigen Buben, den Heinrich. Der lebt zurzeit bei meinen Eltern. Wenn du mich trotzdem willst, sage ich Ja.«

»Freilich«, lachte er. »Ich werde dich mitsamt deinem Buben heiraten.« Sogleich wollte er sie stürmisch in die Arme ziehen.

Sie wehrte ab: »Halt, ich habe noch eine Frage. Wenn wir heiraten, darf ich dann meinen Buben zu mir nehmen?«

»Das darfst du«, zeigte er sich großmütig.

Am liebsten hätten die beiden vom Fleck weg geheiratet. Aber wo sollte die junge Familie wohnen? Beim Unterwirt teilte sich Rosina mit Hanni eine kleine Dachkammer, und Sepp musste froh sein, dass er beim Gartner noch geduldet war. Abgesehen davon, dass sich auf die Schnelle keine Wohnung finden ließ, hätte der junge Mann auch nicht die geforderte Miete zahlen können, da er immer noch keine besser bezahlte Arbeit gefunden hatte. In seiner knapp bemessenen Freizeit suchte er also gleichzeitig nach einer Wohnung und einer neuen Stelle. Eine solche zu finden, war gar nicht so einfach, wenn man keine richtige Ausbildung nachweisen konnte. Die Zeit lief ihnen geradezu davon.

Am 8. Dezember 1904 brachte Rosina ihre Tochter Maria in Grünbach auf dem Hof ihrer Eltern zur Welt. Der kleine Heinrich freute sich über das Schwesterchen. Die Großeltern wären bereit gewesen, auch Rosinas zweites Kind aufzuziehen, damit sie ihrer Arbeit nachgehen konnte. Die junge Mutter bestand aber darauf, ihr Dirndl mitzunehmen nach Reit im Winkl, damit sie und der Kindsvater es öfter sehen konnten. Bereits Wochen vor der Entbindung hatte sie einen geeigneten Pflegeplatz gefunden, nämlich beim Aubauer. Diese Stelle hatte man ihr als zuverlässig empfohlen, denn dort waren schon mehrere Kostkinder zeitweilig betreut worden. So brachte Rosina ihr Kind vier Wochen nach seiner Geburt dorthin. Sie und Sepp holten es regelmäßig ab und fuhren es im geliehenen Kinderwagen spazieren. Das pendelte sich alles so gut ein, dass sich Sepp nicht weiter um eine Wohnung und eine besser bezahlte Anstellung bemühte.

Erst im Jahre 1908, als sich bei seiner Verlobten ein weiteres Kind ankündigte, sah er sich genötigt, die Suche wieder aufzunehmen. Er wollte auch nicht die ganze Woche fern seiner Familie verbringen. Deshalb schnitt er dieses Thema eines Tages beim Mittagsmahl mit seinen Waldkollegen an: »Weiß vielleicht einer von euch, wo man in Reit im Winkl Arbeit findet?«

»Freilich«, antwortete der Karl. »Jeder Großbauer sucht immer wieder mal nach einem Knecht.«

»Nein, danke. Von Kühen und Kuhstall habe ich genug, und da verdient man noch weniger als im Wald. Ich meine eine richtige Arbeit, wo man gut verdient und wo möglicherweise das Können eines Holzknechts gefragt ist.«

Alle zuckten die Schultern und einer neckte ihn: »Ja, wieso willst jetzt du was anderes arbeiten? Ist es dir bei uns nicht mehr gut genug?«

»Ah, geh, das ist es nicht. Aber ich will heiraten und muss eine Familie ernähren können. Vielleicht weiß einer von euch eine Stelle bei einem Zimmerer oder einem Tischler?«

Alle schüttelten die Köpfe und Fritz erklärte: »Wenn ich eine solche Stelle wüsste, würde ich selbst hingehen. Denn das Waldleben fällt mir mit zunehmendem Alter immer schwerer.«

»Du könntest höchstens zu einem Sägmüller gehen«, schlug Theo dem Sepp vor. »Zufällig weiß ich einen, bei dem grad eine Stelle frei geworden ist.«

»Wenn du den meinst, den ich meine, dann kann ich dir nur abraten«, warnte ihn ein anderer.

»Von der Stelle weiß ich auch«, schaltete sich nun der Kaspar ein. »Doch da würde ich nicht mal meinen Feind hinschicken. Bei dem wechseln die Arbeiter ständig und nicht ohne Grund.«

»Und? Kennst du den Grund etwa?«, fragte Sepp aufhorchend.

»Auf Anhieb fallen mir sogar drei Gründe ein. Erstens musst du bei dem wesentlich mehr arbeiten als normal, zweitens ist die Bezahlung schlechter als normal und drittens kriegst weniger zu essen als normal.«

Ein anderer ergänzte: »Ein Leuteschinder ist der. Das sagen alle, die schon mal dort gearbeitet haben.«

Die meisten nickten zustimmend. Da aber niemand einen besseren Vorschlag für den Sepp hatte, meinte dieser optimistisch: »So schlimm wird's schon nicht sein. Ich werde es jedenfalls versuchen.«

»Das kannst machen. Aber komm nachher nicht daher, wir hätten dich ins Messer laufen lassen«, warnte einer der Kollegen.

»Bei dem wirst jedenfalls nicht alt«, prophezeite ihm der Kaspar. »Du wirst noch an uns denken!«

Das tat der Sepp wirklich, und mehr als nur einmal. In diesem Betrieb würde er es wirklich nicht lange aushalten, das merkte er sehr schnell. Bereits nach der ersten Woche begab er sich erneut auf Arbeitssuche. An den Samstagabenden klapperte er ein Sägewerk nach dem anderen ab. In jener Zeit gab es in Reit im Winkl eine ganze Reihe von Sägemühlen. Insgesamt soll es in unserem Dorf mal 26 Sägewerke gegeben haben, von denen heute kein einziges mehr übrig ist. Das letzte hat vor fünf oder sechs Jahren seine Pforten geschlossen. Es ist nicht verwunderlich, dass es bei uns mal so viele Sägemühlen gab, denn nicht nur das eigene Dorf war von reichlich Wald umgeben, sondern auch die Nachbardörfer, bis nach Tirol hinein. Die Waldbesitzer aus Österreich verkauften ihr Holz gerne nach Reit im Winkl oder sie ließen es zumindest dort schneiden. Die Salinen in Bad Reichenhall und Traunstein waren ebenfalls gute Holzabnehmer.

Es dauerte eine Weile, bis Sepp endlich etwas Passendes fand. Wenige Wochen vor der Geburt des zweiten Kindes war es so weit; er bekam eine Stelle in einem der größten Sägewerke des Ortes. In dem neuen Betrieb ging es ihm wirklich gut. Nicht nur die üblichen Arbeitszeiten wurden eingehalten, sein Können wurde auch geachtet. Bei jeder Mahlzeit gab es reichlich, und das Essen war von wesentlich besserer

Qualität. Es gefiel dem Sepp gut, und er sollte letztlich 49 Jahre dort bleiben.

Fast gleichzeitig mit der neuen Stelle fand er auch eine Wohnung im Ortsteil Entfelden, zwar eine bescheidene, aber immerhin, sie hatten eine Bleibe. Nun stand einer Heirat nichts mehr im Wege. So wurde Rosi, ihre zweite Tochter, am 4. Mai 1909 ehelich geboren.

Zwei Wochen später nahm Rosina die vierjährige Tochter Maria und ihren Sohn Heinrich zu sich. Er fügte sich, obwohl er schon fast zehn Jahre alt war, erstaunlich gut in die Familie ein und akzeptierte Sepp sogleich als Papa. Dieser wiederum hatte zu seinem Stiefsohn von Anfang an ein gutes Verhältnis und war ihm ein liebevoller Vater.

Zu Sepps ersten Aufgaben in der Sägemühle gehörte es, die Zähne der großen runden Sägeblätter und die der langen Sägebänder zu feilen, damit sie wieder scharf wurden. Angetrieben wurden die Sägen durch eine Dampfmaschine. Damit diese in Schwung blieb, musste Sepp regelmäßig Holz nachlegen.

Zum Sägewerk gehörte auch eine Landwirtschaft. Zwar hatten die Angestellten mit dem Vieh nichts zu tun, im Sommer aber kommandierte der Chef seine Leute – einschließlich Sepp waren es acht starke Mannsbilder – ab zur Heuernte.

Ein halbes Jahr nach Rosis Geburt fühlte sich Rosina wieder Mutter werden. Mit der Geburt dieses Kindes würde es in der Entfeldner Wohnung entschieden zu eng werden. Über dieses Problem sprach der Sepp mit seinem Chef, der mittlerweile große

Stücke auf ihn hielt und tatsächlich Rat wusste. Er erzählte von einem Kaminkehrer, der aus Reit im Winkl stammte. Durch seine Arbeit in München hatte der so viel verdient, dass er in seinem Heimatdorf ein Wohnhaus für sich und noch ein Zuhaus bauen wollte, das als Alterssicherung vermietet werden sollte. Mit dem Bau hatte er bereits 1909 begonnen.

Im Herbst 1910 war das Zuhaus bezugsfertig, und kurz nach der Geburt von Sepp jun. konnte die Familie einziehen. Sie hatten nun nicht nur wesentlich mehr Platz, sondern auch deutlich mehr Komfort, denn im Haus gab es bereits fließendes Wasser, sodass man nicht mehr jeden Eimer am Brunnen schöpfen und hereinschleppen musste. Sepp war nun jedoch weiter von seiner Arbeitsstelle entfernt. Damit er schneller in der Firma und auch wieder zu Hause war, kaufte er sich 1910 unter großen Entbehrungen ein Fahrrad. Es war von so guter Qualität, dass es uns noch in den Vierzigerjahren gute Dienste tat.

Der Kaminkehrer, der die städtische Lebensart kennengelernt hatte, wollte nicht nur den Reit im Winklern etwas Gutes tun, er wollte auch zusätzlich ein bisschen verdienen. Deshalb ließ er bereits 1912 im Keller des Zuhauses neben der Waschküche zwei öffentliche Bäder einrichten. Die beiden Wannen wurden zentral mit heißem Wasser versorgt durch einen großen Badeofen, der mit Holz beheizt wurde. Jeden Samstag feuerte er in diesem Ofen tüchtig ein, sodass die Badefreudigen kommen konnten. Wie der findige Kaminkehrer erwartet hatte, fanden die Bäder regen Zuspruch. Für ein paar Pfennige konnte man sich in der Badewanne den Dreck der ganzen

Woche abwaschen. Wer sich etwas Besonderes gönnen wollte, bekam für das Draufzahlen von einem weiteren kleinen Betrag einen Badezusatz. Man konnte wählen zwischen Lavendel- und Fichtennadelöl. Das taten meist die Damen, die auch eifrig die Badegelegenheit nutzten.

Am 28. Juli 1914 brach der Erste Weltkrieg aus. Aufgrund der Tatsache, dass Sepp mehrfacher Familienvater war, wurde er vorerst vom Kriegsdienst verschont. Kurz nach Kriegsbeginn überschrieb Sepps Chef seinem Sohn Peter, der etwa gleich alt war wie der Sepp, den Betrieb, damit Peter nicht eingezogen werde. Der Vater hatte ohnehin ein Alter erreicht, in dem er getrost kürzertreten konnte. Als Besitzer der Sägemühle, so der Gedankengang des Seniors, würde sein Sohn unabkömmlich sein. Seine Rechnung ging auf. Peter wurde nicht zu den Waffen gerufen. Der Junior verstand sich gut mit Sepp und war ihm ein angenehmer Chef.

Schon wenige Wochen nach Beginn des Krieges wurden die Arbeiter nicht mehr im Betrieb verköstigt. Das bedeutete, sie mussten ihr tägliches Mittagsmahl von zu Hause kommen lassen. Maria und Rosi brachten abwechselnd ihrem Vater das Essen, Sohn Sepp war noch zu klein dazu. Der Seniorchef, der sich noch immer täglich im Betrieb sehen ließ, achtete streng darauf, dass keines der Kinder die Sägehalle betrat, damit ihm ja nichts passierte.

Anfang März 1915 richtete Sepps Tochter Maria zu Hause einen schönen Gruß von der Lehrerin aus, sie werde am Abend den Eltern einen Besuch abstatten.

Die Mutter erschrak: »Ja, Dirnei, was hast denn angestellt?«

»Aber Mutter«, antwortete Maria entrüstet. »Du weißt doch, dass ich nichts anstelle.«

Der Vater nahm die Sache gelassener: »Wir wollen uns mal anhören, was das Fräulein zu sagen hat.«

Die Familie hatte das Nachtessen beendet, Rosina hatte die beiden Kleinen zu Bett gebracht, und Heinrich war mit Freunden losgezogen. Daher war das Ehepaar Fischer mit Maria allein und konnte sich ungestört mit der Lehrerin unterhalten.

Nach der Begrüßung kam diese gleich zur Sache: »Eure Maria ist ein hochintelligentes Kind. Zudem ist sie äußerst fleißig und brav.«

»Und warum erzählen Sie uns das?«, fragte der Vater mit spöttischem Unterton.

»So eine Begabung sollte man nicht brach liegen lassen. Deshalb rate ich Ihnen, lassen Sie Maria studieren und Lehrerin werden.«

»Dieser Gedanke ist sehr schmeichelhaft für uns und für das Dirndl auch. Aber eine solche Ausbildung kann ich nicht bezahlen.«

Von dieser Aussage ließ sich die Lehrerin nicht beirren: »Das ist genau der Punkt, weshalb ich zu Ihnen gekommen bin. Das Studium der Tochter wird Sie keinen Pfennig kosten.«

Die Eltern wurden hellhörig. »Wie das?«, fragte der Vater mit ungläubiger Miene.

»Nichts kosten?«, kam von der Mutter das Echo. »So etwas gibt es doch nicht.«

»Doch, das gibt es. Ich habe Beziehungen zu den Franziskanerinnen in Dillingen an der Donau. Sie bilden begabte, fleißige Mädchen kostenlos aus. Ich würde mich bei ihnen für Maria verwenden, damit sie in die Schule aufgenommen wird.«

Bei dieser Aussage bekam Maria glänzende Augen. Allein der Gedanke, dass sie mehr lernen dürfte als in der Volksschule geboten wurde, und zusätzlich die Aussicht, eines Tages selbst unterrichten zu dürfen, war eine riesige Freude für sie.

Doch der Vater hatte einen weiteren Einwand: »Wenn die Franziskanerinnen das Dirndl ausbilden, erwarten sie doch gewiss, dass sie anschließend in den Orden eintritt.«

»Freilich würden sie sich darüber freuen. Doch das ist nicht Bedingung«, klärte die Lehrerin sie auf.

Die kleine Gesprächspause, die danach entstand, nutzte die Tochter, um ihre Meinung zu diesem Thema kundzutun: »Wenn ich bei den Franziskanerinnen Lehrerin werden darf, das wäre für mich ein großes Glück. Vor lauter Freude würde ich anschließend freiwillig in den Orden eintreten.«

»Ja, wenn du das so siehst«, wurde der Vater nun zugänglicher, »sieht die Sache freilich anders aus«. Zur Lehrerin gewandt fuhr er fort: »Sie meinen, die ganze Ausbildung und die Unterkunft während all der Jahre würden uns nichts kosten?«

»Das kann ich Ihnen versichern. Für alles kommt der Orden auf, sogar für die Kleidung. Für die Verköstigung müssten Sie allerdings einen kleinen Beitrag zahlen. Das käme Sie billiger, als wenn Sie sie daheim für sie aufbringen müssten. Was an Kosten auf Sie zukäme, wären die Schulbücher, die Ihre Tochter in dieser Zeit braucht.«

»Nun ja, das würden wir hinkriegen.«

Er sah den erwartungsvollen Blick seiner Tochter und ließ sich erweichen: »Also gut, Maria, in Gottes Namen, geh halt nach Dillingen. Wir wollen deiner Zukunft nicht im Wege stehen.«

Ende April 1915 brachte er Maria eigenhändig in das Kloster der Franziskanerinnen. Eine Schwester nahm sie in Empfang, um die angehende Schülerin auf ihr Zimmer zu führen. Der Vater bestand darauf, sie zu begleiten. Er wollte sehen, ob sie gut untergebracht war. Zufrieden mit allem suchte er anschließend das Gespräch mit der Oberin. Eine Weile unterhielt er sich angeregt mit ihr, wobei sie ihm die Schulbücher zeigte, die Maria fürs erste Jahr brauchen würde.

»Und wo bekomme ich die Bücher?«, fragte er besorgt.

»Damit haben Sie kein Problem. Alle Bücher für unsere Schülerinnen bestellen wir gemeinsam. Sie müssen nur den entsprechenden Betrag bezahlen.«

Als die Oberin die Summe nannte, verschlug es ihm für einen Moment die Sprache. So viel Geld für ein paar Bücher! Zum Glück hatte er genug Geld eingesteckt, sodass er seine Buchschulden auf der Stelle begleichen konnte.

Zu Hause berichtete er seiner Frau brühwarm, welches Loch die Schulbücher in seine Kasse gerissen hatten. »Und das sind nur die Bücher fürs erste Jahr«, seufzte er. »Später werden die Kosten noch höher sein, die auf uns zukommen. Ich weiß nicht, wie wir das schaffen sollen.«

»Dann werde ich halt in die Arbeit gehen«, bot Rosina an.

»Und wo, bitteschön, willst arbeiten?«
»Ich werde schon was finden. Jetzt, wo immer mehr Männer in den Krieg ziehen müssen, werden viele Stellen von Frauen besetzt.«
Noch bevor Rosina mit der Suche nach einem geeigneten Arbeitsplatz begonnen hatte, wurde ihr Mann im Juli desselben Jahres zur Musterung einbestellt. Außer mit seiner Frau sprach Sepp darüber mit seinem Juniorchef.
»Ach je«, jammerte dieser. »Schon wieder ein Mann weniger. Du bist nun schon der Dritte, den sie mir abziehen. Wie soll ich da meinen Betrieb am Laufen halten?«
»Hast du schon mal daran gedacht, Frauen einzustellen?«
»Daran gedacht habe ich schon. Aber so schwere Arbeiten können Frauen doch nicht leisten.«
»In deinem Betrieb gibt es auch Tätigkeiten, die Frauen übernehmen könnten. Dann sind die verbliebenen Männer frei für die schweren Arbeiten.«
»Die Idee ist nicht schlecht. Wo soll ich aber Frauen hernehmen?«
»Eine wüsste ich schon, meine Rosina.«
Bereits am 1. August begann sie, zusammen mit zwei weiteren Frauen, in der Sägemühle zu arbeiten. Rosinas Dienst ging nur von 8 bis 12 Uhr. Mit der Betreuung ihrer Kinder während dieser Zeit gab es kein Problem. Rosi besuchte seit dem 1. Mai die Schule, und der kleine Sepp wurde für ein geringes Entgelt von einer Nachbarin mitbetreut.

Wenn die Baumstämme am Sägewerk ankamen, waren sie lediglich entastet. Bevor man sie zu Brettern sägen konnte, mussten sie entrindet werden. Ganz klar, das war Männerarbeit. Das Schälen der Bäume nannte man Schebsen. Das tat man mit einem eigens dafür geschaffenen Werkzeug, dem Schebseisen – eine schmale Eisenplatte mit einem langen Holzstiel daran. Beim Schälen der Bäume entstanden Rindenstreifen. Diese Streifen, Spreisel genannt, wurden von zwei Frauen aufeinandergelegt und an mehreren Stellen mit Draht zusammengebunden. Rosinas Aufgabe war es nun, diese Bündel mit der Kreissäge in ofengerechte Stücke zu sägen. Die Rindenbündel waren ein begehrtes Anmachholz. Die Dorfbewohner konnten sie für wenig Geld erwerben. Auch Rosina machte mit solchem Rindenholz ihren Küchenherd an.

Im September kam bereits Vaters Gestellungsbefehl. Am Tag seines Abmarsches wanderte er, bereits in Uniform und beladen mit seinem Rucksack, über den eine Decke gebunden war, und einer Feldflasche hinauf zur Eckkapelle. Dort wollte er für seine Familie in der Heimat und für sich auf dem Schlachtfeld Gottes Beistand erbitten. Seine Frau und seine beiden Jüngsten begleiteten ihn. So betete die Familie gemeinsam inständig in der Kapelle.

Als der Vater endlich in Richtung Maquartstein aufbrechen wollte, jammerten die Kinder und hängten sich wie Kletten an ihn. Nur mit Mühe gelang es Rosina, sie von ihm loszureißen und nach Hause zu bringen. Dieser Vorfall war dem Familienvater so unangenehm gewesen, dass er nach jedem Heimaturlaub seinen Abmarsch in die Nacht verlegte. Wenn die Kinder schliefen, zog er seine Uniform an, stieg in seine Stiefel, hängte sich sein Gepäck über und schlich aus dem Haus. Am folgenden Morgen oblag der Mutter dann die schwere Aufgabe, die Kinder zu trösten. Sie versprach ihnen, dass bald wieder ein Brief vom Papa ankommen würde. Das konnte sie leicht versprechen, denn von Frankreich aus, wo er eingesetzt war, nahm er sich tatsächlich die Zeit, jeden Tag nach Hause zu schreiben. Darüber freute sich nicht nur seine Frau, sondern seine Kinder ebenfalls. Weil er wusste, dass Rosina den Kindern die Briefe vorlas, bemühte er sich immer um einen kindgerechten Ton. Mal waren seine Briefe kurz, mal schilderte er ausführlich seine Erlebnisse.

Der Vollbart

Wie viele Männer seiner Generation hatte Sepp voller Stolz einen Oberlippenbart getragen, einen sogenannten »Kaiser-Wilhelm-Schnurrbart«. Das übrige Gesicht rasierte er immer sorgfältig, doch der Bart wurde stets sorgsam gepflegt. Im Schützengraben aber blieb den Soldaten weder die Zeit noch die Gelegenheit zum Rasieren. Also sprossen die Barthaare mächtig und bald war jedes Gesicht von einem Vollbart umrahmt. Da erreichte plötzlich die Kunde das Lager, der Feind setze Giftgas ein. Deshalb wurden in aller Eile Gasmasken an die Soldaten verteilt. Gleichzeitig erging die Order: »Die Bärte müssen runter, sonst schließen die Masken nicht richtig ab.«

Diesem Befehl kamen alle Kameraden umgehend nach, nur der Sepp nicht. Mittlerweile war er so stolz auf seinen »Gesichtsschmuck«, dass er nicht mehr darauf verzichten wollte. Beim ersten Giftgas-Alarm setzten alle gewissenhaft ihre Gasmasken auf, schließlich ging es um das eigene Leben. Auch Sepp zog seine Maske an, allerdings kostete es ihn einige Mühe, seinen Bart hineinzuzwängen. Nach dem Angriff hatten alle Kameraden, trotz Maske, leichte Gasschäden davongetragen. Der Sepp aber war der Einzige, der nicht unter einer Gasvergiftung litt.

Majestätsbeleidigung

Eines Tages kam die Nachricht, dass der Kronprinz seinen Besuch angekündigt habe und die Soldaten antreten und Spalier stehen sollten. Was tat der Sepp? Lauthals verkündete er: »Da brauch ich nicht hin, den Schlawiner hab ich schon mal gesehen.«

Wenn eine solche Äußerung in die falschen Ohren gekommen wäre, hätte er einige Tage »Bau« (Arrest) bekommen. Einer seiner Kameraden hatte tatsächlich nichts Besseres zu tun, als den Sepp bei seinem Vorgesetzten zu verpfeifen. Als er das erfuhr, vertraute er seinem engsten Freund an: »Das macht mir nichts aus. Ich sitze doch lieber ein paar Tage im Bau, statt im Schützengraben zu liegen.«

Diesen Gedankengang muss sein Vorgesetzter auch gehabt haben, denn Sepp blieb der Arrest erspart und seine »Majestätsbeleidigung« hatte keinerlei Konsequenzen.

Das Fresspaket

Die armen Soldaten hatten ständig Hunger, denn die Verpflegung wurde – je länger sich der Krieg hinzog –

immer weniger und immer schlechter. Da war es ein willkommener Zusatz, wenn einer in der Einheit ein Fresspaket von zu Hause erhielt. Die Kameradschaft unter den Landsern war so groß, dass man die zusätzlichen Nahrungsmittel teilte. So hatte am Heiligabend der Bauernsohn Vinzenz von zu Hause ein ansehnliches Paket bekommen.

»Zu dumm«, äußerte er, »dass ausgerechnet ich heute in Stellung muss. Wie gerne würde ich den Inhalt des Pakets mit euch verspeisen.«

Nach einem Moment der Stille bot Sepp selbstlos an: »Kein Problem. Ich übernehme heute deinen Dienst.«

Anerkennung von allen Seiten, denn sein Angebot war wirklich großherzig. Nicht nur, dass ihm der Genuss entging, am Inhalt des Paketes teilzuhaben. Während des Dienstes, den er übernahm, bestand – wie bei jedem Einsatz – auch die Gefahr, dass er einen feindlichen Angriff nicht überlebte. Dankbaren Herzens nahm Vinzenz dieses Angebot an. Die Kameraden blickten ihm ebenfalls dankbar nach, als er sich zum Dienstantritt in den Schützengraben begab. Dann machten sie sich mit dem Bauernsohn über dessen Weihnachtspaket her.

Sepp hatte unwahrscheinliches Glück. In seinem Graben blieb in dieser Nacht alles ruhig. Die Geschosse, die er hörte, flogen über ihn hinweg. Sie trafen das Lager, das sich weit hinter der Front befand und wo die Kameraden mit Vinzenz den Inhalt seines Fresspaketes verspeisten. Nicht einer von ihnen hat diese Nacht überlebt – nur Sepp, der in dieser Heiligen Nacht im Schützengraben lag. Zufall oder Fügung?

Im Frühjahr 1916 hatte Rosina auf ihrer Arbeitsstelle ein aufwühlendes Erlebnis. Nachdem ein weiterer Mitarbeiter, kaum dass er das 18. Lebensjahr vollendet hatte, zu den Waffen gerufen worden war, nahm am 1. Mai ein 15-Jähriger seine Stelle ein. Bei seinem Anblick durchfuhr Rosina ein Schreck. Der junge Mann, der sich Alois nannte, sah aus wie die verjüngte Ausgabe ihres Mannes. Während sie sich noch einredete: Ach, Unsinn, das bildest du dir bloß ein, wurde sie von einigen Mitarbeitern angesprochen: »Du, der sieht doch grad aus wie der Sepp.«

Dieser Sache musste sie nachgehen. Zu Beginn der Mittagspause nahm sie Alois beiseite und fragte ihn nach seinen Familienverhältnissen aus. Sie wollte seinen Namen wissen, wer seine Eltern seien, wo er lebe. Bereitwillig gab er Auskunft. Er sei das ledige Kind einer Sennerin aus Österreich und trage den Nachnamen Stockklauser, den Mädchennamen seiner Mutter. Er sei aber nicht bei ihr, sondern bei seiner Tante Anna in Blindau (ein Ortsteil von Reit im Winkl) aufgewachsen. Klopfenden Herzens stellte Rosina die nächste Frage: »Und wer ist dein Vater?«

»Den kenne ich nicht. Meine Mutter weiß nur, dass er Sepp heißt und Bayer ist. In Bayern gibt es aber viele Männer, die Sepp heißen.«

Diese Antwort genügte ihr. »Da hast recht«, murmelte sie nur und begab sich nach Hause. Im nächsten Heimaturlaub ihres Mannes hoffte sie mehr zu erfahren.

An einem Samstag gegen Abend kam er heim. Begeistert sprangen seine Kinder auf ihn zu. Da wollte sie ihm die Wiedersehensfreude nicht verderben durch unangenehme Fragen. Sie geduldete sich bis zum folgenden Morgen und fiel dann mit der Tür ins Haus.

»Warum hast du mir verschwiegen, dass du einen ledigen Buben hast?«

»Einen was?«, fragte er verdattert.

»Du hast ganz richtig gehört, einen ledigen Sohn.«

»Wie kommst jetzt du auf so was?«

»Er arbeitet seit ein paar Tagen bei uns in der Sägemühle.«

»Und der hat behauptet, er sei mein Bub?«

»Nein, das hat er nicht. Er hat nur gesagt, er wisse nicht, wer sein Vater sei.«

»Na also. Das muss ja nicht unbedingt heißen, dass ich das bin«, kam es erleichtert aus Sepps Mund.

»Dann komm morgen zum Beginn der Mittagspause in den Betrieb und schau ihn dir an. Dann glaubst du, du würdest in einen Spiegel schauen.«

Sepp war tatsächlich pünktlich zur Stelle, jedoch mit einem beklommenen Gefühl und wild entschlossen, alles abzustreiten. Als er seinem Ebenbild so plötzlich gegenüberstand, wurde er doch so neugierig, dass er Näheres wissen wollte. Er entfernte sich mit dem jungen Mann und seiner Frau so weit von den Kollegen, dass sie nichts mitbekommen konnten.

»Wie heißt deine Mutter?«, wollte er als Erstes wissen.

»Maria Döllerer.«

»Ist das ihr Mädchenname?«

»Nein, der ist Stockklauser.« Rosina schien es, dass Sepp bei Nennung dieses Namens etwas blasser wurde. »Meine Mutter ist mit einem Döllerer verheiratet.«

»Ist sie Sennerin?«

»Sie war Sennerin, bis sie 1907 heiratete.«
»Wo war sie daheim?«
»In Unken.«
Aufseufzend bekannte der Sepp: »Dann scheinst du tatsächlich mein Bub zu sein.«
Der Alois, der sich über die sonderbaren Fragen des Fremden schon gewundert hatte, begriff nun: »Dann bist du mein Vater. Die Mutter wird Augen machen, wenn ich ihr erzähle, dass ich dich gefunden habe.«
Rosina, die bei dem ganzen »Verhör« stumm dabeigestanden hatte, war ziemlich erleichtert. Demnach hatte ihr Mann ihr den ledigen Sohn nicht unterschlagen, sondern er hatte selbst erst jetzt von seiner Existenz erfahren. Also hing der Haussegen wieder gerade.
Im November 1918, unmittelbar nach Kriegsende, kam Sepp nach Hause. Sein erster Weg führte ihn zur Eckkapelle. Dort dankte er Gott aus tiefstem Herzen dafür, dass er den Krieg unversehrt überstanden hatte. Zu Hause wurde er von der Ehefrau und seinen Kindern umjubelt. Er wurde nicht müde, ihnen zu versichern, er müsse einen guten Schutzengel gehabt haben, dass er unbeschadet aus dem Krieg zurückgekehrt sei.
In der Sägemühle wurde er wieder mit offenen Armen aufgenommen. Es dauerte nicht lange, da stieg er auf zur rechten Hand des Chefs. Nicht nur, dass er beim Sägen äußerst großes Geschick zeigte, er verstand es auch, die jungen Mitarbeiter gewissenhaft anzulernen. Deshalb wurde aus dem Säger bald der Obersäger. Das brachte ihm nicht nur höheres Ansehen, es machte sich auch in seinem Geldbeutel bemerkbar, sodass Rosina es nicht mehr nötig hatte, für

die Schulbücher ihrer Tochter Maria zu arbeiten. Sie war froh, nur noch Hausfrau zu sein, denn es zeigten sich erste gesundheitliche Probleme.

Bald fühlte sie sich so schwach, dass sie dankbar war, als Tochter Rosi im April 1922 der Schule entwachsen war und ihr im Haushalt so manche Arbeit abnehmen konnte. Vor allem übernahm Rosi ab sofort das mühselige Waschen. In der Waschküche, die sich im Keller unter ihrer Wohnung befand, war ja nicht nur in dem dampfigen Raum die heiße Wäsche aus dem Waschkessel zu fischen und mehrmals in kaltem Wasser zu schwenken, es waren auch viele Wäscheteile darunter, die mit der Wurzelbürste geschrubbt werden mussten, so die Leinenhemden der männlichen Familienmitglieder. Auch die Leintücher bekam man nur durch eifriges Bürsten sauber, denn die Bettwäsche wurde nicht häufig gewechselt. Das Bügeln war ebenfalls äußerst anstrengend mit dem schweren Bügeleisen, in das man glühende Kohlen legte. Alles musste von Hand gebügelt werden, auch die Bettwäsche. Besonders mühsam war es, die weißen Leinenhemden so glatt zu kriegen, dass sich die Männer darin wieder sehen lassen konnten. Mit der Zeit musste die Tochter immer mehr Aufgaben der Mutter übernehmen.

In der Firma gab es ebenfalls Veränderungen. Einige der Mitarbeiter waren nicht aus dem Krieg zurückgekehrt, junge Leute nahmen ihre Stellen ein. Außer Sepps ledigem Sohn Alois arbeitete auch Heinrich, sein Stiefsohn, seit seiner Schulentlassung dort. Im Mai 1924 trat zusätzlich Sepp jun., der eheliche Sohn von Sepp sen., in die Firma ein, sodass es schon ein halber »Familienbetrieb« war. Einer der neuen Mitarbeiter war Thomas, ein Gütlerssohn, von allen liebevoll Thomei genannt.

Im April 1925 erreichte ein Brief aus Dillingen die Familie Fischer. Er enthielt die erfreuliche Nachricht, dass Maria ihr Lehrerinnen-Examen mit Auszeichnung bestanden hatte und in Kürze ihre erste Stelle antreten werde, und zwar in der Volksschule zu Lauingen. Ab sofort brauchten die Eltern nichts mehr für Schulbücher zu zahlen. Gleichzeitig mit dieser Neuigkeit sandte Maria ihnen die Einladung zu ihrer feierlichen Einkleidung.

Mutter Rosina ging es zu der Zeit sehr schlecht – sie war stets müde und matt und klagte häufig über Bauchschmerzen, sodass sie nicht mitfahren konnte. Also machte sich Vater Sepp allein auf den Weg nach Dillingen. Nach seiner Rückkehr berichtete er seiner Frau ausführlich über die Feierlichkeiten. Er betonte, wie stolz er gewesen sei, als man seiner Tochter neben weiteren Kandidatinnen das weiße Ordensgewand angelegt hatte, wie sie ihre Gelübde gesprochen und wie sie den Ordensnamen Liebharda bekommen hatte. Allerdings berichtete er auch, dass es ihm in der Seele wehgetan habe, als man ihr die langen, dicken Zöpfe abgeschnitten hatte. Zum Schluss beschrieb er das festliche Essen, das zu Ehren der neuen Schwestern gegeben worden war und an dem die Angehörigen hatten teilnehmen dürfen. Mutter Rosina, die jahrelang geschuftet hatte, um das Büchergeld für ihre Tochter aufzubringen, tat es unendlich leid, dass sie an deren Ehrentag nicht hatte dabei sein können.

Ein Wildschütz

Der Säger Thomei zeigte sich von der besten Seite und war bei allen beliebt. Auch der Obersäger mochte ihn gern. Am Sonntag, dem 7. November 1926, erreichte diesen jedoch nach dem Hochamt eine erschütternde Nachricht: Thomei sei beim Wildern erschossen worden. Sogleich trommelte der Fischer Sepp einige Mitarbeiter zusammen und stieg mit ihnen auf zur Brachspitz, dem »Tatort«. Sie schlugen einige junge Bäume und zimmerten eine Bahre. Darauf legten sie den toten Kameraden und trugen ihn zu Tal, was wegen des unebenen Geländes sehr mühsam war. Vom Tal aus wollten sie ihn hinauf zu seinen Eltern bringen, die im etwa zweieinhalb Kilometer entfernten »Schneiderhäusl« wohnten. Es war nämlich der Brauch, dass Verstorbene bis zum Begräbnis zu Hause aufgebahrt wurden, damit die Angehörigen, die Freunde und Nachbarn Abschied nehmen konnten. Der traurige Zug hatte die Dorfmitte noch nicht verlassen, da wurde er von zwei Gendarmen gestoppt.

»Halt! Umkehren! Die Leiche muss ins Leichenhaus. Dort muss sie untersucht werden.«

Nach drei Tagen war die Untersuchung abgeschlossen und der tote Wilderer konnte im Familiengrab beigesetzt werden. Unter großer Anteilnahme der Bevölkerung wurde er zu Grabe getragen. Zu ihrem großen Bedauern konnte Rosina – sie hatte Thomei sehr gemocht – nicht an seiner Beerdigung teilnehmen. Mittlerweile ging es ihr so schlecht, dass sie das Bett nicht mehr verlassen konnte.

Neben den Dorfbewohnern waren auch zahlreiche schwarz vermummte Gestalten auf dem Friedhof erschienen. Aus der ganzen Umgebung waren sie gekommen, zu Fuß, zu Pferd oder per Kutsche. Es hatte sich nämlich wie ein Lauffeuer herumgesprochen, dass ein junger Wilddieb durch die Hand eines Jagdaufsehers gefallen war. Man vermutete, dass die Vermummten alles Wilderer waren, die einem der Ihren das letzte Geleit geben wollten. Als der Sarg in die Erde gesenkt wurde, schossen sie wie verrückt Salut, und kurz darauf waren alle verschwunden.

Die Geschichte hatte natürlich ein gerichtliches Nachspiel. Dort wurden verschiedene Fassungen über den Verlauf dieses tragischen Ereignisses vorgebracht. Den Hans, Thomeis älteren Bruder, auf dessen Konto so manches gewilderte Tier ging, hatten die Jagdaufseher schon lange auf dem Kieker. Sie erwischten ihn aber nie und konnten ihm zu ihrem Bedauern auch nie etwas nachweisen. An dem bewussten Sonntagmorgen, an dem das Leben des jungen Thomas so plötzlich ausgelöscht wurde, hatte sich sein Bruder gedacht, er könne ungestört auf die verbotene Pirsch gehen, weil alle Jagdaufseher in der Kirche seien. Zu seinem Pech konnte der zuständige Aufseher jedoch den Gedankengang eines Wilddiebs nachvollziehen: Heute kann ich diesen Burschen endlich erwischen, der denkt bestimmt, ich sei in der Kirche. Zusätzlich hatte er noch den richtigen Riecher fürs Revier.

Zur Sicherheit hatte er zwei Polizeibeamte mitgenommen. Die drei Männer steuerten geradewegs auf die Brachspitz zu, wo tatsächlich der erfahrene Wilderer auf Beute lauerte. Was sie nicht wissen konnten:

An diesem Tag war Thomei das erste Mal dabei. Später waren darüber zwei Versionen in Umlauf, wieso der Jüngere mit im Wald gewesen sei. Im Nachhinein war nicht mehr festzustellen, wer mehr erschrocken war, als sie sich plötzlich gegenüberstanden – die drei Gesetzeshüter oder das wildernde Brüderpaar.

Bei Gericht gab es dann unterschiedliche Aussagen. Der Wildhüter erklärte, auf seinen Zuruf: »Halt, oder ich schieße!«, habe der ältere der Brüder das Gewehr auf ihn angelegt. Deshalb habe er in Notwehr zwei Schüsse abgegeben. Unglücklicherweise habe einer davon den Jüngeren tödlich getroffen.

Hans behauptete, auf den Zuruf: »Hände hoch, oder ich schieße!«, habe Thomei brav die Hände hochgehoben. Er aber, der den Gesetzeshütern nicht traute, habe spontan die Flucht ergriffen und sei Richtung Tirol gerannt. Deshalb habe ihn nur ein Streifschuss am Kopf erwischt.

Die beiden Gendarmen waren als Zeugen völlig unbrauchbar. Angeblich hatten sie weder etwas gehört noch gesehen. Das Ende vom Lied war, dass Hans eine 14-monatige Haftstrafe absitzen musste. Zu seiner Rechtfertigung erzählte er später im Dorf, es tue ihm furchtbar leid, was passiert war. Dies sei das erste Mal gewesen, dass sein Bruder ihn beim Wildern begleitet habe. Er habe ihn gar nicht mitnehmen wollen, der Jüngere habe aber so lange gebettelt, bis er sich erweichen ließ. Von Sepp, meinem Vater, der bereits einige Jahre mit Thomei zusammengearbeitet hatte, habe ich eine andere Version vernommen. Die Interessen des jungen Gütlersohns lagen ganz woanders. Er, der sehr musikalisch war, liebte es, in seiner

Freizeit Musik zu machen. An der Jägerei und erst recht an der illegalen lag ihm nichts. Noch einige Tage vor dem Unglück habe Thomei ihm erzählt, sein Bruder rede immer wieder auf ihn ein, er solle mit in den Wald gehen, weil er ihn anlernen wolle. Deshalb werde er ihm den Gefallen tun, ihn am kommenden Sonntag auf seinem Pirschgang zu begleiten.

»Aber nur das eine Mal«, hatte der junge Säger versichert.

Unmittelbar nach diesem »Jagdunfall« war der Jagdaufseher aus unserem Dorf verschwunden. Man munkelte, er sei auf eigenen Antrag versetzt worden. Andere behaupteten, die Behörde habe ihn versetzt, damit sich die Gemüter im Dorf nicht noch mehr gegen ihn erhitzten.

Fünf Monate nach der Beisetzung des jungen Wilderers, der sein Leben auf so tragische Weise verloren hatte, gab es wieder eine große Beerdigung in Reit im Winkl. Am 12. April 1927 hatte Rosina ihre Augen für immer geschlossen. Im Alter von nur 47 Jahren war sie ihrem Leiden erlegen: Unterleibskrebs. Viele waren gekommen, um ihr das letzte Geleit zu geben. Die Dorfbewohner sowieso, denn sie war bekannt und beliebt gewesen. Aber auch viele Freunde von außerhalb und alle Verwandten waren von nah und fern herbeigeeilt. Die Einzige, die nicht am Grab stehen konnte, war ihre Tochter Maria Liebharda. Die Oberin hatte ihr nicht erlaubt, zum Begräbnis der Mutter zu fahren. Das schmerzte die junge Ordensschwester sehr. Dass sie in den Orden eingetreten war, bereute sie nicht, aber sie bedauerte im Nachhinein, dass sie diesen Schritt etwas zu früh getan hatte.

»Hätte ich geahnt, wie schlecht es um meine Mutter steht, wäre ich erst nach ihrem Tod in den Orden eingetreten. Dann hätte mir niemand verbieten können, an ihrer Beerdigung teilzunehmen. Der Orden wäre mir nicht davongelaufen.«

Für Sepp, Rosinas Ehemann, war ihr Tod ein schwerer Schlag. Gramgebeugt erklärte er nach dem Begräbnis, als man sich in einem Wirtshaus zum Mahl versammelt hatte: »Ich heirate nie wieder.«

Seine Mutter Ursula war es dann, welche die bedeutsamen Worte sprach: »Du heiratest wieder. Du bist kein Mensch, der ohne eine Frau leben kann.«

Der Kinder wegen hätte Sepp wirklich nicht wieder heiraten müssen. Maria, seine Älteste, war in ihrer klösterlichen Gemeinschaft gut untergebracht, und Rosi, seine Zweite, die seit vier Jahren gewissermaßen die Mutter vertreten hatte, hätte dies auch weiterhin tun können. Sie wollte aber ihr eigenes Leben führen und endlich Geld verdienen. Sie sah nicht ein, dass sie dem Vater und dem Bruder den Haushalt weiterhin für Gotteslohn führen sollte. Angestrengt sann sie darüber nach, wie sie ihrem Vater möglichst bald zu einer neuen Ehefrau verhelfen könnte. Dabei kamen ihr der Zufall und ihre Freundin Dora zu Hilfe. So fand sie in Theres Schneider bald eine passende Kandidatin.

Theres

Theres war das zehnte Kind, das Martina zur Welt brachte, aber sie war nur das neunte Kind ihres Vaters. Martina, geboren 1867, brachte, als sie den Großbauern Peter Schneider im Jahre 1887 heiratete, eine zweijährige Tochter mit in die Ehe, Katharina. Peter wurde der Stieftochter ein liebevoller Vater.

Doch als am 8. August 1888 ein Stammhalter in der Wiege lag, der den Namen Ludwig bekam, kannte seine Freude keine Grenzen. Mit seinen Freunden und den Bauern der Nachbarhöfe konnte er das Ereignis am Stammtisch nicht ausgiebig genug feiern und gab Runde um Runde aus. Doch bald holte ihn der Alltag wieder ein, und die Arbeit rief. Wie das damals üblich war, kam seine Frau jedes Jahr ins Kindbett. Sohn Peter wurde 1889 geboren, Amalia 1890 und Elisabeth 1891. Wenige Monate nach deren Geburt wütete die Diphterie im Ort und raffte die drei jüngsten Kinder dahin. Nur Ludwig und Katharina überlebten die Seuche, vermutlich, weil sie schon älter und widerstandsfähiger waren. Natürlich betrauerte und beweinte Martina ihre Kinder, die sie nur kurze Zeit hatte haben dürfen. Doch nach eigenem Bekunden schmerzte sie der Verlust von Amalia am meisten, weil sie ein gar so hübsches Kind gewesen war. Es hatte die dunkelbraunen Augen ihres Vaters gehabt und dazu blonde Locken. Nachdem der Tod in seinem Haus reiche Ernte gehalten hatte, war Bauer Peter dem Himmel sehr dankbar, dass er seinen Ältesten hatte behalten dürfen.

Im Mai 1892 gab es bereits Trost für die Familie, eine kleine Marie lag in der Wiege. Im Jahr darauf folgte ein neuer Peter und noch ein Jahr später eine Liesl. Doch kaum, dass dieses Kind ein Jahr alt war, übergaben sie das Mädchen den Nachbarn. Noch heute ist es mir unverständlich, dass Martina dies übers Herz gebracht hat. Aus materieller Not kann es nicht gewesen sein, denn zu der Zeit ging es der Familie finanziell noch ausgezeichnet. Möglicherweise hatten sie dieses Kind den Nachbarn überlassen, weil die gar so inständig darum gebeten hatten. Diese hatten bereits eine Tochter von drei Jahren, die Agnes. Nach deren Geburt hatte sich herausgestellt, dass die Frau keine Kinder mehr bekommen würde.

»Du aber wirst gewiss weitere Kinder bekommen«, redeten sie Martina gut zu. »Da kommt es doch auf eines mehr oder weniger nicht an.«

Man gab der Familie also die Liesl. Sie wurde nie adoptiert, blieb aber bis zu ihrem Lebensende bei ihnen. Als die beiden Mädchen herangewachsen waren, war die Aufgabenverteilung ganz klar. Liesl lernte kochen und führte den Haushalt, während Agnes die Arbeiten auf dem Feld und im Stall übernahm. Agnes war es, die eines Tages heiratete und den Hof erbte, als ihre Eltern gestorben waren. Sie bekam einige Kinder, und Liesl blieb die fürsorgliche Tante. Sie führte weiterhin den Haushalt und versorgte die Kinder. Dennoch wusste sie immer, dass sie eigentlich in die Schneiderfamilie gehörte und brach den Kontakt zu ihren Geschwistern nie ab. Doch sie fühlte sich in ihrer Rolle als »zweite Tochter« des Nachbarbauern sehr wohl und war mit ihrem Leben zufrieden.

Die Nachbarin hatte recht behalten mit ihrer Prophezeiung, Martina werde weitere Kinder haben. Im September 1895 lag eine kleine Martina in der Wiege und im Juni 1897 eine Anna. Am 9. September 1899 wurde Theres geboren, die meine Mutter werden sollte.

Mit dem Kinderkriegen war auf dem Schneiderhof aber noch immer nicht Schluss. Als elftes Kind folgte 1901 der Sepp und zwei Jahre darauf mit Franzl die Nummer 12. Hanni bildete im Jahre 1906 das Schlusslicht. Im selben Jahr wurde Katharina, das ledige Kind von Martina, 21 Jahre alt. Kaum, dass sie volljährig war, wanderte sie nach Amerika aus. Man hat nie wieder etwas von ihr gehört. Ihre Mutter befürchtete, sie sei bereits auf dem Schiff an einer Krankheit gestorben oder das Schiff sei gar untergegangen. Sollte Katharina Amerika tatsächlich erreicht haben, könnte sie auch dort bald gestorben sein, denn für eine alleinstehende junge Frau barg der ferne Kontinent viele Gefahren.

Dass es der Familie zu dieser Zeit gut gegangen sein muss, belegt allein die Tatsache, dass sich meine Mutter noch gut an die zehn Pferde erinnern konnte, die der stolze Besitz ihres Vaters gewesen waren. Leider fing er bald das übermäßige Trinken an. Aus welchem Grund er so häufig zur Flasche griff, ist mir nicht bekannt. Das war aber der Anfang vom Ende. Die Arbeit blieb liegen und die Erträge wurden immer weniger. Um sich und seine Familie über Wasser halten und um sich Alkohol kaufen zu können, lieh er sich von dem einen oder anderen Bauern Geld, ja sogar von Verwandten.

Ludwig, sein Ältester, hatte inzwischen die Bäckerlehre abgeschlossen. Er war nämlich gleich nach der Entlassung aus der Schule zu einem Bäcker in die Lehre geschickt worden. Eigenartigerweise hatte man ihn nicht auf dem Hof behalten, wie man das beim Stammhalter erwarten würde. Nun konnte er das Elend nicht mit ansehen und versuchte noch, den Hof zu retten.

Für ihn brach eine harte Zeit an. Als Bäcker musste er bereits um 4 Uhr in der Backstube stehen. Nach seinem Dienst legte er sich jedoch nicht aufs Ohr, er begab sich nach Hause und bewirtschaftete die Äcker. Erst danach gönnte er sich einige Stunden Schlaf, bevor er um 4 Uhr wieder am Backofen stand. Diese Doppelbelastung hätte er gewiss nicht viele Jahre durchhalten können. Das brauchte er auch nicht. Die Gläubiger seines Vaters – inzwischen waren weitere dazugekommen – beobachteten mit einer gewissen Missgunst, dass der Ludwig so fleißig war. Sie besprachen sich miteinander und forderten 1912 alle auf einmal ihr Geld zurück. Das konnte Peter natürlich nicht zahlen, also ging der ganze Hof drauf. Wohnhaus und Nutzgebäude wurden an einen Interessenten verkauft und von dem Erlös einige Gläubiger befriedigt. Die Äcker gingen teilweise direkt an die Bauern, die dem Peter Geld geliehen hatten. Die Pferde und das übrige Vieh wurden unter die Gläubiger aufgeteilt.

In seiner Dummheit hatte der alte Bauer sein Zuhause schon vorher verkauft, um an Geld zu kommen.

Dorthin hätte er sich nach dem wirtschaftlichen Ruin zurückziehen können. Doch nun stand er ohne Bleibe da und musste froh sein, dass er mit seiner Frau und seinen drei Jüngsten in das Zuhaus eines Nachbarn einziehen konnte. Um den Mietzins aufzubringen und um seine Familie mit dem Notwendigsten zu versorgen, arbeitete er bei verschiedenen Bauern als Tagelöhner, und seine Frau ging in mehreren Familien zum Putzen.

Ludwig, mittlerweile Bäckermeister, hatte einen Beruf, der ihn ernährte. Die älteren Kinder hatte man gleich nach ihrer Schulentlassung in Dienst geschickt. Peter wurde Chauffeur der Veterinärschule im Münchener Stadtteil Schleißheim, Marie arbeitete als Hausmädchen in Rosenheim, und Anna war Dienstmagd in einem Metzgereihaushalt in Aschau. Der Jungmetzger verliebte sich in sie und wollte sie unbedingt heiraten. Er war aber nicht nach ihrem Geschmack, deshalb konnte sie sich nicht dazu entschließen, ihm ihr Jawort zu geben. Da drohte er: »Wenn du mich nicht heiratest, bringe ich mich um.« Um sein Leben zu retten, heiratete sie ihn schließlich und wurde einigermaßen glücklich mit ihm.

Theres, die meine Mutter werden sollte, war gerade 13, als das finanzielle Unglück über die Familie hereinbrach. Kurz entschlossen schickten ihre Eltern sie in die Talmühle von Traunwalchen, weil dort gerade eine Stallmagd gesucht wurde. Aus dieser Mühle sollte später der Bundesminister Peter Ramsauer hervorgehen.

Dort gab es eine weitere Magd, die Zenzi. Diese war drei Jahre älter als Theres, groß und kräftig und arbeitete wie ein Knecht. In falschem Ehrgeiz wollte ihr Theres in nichts nachstehen und arbeitete ebenso schwer. Als man ab 1914 die Knechte in den Krieg schickte, wurde die Arbeitsbelastung für die Mädchen noch größer. Einige Jahre hielt Theres das durch, dann wurde es zu viel für ihren Körper und für ihre Seele. Im Alter von 18 Jahren erlitt sie einen Nervenzusammenbruch und kam ins Krankenhaus nach Traunstein. Nach etwa drei Wochen war sie wiederhergestellt und sollte an ihren Arbeitsplatz zurückkehren. Doch da sprachen ihre beiden Brüder Sepp und Franzl, die inzwischen in Reit im Winkl als Pferdeknechte arbeiteten, ein Machtwort:

»In diese Mühle gehst du nicht mehr. Du kommst nach Reit im Winkl. Dort werden wir für dich schon was Passendes finden.«

In der Tat hatten sie bald eine Stelle für sie, und zwar im Hause eines Sägewerksbesitzers. Dessen erste Frau war gestorben und hatte ihm einen Sohn von zehn Jahren und drei Töchter im Alter zwischen drei und sieben Jahren hinterlassen. Damit seine Kinder versorgt wurden, hatte er bald wieder geheiratet. Die Arbeit mit dem Haushalt und den Kindern wuchs der neuen Frau jedoch bald über den Kopf, deshalb brauchte sie eine Hausmagd. Für Theres war das eine angenehme Stelle, und die Hausfrau war eine gute Lehrmeisterin. So lernte die junge Magd nicht nur alle Hausarbeiten von Grund auf, sie lernte auch Kochen. Nach einigen Jahren waren die Töchter des Sägmüllers aber so weit herangewachsen, dass sie der Betreuung nicht mehr bedurften, im Gegenteil, sie konnten schon so viel im Haushalt mithelfen, dass sie Theres ersetzten. Also kündigte man ihr. Schnell fand sie eine neue Stelle, wieder durch ihre Brüder. Wieder war es im Haushalt eines Sägewerksbesitzers.

Wie es der Zufall wollte, war es genau die Sägemühle, in der Sepp Fischer viele Jahre zuvor kurzzeitig gearbeitet hatte. Auch Theres fühlte sich dort nicht wohl. Obwohl aus ihrem Zeugnis zu ersehen war, dass sie gut kochen konnte, ließ man sie nicht in die Küche. Sie durfte nur putzen, waschen, bügeln und im Nutzgarten arbeiten. Das hätte sie nicht weiter gestört. Aber das, was die Hausfrau und die Tochter, die in der Küche das Zepter schwangen, ihren Angestellten vorsetzten, war eine Schande. Jeden Tag gab es Dampfnudeln. Nun sind Dampfnudeln als solche eine feine Sache, aber nicht, wenn es sie tagtäglich gibt und nichts dazu gereicht wird, weder Kompott noch Vanillesoße. In ihrer großen Bescheidenheit hätte ihr das nichts ausgemacht. Ihr taten aber die Müllerknechte leid. Wie sollten die bei solch kargem Essen bei Kräften bleiben? Nicht einmal satt essen konnten sie sich an ihrer Portion, denn die Dampfnudeln waren genau abgezählt, für jeden Arbeiter eine, eine für die Stallmagd und eine für Theres. Diese musste sie in die Futterküche bringen, wo sie mit den Müllerknechten speisen durfte. Oft waren die Nudeln auch noch angebrannt. Die gut geratenen Exemplare hatten Mutter oder Tochter vorher aussortiert und für die Familie zurückgelegt, die in der Küche aß.

Auf dem Anwesen gab es noch eine Sache, die der Hausmagd zuwider war. Wie damals allgemein üblich, existierte auch hier ein Plumpsklo. Dafür hatte man eine Ecke in der Scheune abgeteilt. Theres fiel auf, dass der Hausherr sich ausgerechnet immer dann in der Scheune ganz nah an dem Klohäuschen zu schaffen machte, wenn sie oder Frieda, die Stallmagd, ihr Geschäft verrichteten. Er ist ihnen zwar nie zu nahe getreten, sie fürchteten aber, dass dies passieren könnte.

Nachdem sie ein knappes halbes Jahr in der Mühle ausgeharrt hatte, erzählte Theres ihrem Bruder Sepp davon. Dieser lebte zu der Zeit im Haus eines alten Mannes, welches man »Beim Unterauer« nannte. Kurz zuvor hatte Sepp es auf Leibrente gekauft. Er gedachte nämlich in absehbarer Zeit zu heiraten. Bis es so weit war, wurschtelten der alte Mann und der junge Mann sich im Haushalt so durch. Nun kam ihm Schwester Theres wie gerufen.

»Willst du nicht für uns den Haushalt machen?«

Die junge Frau griff mit beiden Händen zu. Denn schlechter, als sie es in ihrer letzten Stelle gehabt hatte, konnte es nicht werden. Schon nach wenigen Tagen gefiel ihr die neue Stelle sehr. Nicht nur, dass sie beim Frühstück und beim Nachtessen ihren Bruder sah, der alte Mann war auch ausgesprochen freundlich und dankbar. Er stellte keine großen Ansprüche und ließ seine Hauserin im Haus schalten und walten. Sie wäre gewiss bis zu seinem Lebensende geblieben, wenn das Schicksal für sie nicht etwas anderes vorgesehen gehabt hätte.

Bereits nach einem Jahr kreuzte eine junge Dame bei ihr auf, die sich als Fischer-Rosi vorstellte. Sie berichtete, ihre Mutter sei vor einigen Wochen gestorben.

»Warum erzählst du mir das?«, zeigte sich Theres verwundert.

»Ja, weißt du, mein Vater braucht dringend wieder eine Frau.«

»Und was habe ich damit zu tun?«

»Du wärst genau die Richtige für ihn. Eine Freundin hat mir erzählt, du wärst geschickt und fleißig und könntest auch kochen.«

Schon war Theres' Interesse geweckt, und sie erkundigte sich: »Wie alt ist er?«

»Er ist fünfzig«, antwortete Rosi.

»O mein Gott, der könnte ja mein Vater sein. Ich bin erst 28.«

»Das stimmt, vom Alter her könnte er dein Vater sein«, räumte Tochter Rosi ein. »Aber er hat einen sicheren Beruf. Da wärst du gut versorgt.«

»Nein, nein, einen so alten Mann will ich nicht«, wehrte Theres ab.

»Ah, geh, Theres, den zu heiraten wär' kein Fehler. Du kennst doch das Sprichwort: Bei einem Alten bist du gut gehalten.«

Die Hauserin zögerte noch immer. Deshalb versuchte die Tochter weiterhin, der Theres ihren Vater schmackhaft zu machen: »Er ist noch gut beieinander und noch sehr fesch.«

In der Tat war der Fischer-Sepp immer ein gut aussehender Mann gewesen, und das war er mit fünfzig auch noch. Damit Theres sich selbst davon überzeugen konnte, zeigte Rosi ihr ein Foto von ihrem Vater. Davon war die potenzielle Hochzeiterin so beeindruckt, dass sie nun mehr über ihn und seine Familienverhältnisse wissen wollte. Rosi erzählte bereitwillig, verriet über ihren Vater aber nur so viel, wie sie für vertretbar hielt. Danach war Theres nicht mehr abgeneigt, ihn zu treffen. Rosi arrangierte eine Begegnung auf neutralem Boden. Diese fiel für beide Seiten zufriedenstellend aus.

Beim zweiten Treffen, das »Beim Unterauer« stattfand, brachte Sepp sen. den Sepp jun. mit. Der 17-Jährige sprach die Hauserin gleich mit »Mutter« an. Damit gewann er auf Anhieb ihr Herz.

Das dritte Treffen fand in der Wohnung des Heiratskandidaten statt. Forschend schaute sich Theres in allen Räumen um. Mit dem, was sie sah, war sie zufrieden. Allerdings hatte Rosi die Wohnung zuvor auf »Hochglanz« gebracht, weil für sie viel auf dem Spiel stand. Sehr zu ihrer Erleichterung kam das Paar nach diesem Treffen überein, in Kürze zu heiraten. Ein baldiger Hochzeitstermin lag nicht nur in Rosis Interesse, sondern auch in dem des »Bräutigams«. Sepp wollte Theres so bald wie möglich bei sich haben, aber sie hätte keine Nacht unter seinem Dach verbracht, ohne im Stand der Ehe zu sein. Sie war nämlich sehr sittsam und fromm.

Der Hochzeitstermin wurde auf den 26. Mai 1928 festgesetzt. Wie das damals noch üblich war, wurden die Namen des Brautpaares an drei aufeinanderfolgenden Sonntagen von der Kanzel verkündet, um der Bigamie vorzubeugen. Aus demselben Grund wurde im Standesamt ein Zettel mit den Namen und Daten der Heiratswilligen ausgehängt. So hatte jeder Bürger die Möglichkeit, eine bereits bestehende Ehe anzuzeigen. Bald wussten also alle im Dorf, dass der Josef Fischer die Theres Schneider zu heiraten gedenke. Daher war es kein Wunder, dass die Braut zwei Frauen hinter sich tuscheln hörte.

»Schau, das Dirndl da will den alten Fischer heiraten.«

Entsetzt suchte diese die Rosi auf, um die Hochzeit abzusagen.

»Ah, geh, Theres, lass dir doch von solch altem Weibertratsch den Sepp nicht madig machen! Die sind doch nur neidisch, weil du so einen feschen Hochzeiter kriegst.«

Also wagte es die Braut, mit ihrem alten Bräutigam zum vereinbarten Termin aufs Standesamt zu gehen. Noch am selben Tag fuhren sie mit einem Mietauto, heute würde man sagen Taxi, nach Birkenstein, wo sie in der Wallfahrtskirche getraut wurden. Dafür, dass der Bräutigam eine so weit entfernt gelegene Kirche gewählt hatte, war die Braut ihm dankbar. So blieben ihr viele neugierige Blicke und dumme Bemerkungen erspart. Nur Theres' Brüder Sepp und Franzl, die sie nach Reit im Winkl gebracht hatten, waren bei der kirchlichen Vermählung dabei, als Trauzeugen. Anschließend saßen sie in einem Gasthaus bei Weißwürsten, Brezen und Bier gemütlich beisammen. Auf ein Hochzeitsfoto verzichtete man, das hätte nur unnötig Geld gekostet.

Theres' Bruder Sepp heiratete ebenfalls bald, und zwar seine Hanna aus Unterwössen, die er schon seit einigen Jahre kannte. So hatten er und der alte Mann wieder eine Frau im Haus, die sie bestens versorgte. Das Paar bekam zwei Söhne und eine Tochter. Wir werden später noch von ihnen hören.

Während ihrer Zeit als Hauserin bei dem alten Mann hatte Theres immer im Ortsteil Entfelden eingekauft. Doch wenige Wochen nach ihrer Hochzeit war sie zum ersten Mal zum Einkaufen in die Ortsmitte gegangen. Die Frau hinter der Theke beim Kramer, eine rundliche ältere Person, schien die Ladeninhaberin zu sein. Sie bediente gerade einen jungen Mann, den sie mit Alois ansprach. Er mochte in Theres' Alter sein. Weiter nahm sie keine Notiz von ihm. Als der Kunde den Laden verlassen hatte, sah sich die Kramerin zu der Bemerkung veranlasst: »Ein fescher Bub, der Stockklauser-Alois, der ledige Sohn von deinem Mann. Genau so hat der Sepp in jungen Jahren ausgesehen.«

Theres spürte, wie ihr das Blut ins Gesicht stieg. Sie wusste nicht, wie sie auf diese Feststellung reagieren sollte. Vor Schreck vergaß sie einige Sachen, die sie hatte einkaufen wollen, bezahlte mit zittrigen Fingern und verließ fluchtartig den Laden.

Am Abend, als sie mit ihrem Angetrauten beim Nachtessen saß, bekam sie endlich den Mund wieder auf: »Stimmt es, dass du der Vater vom Stockklauser-Alois bist?«

»Nein, der bin ich nicht«, antwortete er mit dem ehrlichsten Gesicht der Welt. »Aber ich kenne seinen Vater.«

Diese Antwort beruhigte sie einigermaßen. Beim Sonntagsspaziergang, einige Wochen später, ergab es sich, dass ihnen der bewusste Alois begegnete. Unbefangen kam er auf sie zu und sprach den Sepp mit »Vater« an. Irritiert schaute Theres von einem zum andern, sagte aber nichts, sie schluckte bloß.

Zu Hause gab es indessen ein Verhör: »Also bist du doch der Vater vom Alois. Warum hast du das neulich geleugnet?«

»Was hätte es dir gebracht, es zu wissen?«, versuchte er, sie mit einer Gegenfrage abzuspeisen.

»Dann hätte ich heute nicht wieder so dumm dagestanden wie neulich beim Kramer. Die Kramerin hat mir doch angemerkt, dass ich als deine Frau keine Ahnung hatte. Warum hast du mir das nicht selbst erzählt, noch vor unserer Heirat?«

»Warum sollte ich dich mit meiner Vergangenheit belasten? Der Bub ist längst erwachsen und lebt sein eigenes Leben. Du solltest dir seinetwegen keine Sorgen machen.«

»Hätte ich vorher von deinem unsoliden Lebenswandel gewusst, wäre ich nicht mit dir aufs Standesamt gegangen und zum Traualtar erst recht nicht«, legte sie aufgebracht ihren Standpunkt klar.

»Siehst du, genau das hatte ich befürchtet. Deshalb habe ich geschwiegen. Ich liebe dich doch, seit ich dich das erste Mal gesehen habe. Wegen so einer alten Geschichte wollte ich dich nicht verlieren.«

Gegen ein solches Argument konnte sie schwer etwas einwenden. Sie fügte sich darein, ihm eine gute Ehefrau zu sein und an dem mittlerweile 18-jährigen Stiefsohn die Mutterstelle zu vertreten. Den Junior liebte sie wie ein eigenes Kind und behauptete überall, er sei der schönste Bub, den sie kenne, und sie tat alles für ihn.

Am 1. März 1929 musste Ehemann Sepp die Hebamme rufen, seine Frau lag in Wehen. Sie war glücklich, ihrem Ehemann nach einigen qualvollen Stunden einen gesunden Buben präsentieren zu können. Sie gaben ihm den Namen Ludwig.

Einige Monate nach Ludwigs Geburt war Theres schon wieder schwanger. Das passte ihr gar nicht. Sie hatte sich eingebildet, dass es ihr wenigstens erspart bliebe, viele Kinder zu kriegen, wenn sie schon einen alten Mann heirate. Dass sie so bald ein weiteres Kind bekommen würde, war aber noch nicht das Schlimmste. Sie litt sehr darunter, dass die Leute, als man ihr die Schwangerschaft ansah, hinter ihr her tuschelten: »Wer hätte das gedacht? Kriegt sie von dem alten Mann schon wieder ein Kind!«

Noch bevor dieses zweite Kind, nämlich meine Wenigkeit, zur Welt kam, hatte meine Mutter ein anderes aufregendes Erlebnis.

Sepp jun. ging jeden Morgen mit seinem Vater zur Arbeit. Am Abend machten sie gleichzeitig Feierabend und traten gemeinsam den Heimweg an. Sie trafen aber nie gleichzeitig zu Hause ein. Vater Sepp traf unterwegs immer jemanden, mit dem er ratschen konnte. Der Sohn aber ging zügig weiter zum Bauern Wurm, um Milch für die Familie zu holen. Trotz dieses kleinen Umweges war er stets vor dem Vater daheim.

Eines Abends nun, als Sepp jun. vom Milchholen heimkam, erzählte er der Mutter aufgeregt: »Stell dir vor, beim Wurm war eine junge Frau zu Besuch, die sieht grad aus wie meine Schwester Rosi.«

Theres musste sich erst einmal setzen. Sie schnaufte mehrmals tief durch, dann gab sie ihrem Stiefsohn den Auftrag: »Morgen fragst die Wurmin, wer diese Frau gewesen ist.«

Gewissenhaft führte der Sohn ihren Befehl aus. Bereitwillig gab die Wurmbäuerin Auskunft:

»Unser Besuch gestern Abend, das war meine Freundin Anna aus Grassau. Wir sind zusammen zur

Schule gegangen. Wenn du es genau wissen willst, sie ist deine Halbschwester. Ihre Mutter, die ebenfalls Anna hieß, hatte mit deinem Vater ein Techtelmechtel, als sie beim Unterwirt als Bedienung arbeitete. Dein Vater sah blendend aus, das muss man ihm lassen. Daher fiel es ihm nicht schwer, ein Mädchen ins Bett zu kriegen. Ehe sich die Anna versah, war sie in anderen Umständen. Als sie das ihrem Liebhaber mitteilte, fuhr er umgehend mit ihr nach Grassau zu ihrer Tante Klara, die sie aufgezogen hatte. Wie sich das für einen anständigen Mann gehört, hielt er bei der Tante um Annas Hand an. Doch statt dieser gab sie ihm eine kräftige Watsch'n und dazu den Kommentar: ›Was fällt dir ein? Die Anna geb ich nicht einfach einem Dahergelaufenen. Du bist nichts und du hast nichts. Meine Nichte hat was Besseres verdient als so einen wie dich. Dass sie ein Kind von dir erwartet, ist kein Grund zum Heiraten. Um das Kind werde ich mich kümmern.‹

Das tat sie dann auch, und zwar sehr liebevoll. Zunächst aber behielt sie die werdende Mutter bei sich und ließ sie nicht mehr nach Reit im Winkl zurückgehen. Anna brachte ihr Kind im Haus der Tante zur Welt und nannte es auch Anna. Danach musste die junge Frau wieder ihrem Broterwerb nachgehen. Dazu hatte ihr Tante Klara eine Stelle in einem anderen Dorf gesucht. Einige Jahre später lernte sie dort einen jungen Mann kennen, welcher der Tante als Ehemann für ihre Nichte genehm war. Nach der Hochzeit wollte Anna, mit Einverständnis ihres Ehemannes, ihr Kind zu sich nehmen, doch die Klara gab es nicht mehr heraus. Aus Kummer darüber soll Anna, die

Mutter der kleinen Anna, in jungen Jahren gestorben sein.«

Diese Geschichte gab der Stiefsohn brühwarm an Theres weiter, die davon einigermaßen gerührt war. Dennoch ersparte sie ihrem Ehemann ernste Vorhaltungen nicht.

»Warum hast du mir nichts von deiner ledigen Tochter Anna erzählt?«, überfiel sie ihn gleich nach seiner Heimkehr. »Du brauchst mir nicht damit zu kommen, du hättest von ihrer Existenz nichts gewusst.«

»Das will ich auch gar nicht behaupten. Ich hatte es nur vergessen.«

»Dass ich nicht lache! In dem Zusammenhang, als du mich über den Alois aufgeklärt hast, hättest du diesen Fehltritt leicht erwähnen können.«

»Ach, das alles liegt doch schon so weit zurück, dass es für dich ohne Bedeutung ist.«

»Für mich ist das schon von Bedeutung. Hätte ich gewusst, dass du so ein Hallodri bist, hätte ich dich nicht geheiratet.«

»Ah, geh, Weiberl, reg dich doch nicht über alte Geschichten auf. Du weißt doch, dass ich nur dich liebe. Alles andere ist verjährt. Die Watsch'n allerdings glaube ich noch heute auf meiner Backe zu spüren.«

»Das geschieht dir gerade recht«, kam es von der Ehefrau mit unverhohlener Schadenfreude. »Mich interessiert nur noch: Muss ich etwa mit weiteren solchen Überraschungen rechnen?«

»Nicht, dass ich wüsste! Vielleicht? Keine Ahnung!«, wand er sich wie ein Wurm.

»Aha, du weißt es nicht. Es könnten also noch mehr Kinder auf dein Konto kommen?«

»Kann schon sein. Mir ist jedoch nichts bekannt. Mach dir deshalb keine Sorgen. Damals war ich jung und ledig und hab das eine oder andere Gspusi gehabt. Seit ich aber verheiratet bin, war ich immer treu, der Rosina und dir auch.«

Diese Worte beruhigten sie halbwegs. Sonst konnte sie ja mit ihm zufrieden sein. Er war fleißig, er war ein fürsorglicher Ehemann und ein liebevoller Familienvater. Er arbeitete nicht nur im Sägewerk, er betätigte sich auch fleißig im Nutzgarten, der sich auf zwei Ebenen befand, da das Haus in Hanglage erbaut war. Für die Familie zogen sie alles an Gemüse, was in ihrer Region gedieh, sogar Kartoffeln.

An einem Samstag im April hatten sie den ganzen Nachmittag Kartoffeln gesetzt und fühlten sich am Abend entsprechend kaputt. Am folgenden Morgen wachte Theres mit Wehen auf. Wenig später machte sich Sepp mit seinem Radl auf den Weg zur Hebamme. Sie war noch nicht lange im Haus, da tat ich, Klein-Resi, meinen ersten Schrei. Es war am Palmsonntag, dem 13. April 1930.

Obwohl meine Mutter von der erneuten Schwangerschaft nicht besonders begeistert gewesen war, war sie über meine Geburt doch sehr glücklich. Denn jetzt hatte sie ein Pärchen. Leider überschattete ein anderes Ereignis ihre Freude über meine Geburt. Noch im Kindbett erreichte sie die Nachricht, dass ihre Mutter gestorben war, erst 63 Jahre alt.

Nachdem Theres nun zweifache Mutter war, glaubte sie, für sie sei das Kinderkriegen vorbei. Doch sie sollte sich getäuscht haben. Zwei Jahre nach meiner Geburt war sie wieder in anderen Umständen. Sie traute sich kaum aus dem Haus und musste sie es doch einmal verlassen, kleidete sie sich so, dass man von ihrem Bauch nichts sehen konnte. Am 25. November 1932 erblickte meine Schwester Gretl das Licht der Welt. Daran erinnere ich mich natürlich nicht, ich war ja erst zweieinhalb Jahre alt. Dafür erinnere ich mich umso besser an ein Ereignis, das im Jahr darauf stattfand.

Schwesterchen Gretl war bereits ein halbes Jahr alt, da wollten meine Eltern sie dem Onkel Sepp und seiner Frau vorstellen. Onkel Sepp war derjenige Bruder meiner Mutter, der im Ortsteil Entfelden, etwa drei Kilometer von unserer Wohnung entfernt, das Haus des alten Mannes auf Rentenbasis gekauft und seine Hanna aus Unterwössen geheiratet hatte. Der alte Mann war inzwischen verstorben, und das junge Paar hatte schon zwei Kinder bekommen. Mein Bruder Ludwig, zu der Zeit fast viereinhalb Jahre alt, und ich, damals etwas über drei Jahre, durften mit. Die Kleine wurde im geschenkten Kinderwagen geschoben, und wir »Großen« mussten brav nebenher tippeln. Nachdem wir Onkel und Tante begrüßt hatten, ging es an die Kaffeetafel.

Danach wurde es meinem Bruder und mir zu langweilig. Zu unserer Enttäuschung stellten wir fest, dass die Kinder des Onkels für uns als Spielkameraden noch zu klein waren. Also verzogen wir uns nach draußen, um uns auf unsere Weise zu vergnügen. Das Baby hatten die Eltern mit ins Haus genommen, das war sein Glück. Das Ungetüm von Kinderwagen, ein Modell aus den frühen Zwanzigerjahren, mit hohen Rädern, hatten sie aber im Hof stehen lassen. Der kam uns gerade recht. Ludwig hatte sofort eine Idee, wie wir damit unseren Spaß haben könnten. Er kroch unter den Aufbau, setzte sich auf die Hinterachse und ließ sich den Berg hinabrollen. Onkel Sepps Haus lag nämlich an einer abschüssigen Straße. Ludwig rollte nur ganz langsam, weil er die Füße auf dem Boden hatte, die als Bremsklötze wirkten. Das beobachtete ich vom Hof aus. Als er das Wagerl wieder heraufgeschoben hatte, meldete ich meinen Wunsch an: »Jetzt bin ich aber dran!«

Bereitwillig überließ er mir das Gefährt. Mir war die Fahrt des Bruders aber als viel zu langsam erschienen. Bei mir sollte es schneller gehen. Ich setzte mich zwar auch auf die Hinterachse, machte mich aber lang, um meine Füße auf die Vorderachse legen zu können. Hei, wie das losging! Der Wagen nahm wirklich Fahrt auf, und ich jauchzte vor Vergnügen. Aber nicht lange. Als ich die Füße auf die Erde stellen wollte, um zu bremsen, war es bereits zu spät. Der Wagen, der so richtig in Schwung war, kippte zur Seite und rutschte einen Hang hinunter, der mit reichlich Brennnesseln bestanden war. Wäre da nicht ein Zaun gewesen, der mich und das stürzende Fahrzeug aufhielt, ich weiß nicht, was dann passiert wäre. Jedenfalls schrie ich aus Leibeskräften, zum einen, weil ich einen Riesenschreck bekommen hatte, zum anderen, weil die Brennnesseln brannten wie der Teufel – und nicht zuletzt, weil mein Kopf auf einen Stein aufgeschlagen war. Ludwig, der das Geschehen aus einiger Entfernung beobachtet hatte, schrie ebenfalls so laut, dass er Tote hätte aufwecken können. Davon alarmiert, stürzten meine Eltern in Panik aus dem Haus.

Der Vater zog erst den Kinderwagen den Hang herauf und dann mich. Da ich am Kopf blutete, legte er mich großes Mädchen ins Wagerl und trabte beherzt in Richtung unserer Wohnung, denn Dr. Heiler hatte seine Praxis ganz in der Nähe. Zum Glück wohnte er auch noch über der Praxis, sodass er auch am Sonntag zu erreichen war. Er nähte sogleich meine Platzwunde am Kopf, ohne sich die Mühe zu machen, die Stelle vorher zu betäuben. Örtliche Betäubung gab es in jener Zeit schon längst, aber unser braver Landarzt kannte sie vielleicht noch nicht oder er hielt sie bei einer solchen »Kleinigkeit« nicht für nötig. Natürlich schrie ich wie am Spieß, während mein Vater mich festhielt. An das, was danach geschah, erinnere ich mich nicht mehr. Vermutlich hat mich mein Vater ins Bett gepackt, bevor er den Rest der Familie beim Onkel abholte. Der Kinderwagen hatte den Sturz zum Glück ohne ernstlichen Schaden überstanden.

Zur beruflichen Laufbahn meines Vaters wäre auch noch etwas zu sagen. Er, der Obersäger, bewies nicht nur beim Sägen großes Geschick, er war auch erstaunlich gut im Ausmessen und Berechnen des Holzes. Weil sein Chef in dieser Hinsicht große Stücke auf ihn hielt, nahm er ihn jedes Mal in seiner Kutsche mit, wenn er nach Tirol zum Holzeinkaufen fuhr.

Ab 1930 genügte dem Sägewerkbesitzer die Kutsche nicht mehr. Man war modern, man musste mit der Zeit gehen und zeigen, wer man war. Also kaufte er sich ein Auto, einen roten Opel, damals der letzte Schrei in Deutschland. Das berichtete unser Vater immer wieder so stolz, als ob es sein eigenes Auto gewesen sei. Es war das zweite Automobil, das in unserem Dorf existierte. Nun fuhr unser Vater immer im Auto mit seinem Chef nach Tirol.

Von einer dieser Fahrten erzählte er uns später lachend folgendes Erlebnis: Der Jung-Chef fuhr immer sehr langsam. Ob er nur sehr vorsichtig war oder ob er sich unsicher fühlte, war nicht auszumachen. Jedenfalls hielt ihn eines Tages in Kössen die Polizei an und verdonnerte ihn zu einer Geldstrafe für zu langsames Fahren. Obwohl er also ganz offensichtlich ein unsicherer Autofahrer war, »behielt er das Steuer fest in der Hand« und kam nicht auf die Idee, seinen Obersäger den Führerschein machen zu lassen.

Meist fiel dem Chef erst nach Arbeitsschluss ein, dass er anderntags nach Österreich wolle zum Holzeinkauf. Um seinen Obersäger davon in Kenntnis zu setzen, besuchte er ihn am Abend in unserer Wohnung. Im Beisein der gesamten Familie, die zum Nachtmahl um den Küchentisch versammelt war, erklärte er unserem Vater, dass er ihn am folgenden Morgen um 8 Uhr abholen werde, um mit ihm in Tirol Holz zu kaufen. Statt seines Arbeitsgewandes solle er also etwas Besseres anziehen, um bei dem Kunden einen guten Eindruck zu machen. Unser Vater versicherte ihm, dass er ihn in einem der Situation angemessenen Anzug um 8 Uhr erwarten werde. Kaum hatte der junge Sägmüller unsere Küche verlassen, brachen wir in Lachen aus. Wir hatten nämlich die Erfahrung gemacht, dass Vaters Arbeitgeber nur kurz nach einer solchen Ansage erneut auftauchte. Und richtig, es waren kaum zwei Minuten vergangen, da stand er schon wieder in unserer Küche.

»Gell, Sepp, um 8 Uhr hol ich dich ab. Denk dran! Und auch an das gute Gewand!« Wieder schloss sich die Tür hinter ihm, und wir lachten erneut los. Wie wir erwartet hatten, streckte der Chef wenig später ein drittes Mal seinen Kopf durch die Tür. Das lief immer gleich ab. Mindestens einmal in der Woche fuhr er mit dem Vater zum Holzeinkauf. Und jedes Mal besuchte er ihn am Vorabend und kehrte drei- oder viermal zurück, immer mit der gleichen Ermahnung: »Also, morgen früh um acht, Sepp, nicht vergessen!«

Mein Vater war nicht nur ein tüchtiger Handwerker, er war auch ein begeisterter Bergwanderer. Kurz nach meinem fünften Geburtstag durfte ich ihn zum ersten Mal begleiten. Von da an zog er an jedem Samstagnachmittag, wenn das Wetter es zuließ, mit meinem Bruder und mir in die Berge. Die Mama musste zu Hause bleiben und die kleine Gretl betreuen. Ich glaube, das hat ihr ganz gut gepasst. Denn ihr, die im Flachland aufgewachsen war, lag nicht viel daran, in den Bergen herumzusteigen.

Gegen das Wandern als solches hatte ich nichts. Was mich daran störte, war nur das Einkehren. Mein Vater kannte jede Almhütte und kehrte in jede ein. Während er mit dem Senner oder der Sennerin ratschte und seinen Obstler trank, setzte man uns Kindern immer einen Becher warme Milch vor. Diese Milch konnte ich nicht ausstehen, zum einen, weil Haut darauf war, und zum anderen, weil sie nach Kuhstall roch. Von klein auf hasste ich diesen Geruch. Aus diesem Grunde aß ich auch keine Bauernbutter, weil ich mir einbildete, sie schmecke nach Kuhstall. Und so wie ich die Milch auf unseren Wanderungen hasste,

hasste ich es auch, im Heu zu schlafen. Mein Vater glaubte gewiss, uns Kindern damit eine besondere Freude zu machen, wenn er mit uns über Nacht auf der Alm blieb. Der Ludwig war auch wirklich begeistert davon, ich aber litt unsäglich. Das Heu pikste und stach an allen Enden, und ich sehnte mich nach meinem Bett. Wir waren aber zur Folgsamkeit erzogen worden, sodass ich es nie gewagt habe, mich gegen eine Bergwanderung zu sträuben.

Auf diese Weise haben wir mit dem Vater nicht nur alle Almhütten abgeklappert, die zu Reit im Winkl gehörten, sondern auch Almen von Nachbardörfern und sogar zahlreiche grenznahe Hütten in Österreich. Doch damit nicht genug, der Vater besuchte mit uns auch viele alleinliegende Bauernhöfe. Mit den Bauern hatte der Papa immer etwas Wichtiges zu besprechen, denn sie ließen ihr Holz in »seiner« Säge schneiden. Die Bäuerinnen meinten natürlich auch, sie täten uns etwas Gutes, wenn sie uns ein Haferl warme Milch vorsetzten. Wenn sie nicht hinschauten, tauschte ich mein volles Gefäß schnell gegen das leere meines Bruders, der schneller im Trinken war. Der war auch in dieser Hinsicht hart im Nehmen. Einmal aber stellte uns eine Bäuerin ein anderes Getränk hin, von dem ich hellauf begeistert war. Noch heute glaube ich, den lieblichen Duft in meiner Nase und den wunderbaren Geschmack auf meiner Zunge zu verspüren. Es war Schwarzer Tee mit Zimtstangen und Zucker.

Die Bergwanderungen mit meinem Vater nahmen ein plötzliches Ende, als der Zweite Weltkrieg ausbrach. Darüber war ich nicht traurig.

Bereits seit 1894 gab es in unserem Dorf eine Polizeistation. Sie befand sich nicht allzu weit von Vaters Arbeitsplatz entfernt. Es handelte sich um eine berittene Polizei, deshalb standen in dem Stall gegenüber dem Polizeigebäude sechs stolze Reitpferde, die auch im Kutschenfahren ausgebildet waren. Diese Tiere mussten natürlich versorgt werden. Davon verstanden die Polizisten – alles Stadtmenschen – nichts. Also übertrugen sie meinem Vater diese Aufgabe, denn während seiner Zeit als Kiahbua hatte er auch gelernt, mit Pferden umzugehen. Seine Arbeit im Sägewerk begann um 7 Uhr. Doch bereits um 5 Uhr in der Früh musste er im Pferdestall sein zum Ausmisten und frisch Einstreuen, und natürlich brauchten die polizeilichen Rösser Wasser und Futter. Auch musste er dafür sorgen, dass immer genügend Futter und Streu vorrätig war. Als ehemaliger Angestellter auf einem Bauernhof kannte er die richtigen Quellen dafür. Seine Arbeit und die Futterkosten wurden selbstverständlich bezahlt. Zusätzlich bekam er noch eine Belohnung, von der die ganze Familie profitierte: Sonntags durften wir oft mit der Polizeikutsche ausfahren, denn die Tiere mussten auch am Sonntag bewegt werden. An diesen Fahrten nahm sogar meine Mutter teil, mit Klein-Gretl. Am liebsten fuhr der Vater mit uns nach Kössen, wo wir jedes Mal in ein anderes Wirtshaus einkehrten. Vater trank dort seine Maß, die Mutter und wir Kinder bekamen je ein Glas Kracherl (Limonade) und als besondere Attraktion ein Würstl mit Senf.

Unser Hausarzt – er trug den bezeichnenden Namen Dr. Heiler – war dafür bekannt, dass er im

Umgang mit seinen Patienten nicht gerade zimperlich war. Diese Erfahrung hatte ich ja schon als Dreijährige gemacht. Er war 1904 nach Reit im Winkl gekommen und muss in den ersten Jahren noch seinen großen Hund, eine Bulldogge, mit im Sprechzimmer gehabt haben. Mitte der Dreißigerjahre besuchte uns ein früherer Holzknecht, den mein Vater aus seiner Zeit kannte, als er selbst noch Waldarbeiter gewesen war. Der Mann zeigte uns seine linke Hand, an der der Daumen fehlte. Uns aufmerksam lauschenden Kindern erzählte er die Geschichte dazu: Beim Holzfällen hatte er sich den Daumen gequetscht und war auf schnellstem Wege zu unserem Doktor geeilt. Der machte nicht lange Federlesens. Ohne den Verletzten örtlich zu betäuben, schnitt er den Daumen einfach ab und warf ihn seinem Hund hin. Dieser, glücklich über die kleine Zwischenmahlzeit, verspeiste ihn mit Appetit.

Mit dieser Geschichte im Hinterkopf wagte ich es kaum zu klagen, wenn ich irgendwelche Schmerzen hatte, damit ich nur ja nicht zum Arzt musste. Das erste Schuljahr hatte ich durchlaufen, da plagten mich in der letzten Ferienwoche üble Halsschmerzen, sodass ich dies meiner Mutter schließlich gestand. Sie versuchte mich mit den üblichen Hausmittelchen wie Kamillen- und Salbeitee zu kurieren. Als alles nichts half, wanderte sie mit mir zum Hausarzt. Mit einem unguten Gefühl trippelte ich neben ihr her. Im Sprechzimmer schaute ich beunruhigt in alle Ecken, doch der große Hund war nicht zu erblicken. Inzwischen waren vermutlich die Hygienevorschriften strenger geworden, vielleicht war er auch schon im

Hundehimmel. Nach einem kurzen Blick in meinen Hals stellte der Arzt die Diagnose: »Die eine Mandel ist total entzündet. Die muss raus. Dann hat das Dirndl keine Probleme mehr damit.«

Der große dickbäuchige Mann im weißen Kittel bewegte sich auf einen weißen Schrank mit Glastüren zu. Hinter den Scheiben konnte ich verschiedene »Folterwerkzeuge« entdecken. Der Arzt entnahm ihm eine chromglänzende Zange. In dem Moment verließ meine Mutter fluchtartig den Raum.

»Das muss ich mir nicht anschauen.«

Mich, das arme kranke Kind, ließ sie bei dem Doktor zurück. Der kam mit der – für meine Begriffe – riesigen Zange auf mich zu und befahl: »Mach den Mund ganz weit auf!«

Zitternd vor Angst gehorchte ich. Viel lieber hätte ich die Zähne zusammengebissen. Er schob mir dieses schreckliche Instrument in den Mund, sodass ich würgen und husten musste. Davon ließ sich der Weißkittel nicht beirren, er schob die Zange noch weiter in den Rachen. Ein kurzer höllischer Schmerz, ein Aufschrei und dann spuckte ich Blut. Auf meinen Schrei hin stürzte meine Mutter ins Sprechzimmer. Sie nahm das weinende Kind an die Hand und führte mich nach Hause. An Im-Bett-Liegen oder den Hals-Kühlen war nicht zu denken. Man erlaubte mir nur, aufs Nachtessen zu verzichten. Am folgenden Morgen begann die Schule wieder, und ich kam in die zweite Klasse.

Etwa zwei oder drei Jahre danach zeigten sich bei mir beunruhigende Symptome. Aus heiterem Himmel rang ich nach Luft, meine Lippen wurden blau, meine Fingernägel wurden blau. Wenig später verdrehte ich die Augen und verlor die Besinnung. Zum Glück war mein Vater zu Hause. In größter Sorge warf er mich über die Schulter und rannte mit mir zum Arzt. Dieser diagnostizierte: »Das sind die Fraisen.« Das war die damalige Bezeichnung für eine Art von Krämpfen. Er gab mir eine Spritze, und bald war ich wieder putzmunter.

Wie das Schicksal es so wollte, fühlte sich Theres gegen Ende des Jahres 1938 erneut Mutter werden. Sie war regelrecht geschockt, denn da sich seit 1932 nichts mehr getan hatte, hatte sie geglaubt, nun sei endgültig Schluss. Ab dem fünften Monat traute sie sich nicht mehr aus dem Haus. Alles, was außerhalb zu erledigen war, mussten Ludwig und ich übernehmen. Wir waren ja schon alt genug dazu. Dass die Mutter ein Kind erwartete, wussten wir allerdings nicht. Doch als wir am Pfingstsonntag aus der Kirche kamen, war die Mutter nicht da.

»Wo ist die Mama?«, bestürmten wir unseren Vater.

»Die ist im Krankenhaus«, war seine Auskunft.

Erschrocken fragten wir: »Ist sie krank?«

»Nein, nein«, beruhigte er uns. »Sie macht dort nur einen Besuch.«

Erleichtert nahmen wir das zur Kenntnis. Eine gewisse Neugier ließ uns weitere Fragen stellen: »Wen besucht sie denn?«, »Warum ausgerechnet zu der Zeit, wenn sie kochen müsste?«

»Wartet's nur ab. Das werdet ihr noch früh genug erfahren«, schmunzelte der Vater geheimnisvoll.

»Und was sollen wir jetzt essen?«

»In der Speis werden wir schon was finden, um unseren Hunger zu stillen«, zeigte sich der Vater optimistisch. Er fand ein paar gekochte Kartoffeln, die er als Bratkartoffeln zubereitete und auf die wir uns hungrig stürzten.

Am Spätnachmittag verließ der Papa das Haus mit der Ansage: »Ich will mal schauen, wo die Mama so lange bleibt.«

Wenig später war er zurück, aber ohne Mama. Er rief laut durchs Haus: »Kinder, kommt mal her. Ich habe euch was Wichtiges zu sagen.« Erwartungsvoll schauten wir drei ihn an. »Die Hebamme hat der Mutter im Krankenhaus einen Buben gebracht«, eröffnete er seine Mitteilung. »Sollen wir ihn der Hebamme wieder mitgeben?«

»Nein!«, schrie ich erschrocken auf. »Den behalten wir!« Bei Vaters Mitteilung war mir nämlich blitzschnell etwas durch den Kopf gesaust, worin ich für mich einen großen Vorteil sah. Eine Familie mit vier Kindern galt als kinderreich, deshalb durften alle vier Kinder kostenlos ins Schwimmbad. Wir alle liebten es sehr, an heißen Tagen dort zu plantschen. Besonders ich war eine Wasserratte. Der Eintritt betrug zehn Pfennig pro Kind. Das konnten die Eltern nicht an jedem Sonnentag aufbringen. Um trotzdem hineinzukommen, hatte ich mir einen Trick ausgedacht: Zu Hause zog ich meinen Badeanzug an und meine Kleidung darüber. So erschien ich bei der Kassiererin und erklärte: »Heute will ich nicht ins Wasser, ich will nur schauen, ob meine Freundin da ist.« Augenzwinkernd ließ sie mich vorbei. Sie wusste genau, was Sache war, tat aber so, als glaubte sie mir. Sie wollte mir den Spaß nicht verderben. Hinter einem Busch entledigte ich mich meiner Kleidung, drehte meine Runden in dem erfrischenden Nass und zog nach einiger Zeit meine Kleidung über den nassen Badeanzug an. Mit dem vierten Kind in der Familie würden für mich rosige Zeiten anbrechen, dachte ich. Wir alle könnten jederzeit kostenlos ins Schwimmbad und ich hatte es nicht mehr nötig, meinen illegalen Trick anzuwenden und brauchte kein schlechtes Gewissen mehr zu haben.

Noch während mir diese Gedanken durch den Kopf gingen, fragte mein Vater: »Wie nennen wir den neuen Buben denn?«

Ratlos schauten wir einander an. Auf die Schnelle fiel uns kein Name ein. Deshalb machte der Papa einen Vorschlag: »Was haltet ihr von Pankraz?«

»Nein, nein!«, riefen wir einstimmig, und ich fügte ergänzend hinzu: »Das klingt so hart.« Vaters zweiter Vorschlag: »Wie wär's mit Heiner?«

Allgemeines Kopfnicken und zustimmendes »Ja«.

Wir konnten es kaum erwarten, bis die Mutter endlich mit unserem kleinen Bruder nach Hause kam. Gretl, zu der Zeit sieben Jahre alt, war gerade dabei, eine Brezn zu verspeisen. Als das Brüderchen schrie, brach sie ein Stück von ihrer Brezn ab und steckte es ihm fürsorglich in den Mund. Der zutiefst erschrockenen Mama gelang es gerade noch, das Stück aus Heiners Mund zu entfernen.

»Um Gottes Willen, Gretl, das darfst du nicht machen! Das würde ihn umbringen. Erst wenn er Zähne hat, darf man ihm ein Stück Breze geben.«

Vor den Klatschmäulern im Dorf hatte meine Mutter weiterhin keine Ruhe. Schon das erste Mal, als sie nach ihrer vierten Entbindung auf dem Weg zur Kirche war, hörte sie, wie man sich hinter ihr das Maul zerriss: »Züchten tun sie wie die Hasen!«

Mit Beginn des Zweiten Weltkrieges am 1. September 1939 endete für meinen Vater die Verantwortung für die polizeilichen Pferde. Sie wurden für die Wehrmacht beschlagnahmt und hatten künftig militärische Aufgaben. Damit unsere Polizisten dennoch mobil blieben und schnell zu ihren Einsatzorten gelangen konnten, wurde ihnen ein Auto zur Verfügung gestellt, ein schwarzer Ford Taunus. Autos fuhren damals noch nicht besonders schnell, doch schneller als Pferde waren sie allemal, zumindest auf ebenen Strecken. In den Bergen und im Wald waren sie allerdings nicht so wendig wie ein Ross, wenn sie nicht gar stecken blieben.

Die Arbeit mit den Pferden ging dem Vater nicht ab, denn seit einiger Zeit hatte er eine neue Aufgabe, mit der er für seine Familie zusätzlich etwas verdiente. Als Bub hatte er öfters einem Nachbarn beim Imkern geholfen und sich dadurch einiges Wissen über Bienenhaltung erworben. Anfang der Dreißigerjahre hatte ihm der Imker erlaubt, dass Sepp einen Bienenschwarm für sich einfing. Er baute sich ein Bienenhaus und begann seine Bienenzucht. Von Jahr zu Jahr vergrößerte er seinen Bienenbestand um einige Völker. Als der Krieg ausbrach und die Versorgungslage zusehends schlechter wurde, baute er seinen Bienenbestand richtig aus. Er ließ keinen Schwarm mehr auskommen. Die Mama und wir Kinder hatten die Aufgabe, zu beobachten, ob ein Volk schwärmte. Dann mussten wir ihm folgen und dem Vater berichten, wo er sich festgesetzt hatte. Sachgerecht unter Ludwigs Assistenz fing er ihn dann ein. Bald war sein Bienenhaus zu klein geworden, und er errichtete ein zweites, wesentlich größeres. Seine Honigausbeute wuchs von Jahr zu Jahr. Honig wurde während des Krieges unser Lebenselixier. Nicht nur, dass er uns zum Süßen, als Nahrung und als Medizin diente, er war auch unsere neue Währung. Für Honig handelten meine Eltern alles Mögliche ein, was es für Geld nicht mehr zu kaufen gab.

Meines Vaters Kinder

Rosi

Von Rosi, seiner zweiten offiziellen Tochter, hatte mein Vater nach dem Tod seiner ersten Frau Rosina erwartet, dass sie ihm den Haushalt führe. Um dieser Aufgabe zu entrinnen, hatte sie, wie wir bereits wissen, mit ihrer Freundin Dora Schicksal gespielt und ihm sehr bald zu einer neuen Frau verholfen – Theres. Dora hatte ihrer Freundin aber zuvor noch etwas anderes vermittelt, nämlich ihren Traumjob, wie man das heute nennen würde. Seit ihrer Schulentlassung arbeitete Dora im besten Hotel am Platze. Dort pflegten honorige Gäste im Sommer abzusteigen. Max Planck, der berühmte Physiker und Nobelpreisträger, verbrachte mit seiner Familie seit Jahren dort seinen Urlaub. Nachdem seine erste Frau gestorben war und seine Kinder das Nest verlassen hatten, kam er regelmäßig mit seiner zweiten Frau, welche eine Nichte seiner ersten Frau und wesentlich jünger als Max Planck war. Diese brachte eines Tages ihre jüngere Schwester mit, die mit Ehemann und zwei kleinen Töchtern anreiste. Schon bald sprach die Frau Dora an, die an der Rezeption Dienst machte, ob sie nicht Lust habe, als Kindermädchen mit ihnen nach Argentinien zu gehen. Sie wollten, dass ihre Kinder die deutsche Sprache nicht verlernten. In Argentinien würden sie in der Schule Spanisch sprechen, und sie selbst würde sich mit ihrem Mann nur auf Englisch unterhalten, damit die Töchter auch diese Sprache spielend erlernten.

»Auf keinen Fall«, lehnte Dora dankend ab. »So weit weg von zu Hause würde ich nie gehen. Aber ich habe eine Freundin, die hat in der Schule schon Fernweh gehabt. Die würde ohne Bedenken nach Südamerika mitkommen.«

Bei der nächsten Gelegenheit fragte Dora ihre Freundin, das war einige Wochen, nachdem deren Mutter gestorben war. Rosi sah das als Wink des Himmels und war sofort begeistert. Genau das hatte ihr vorgeschwebt. Für das Vorstellungsgespräch machte sie sich schön, zog ihr bestes Dirndl an, flocht ihre Zöpfe besonders ordentlich und steckte sie sorgfältig auf zu einer Gretlfrisur. So erschien sie vor dem jungen Ehepaar. Mit Wohlgefallen betrachteten sie das junge Mädchen und stellten ihr einige Fragen, die sie zu ihrer großen Zufriedenheit beantwortete. Schon dachte Rosi, sie wäre engagiert, da vernahm sie zu ihrer Enttäuschung, wie der Mann zu seiner Frau sagte: »Die Rosi können wir nicht mitnehmen, die ist viel zu hübsch. Die würde uns in Argentinien gleich weggeheiratet. Dann stehen wir ohne Kindermädchen da.«

Von dieser Aussage ließ sich die 18-Jährige nicht entmutigen. Sie bat und bettelte so lange, bis sich das Ehepaar doch entschloss, sie mitzunehmen.

Da sie noch minderjährig war, benötigte sie Vaters Unterschrift auf den Reisepapieren. Der war nicht gerade erbaut von den Reiseplänen seiner Tochter, unterschrieb die Dokumente schließlich aber doch, wenn auch zähneknirschend, weil sie ihm ja eine neue Frau zugebracht hatte. Unmittelbar nach seiner Hochzeit mit Theres reiste Tochter Rosi ab. Es ging aber nicht gleich nach Südamerika. Die jungen Eheleute Burger nahmen das Kindermädchen vorerst mit nach Hamburg, wo sie ihren Hauptwohnsitz hatten. Dr. Burger war in Hamburg Inhaber einer pharmazeutischen Fabrik, in Buenos Aires hatte er eine Zweigniederlassung gegründet. In Zukunft wollte er mit seiner Familie und dem Kindermädchen zwischen Deutschland und Argentinien pendeln.

Bis alles für die Übersiedlung bereit war, gingen noch mehrere Monate drauf. In dieser Zeit vernachlässigten die Burgers ihre gesellschaftlichen Verpflichtungen in der Hansestadt keineswegs. Sie verkehrten in den oberen Kreisen, erhielten so manche Einladung und luden selbst zu festlichen Abendessen ein. Ihre kleinen Töchter, erst vier und fünf Jahre alt, speisten stets am Tisch der Erwachsenen mit. Von klein auf sollten sie an feine Tischsitten gewöhnt werden und lernen, wie man mit Gästen Konversation macht. Rosi saß immer zwischen den Mädchen, um sie zu beaufsichtigen und eingreifen zu können, wenn eines einen Fehler machte. Bei einer solchen Gelegenheit fiel der Blick eines jungen Arztes wohlgefällig auf das Kindermädchen. Noch am selben Abend bat er um ein Rendezvous. Nach einigen Treffen verlobte sich Robert bereits mit ihr, womit sich die Prophezeiung des jungen Unternehmers also schneller erfüllt hatte als befürchtet. Doch Rosi erwähnte nichts von der Verlobung und kam gewissenhaft ihren Pflichten im

Hause Burger nach. Der junge Arzt muss jedoch geplaudert haben. Als der Termin für die Abreise feststand, sah sich der Hausherr genötigt, ein ernstes Wort mit der jungen Reit im Winklerin zu reden.

»Was habe ich gesagt, Rosi, dich wird ganz schnell einer wegheiraten. Nun stehen wir vor dem Problem, uns in aller Eile nach einem neuen Mädchen umsehen zu müssen. Dieses Mal werde ich eine weniger Attraktive auswählen.«

»Nein, nein«, widersprach die junge Frau. »Sie brauchen nicht nach einem neuen Kindermädchen zu suchen. Ich fahre auf jeden Fall mit.«

»Aber wieso? Du bist doch verlobt.«

»Die Verlobung ist mir nicht so wichtig wie die Reise nach Argentinien. Die werde ich lösen.«

Bei ihrem nächsten Treffen erklärte das Mädel aus Bayern dem verliebten Robert ungerührt, dass die Verlobung gelöst sei, weil sie mit ihren Herrschaften nach Südamerika gehe. Zunächst hielt er das für einen Scherz. Doch bald merkte er, dass sie es ernst meinte und blieb enttäuscht zurück.

Rosi dagegen ging zum geplanten Termin erwartungsfroh mit ihren Herrschaften an Bord des Dampfers, der sie nach Buenos Aires entführen sollte. Sowohl die Eltern als auch die Kinder waren glücklich, dass ihnen das Kindermädchen erhalten geblieben war. Sie selbst war begeistert von der Schiffsreise und erst recht von dem fernen Land. Ihre dortigen Aufgaben erledigte sie gewissenhaft und freundete sich mit der argentinischen Köchin an. Von ihr lernte sie nicht nur Spanisch, sondern auch, wie man einheimische Gerichte zubereitet.

Ihre Herrschaften gaben immer wieder Abendeinladungen, wobei Rosi interessante Menschen kennenlernte. Meist waren es Deutsche, die hier eine Firma oder eine Fabrik betrieben, oder deren Angestellte in höheren Positionen. Mit den wenigen Einheimischen, die an solchen Festessen teilnahmen, konnte sie sich bald unterhalten. Immer wieder waren darunter junge, ledige Männer, die der Rosi schöne Augen machten. Das beobachtete die Hausherrin mit Besorgnis und sprach ihr Kindermädchen eines Tages darauf an.

»Keine Sorge, gnädige Frau«, antwortete diese. »Erstens bin ich zum Heiraten noch zu jung, und zweitens ist der Richtige noch nicht dabei, und wenn, dann muss er so lange warten, bis mich Ihre Kinder nicht mehr brauchen.«

Diese Worte beruhigten ihre Herrin nur bis zu einem gewissen Grad. Deshalb achtete sie darauf, möglichst keine ledigen Herren mehr einzuladen.

Hin und wieder schrieb Rosi nach Hause und berichtete von ihrem interessanten Leben. Theres, ihre Stiefmutter, antwortete immer mit einem ausführlichen Brief, in dem sie von den Neuigkeiten innerhalb der Familie und des Dorfes berichtete. Rosis Vater aber schrieb seiner Tochter nicht eine Zeile, ja, er setzte noch nicht einmal seinen Namen unter die Briefe, die seine Frau schrieb. Er nahm es seiner Tochter immer noch übel, dass sie ihn gewissermaßen verlassen hatte und nach Südamerika ausgewandert war. Dabei hätte er glücklich und dankbar sein müssen, dass sie ihm eine so tüchtige junge Frau zugebracht hatte.

Dann trat in Buenos Aires ein Ereignis ein, mit dem weder Frau Burger noch Rosi gerechnet hatten. Es waren einige Monate seit ihrer Ankunft vergangen, da stand der junge Arzt aus Hamburg, der abservierte Verlobte, vor der Tür des herrschaftlichen Hauses. Als Rosi ihn erblickte, erlitt sie eine Art Nervenzusammenbruch. Sie wurde von der Köchin auf ihr Zimmer gebracht und war für Stunden nicht ansprechbar. Als gute Gastgeberin wies Frau Burger dem Besucher ein Zimmer an, damit er sich vom Reisestaub befreie. Anschließend ließ sie sich von ihm berichten, wieso er so überraschend aufgetaucht war. Diese Geschichte erzählte sie später der Rosi.

Demnach hatte der junge Arzt nicht akzeptieren wollen, dass seine Braut die Verlobung gelöst hatte. Er hatte einen Freund, der als Schiffsarzt die Weltmeere bereiste. Als dieser wieder für eine Reise nach Südamerika eingeteilt wurde, übernahm Robert dessen Aufgabe. Leider musste er schon bald einsehen, dass er die weite Reise vergebens gemacht hatte, denn seine ehemalige Braut war nicht bereit, mit ihm in sein Heimatland zurückzukehren. Von ihrer Seite und vonseiten ihrer Herrschaft hatte es vieler Überredungskünste bedurft, bis er endlich begriff, dass Rosi ihn nicht heiraten wollte und lieber bei Familie Burger blieb. Diese war darüber natürlich sehr glücklich.

Obwohl Frau Burger weiterhin darauf achtete, keine Junggesellen einzuladen, saß doch eines Abends ein junger Elektro-Ingenieur mit an der Tafel. Man hatte ja seine Verpflichtungen. Dieser fing sofort Feuer bei dem Dirndl aus Bayern und bat um ein Rendezvous. Richard war Deutscher und arbeitete bei AEG in Buenos Aires. Er gefiel ihr auch vom ersten Augenblick an.

Doch als er ihr einen Heiratsantrag machte, erklärte sie ihm, verloben könne er sich zwar mit ihr, an Heirat sei jedoch vorerst nicht zu denken. Sie habe ihrer Herrschaft versprochen, so lange in ihren Diensten zu bleiben, bis deren Kinder ihrer nicht mehr bedürften. Mit dieser Bedingung war der junge Mann einverstanden.

In den Jahren ihrer Tätigkeit im Hause des Fabrikanten war Rosi mehrmals mit der Familie für einige Monate in Hamburg. In dieser Zeit besuchte sie ihr Vaterhaus jedoch nicht. Eine Fahrt von Hamburg nach Reit im Winkl wäre für sie viel zu umständlich und zeitraubend gewesen.

Mitte 1935 trat Rosi mit ihrem Richard endlich vor den Traualtar. Drei Jahre darauf wurde ihr erstes Kind, Richard jun., geboren. Als sie 1941 erfuhr, dass ihr Bruder Sepp in Russland gefallen war, packte sie doch das Heimweh und sie plante einen Deutschlandbesuch. Doch da meldete sich Baby Nummer zwei an, deshalb wagte sie die strapaziöse Reise nicht. Außerdem meinte ihr Ehemann, es sei zu gefährlich, sich in das kriegsgeschüttelte Deutschland zu begeben. Nachdem Töchterchen Rosemarie das Licht der Welt erblickt hatte, war wegen der fortgeschrittenen Kriegsereignisse erst recht nicht an einen Heimatbesuch zu denken. Erst 1949 wagte Rosi erneut, eine Reise in die alte Heimat zu planen. Doch da machte ihr wiederum eine Schwangerschaft einen Strich durch die Rechnung. Ihrem verflossenen Verlobten zu Ehren, bekam das Kind den Namen Robert.

Drei Jahre später, also 1952, sollte es endlich klappen. Die ganze Familie reiste mit dem Schiff nach Italien und von dort mit dem Bus nach Salzburg, wo mittlerweile Richards Eltern wohnten, die nach dem Krieg aus Mährisch-Ostrau vertrieben worden waren. Nach einem kurzen Besuch bei ihnen bestieg die Familie aus Argentinien den Bus, der sie nach Reit im Winkl brachte. Ihre Ankunftszeit hatten sie Rosis Eltern per Telegramm mitgeteilt.

Zwei Tage vor Weihnachten stand Vater Sepp pünktlich an der Bushaltestelle und schloss seine Tochter überglücklich in die Arme. Ihre Kinder, mittlerweile 15, zwölf und drei Jahre alt, begrüßten begeistert ihren Opa, den sie ja nur aus den Erzählungen ihrer Mutter kannten. Auch den Schwiegersohn lernte Sepp erst jetzt kennen und fand ihn gleich sympathisch. Noch bevor sich der kleine Trupp von der Bushaltestelle aus in Richtung Wohnhaus in Bewegung setzte, fragte Rosi, sich aufmerksam umschauend: »Ja, Vater, was ist jetzt mit eurem Schnee? Die Kinder haben noch nie Schnee gesehen, und ich habe ihnen so viel davon vorgeschwärmt.«

»Wart nur, der kommt schon noch«, antwortete der Opa optimistisch. Nachdem sie einige hundert Meter gegangen waren, fielen die ersten Flocken. Erstaunt fingen die Kinder sie mit den Händen auf und wunderten sich, dass sie darin so schnell vergingen. Wenn ihnen die Mutter den Schnee auch ausführlich beschrieben hatte, so hatten sie sich doch nicht vorstellen können, wie er wirklich war. Bis sie am Haus der Großeltern ankamen, schneite es sich richtig ein, und bald war der Boden weiß bedeckt. Die Kinder waren fast nicht ins Haus zu kriegen. Der Opa zeigte ihnen, wie man Schneebälle formt und eine Schneeballschlacht macht. Auch wurde unser alter Schlitten aus dem Keller gezerrt, damit die jungen Argentinier erlebten, wie man Schlitten fährt.

Am nächsten Tag wollte Rosi mit ihrer Familie zurück nach Salzburg, weil sie den Heiligen Abend bei ihren Schwiegereltern verbringen wollten. An diesem Morgen staunten die Kinder erst recht. Über Nacht hatte es einen halben Meter geschneit, sodass sie Mühe hatten, zum Bus zu gelangen. Dieser fuhr mit reichlich Verspätung ab, weil die Strecke erst einigermaßen freigeräumt werden musste.

Als die junge Familie wieder in Buenos Aires war, gingen abermals Briefe zwischen Stiefmutter und Stieftochter hin und her. Von Vater Sepp kam aber weiterhin nie eine Zeile, obwohl er während des Besuches sehr herzlich zur Rosi gewesen war. In den folgenden Jahren machte Rosi mit ihrer Familie noch öfter Besuch in ihrem Vaterhaus und blieb immer wesentlich länger als beim ersten Mal. Ihr Vater hat sich jedes Mal gefreut und ging mit ihr um, als ob nie etwas zwischen ihnen gestanden hätte, nur schreiben tat er ihr nie. Richard lud mich immer wieder ein, sie mal in Argentinien zu besuchen. Doch irgendwie klappte das nie. Bei seinem letzten Besuch in Reit im Winkl, das war zum neunzigsten Geburtstag unseres Vaters im November 1967, beschwor er mich: »Du musst bald kommen, noch bevor du mich im Rollstuhl antriffst.« Aber auch das schaffte ich nicht.

Heinrich

Heinrich Seidlmayer, Jahrgang 1899, war zwar Sepps Stiefsohn, doch er liebte und behandelte ihn wie ein leibliches Kind. Als Heinrich 1913 der Schule entwachsen war, brachte der Vater ihn gleich in »seiner« Sägemühle unter und lernte ihn ebenso gewissenhaft an wie alle anderen Lehrlinge. Im letzten Kriegsjahr 1918 wurde der Bub noch eingezogen.

Von seiner Grundausbildung schickte er ein Foto nach Hause, auf dem mehr als hundert Rekruten zu sehen waren, jedes Gesicht nicht größer als ein bunter Stecknadelkopf. Davor saß stolz auf seinem Ross, einem Apfelschimmel, sein Vorgesetzter. Heinrichs Kommentar zu diesem Bild: »Ihr werdet mich schon erkennen.«

Er hatte großes Glück, denn noch bevor er an die Front gemusst hätte, war der Krieg aus, und er kam umgehend heim. Er stieg gleich wieder ins Sägewerk ein und wurde ein tüchtiger Säger, mit dem sein Stiefvater gerne zusammenarbeitete.

Schon bald lernte Heinrich ein nettes Mädchen kennen, die Susanne. Noch ehe sie zum Heiraten kamen, erblickte am 7. September 1921 bereits ein kleiner Heinrich das Licht der Welt. Die Hochzeit seiner Eltern war einige Wochen später.

Die Angestellten des Sägewerkes hatten nicht nur die Aufgabe, Baumstämme zu Brettern zu sägen, im Winter mussten sie auch das Eis aus einem betriebseigenen Weiher »fischen« und es zu länglichen Blöcken schneiden. Diese Eisblöcke wurden an Gaststätten verkauft, die sie in Höhlenkellern lagerten, um damit in der warmen Jahreszeit das Bier zu kühlen.

Zum Besitz des Werkes gehörte auch ein ansehnliches Waldgebiet, in dem die Mitarbeiter ebenfalls eingesetzt waren, vor allem in den Herbstmonaten zum

Fällen der Bäume. Für diese Tätigkeit war Sepp der geeignete Mann, denn aus seiner Zeit als Holzknecht brachte er reichlich Erfahrung mit. Die jungen Burschen, die ihm zur Seite gestellt wurden, führte er gewissenhaft in die Kunst des Holzfällens ein und ebenso in die Tätigkeiten, die danach nötig waren. Vor allem unterwies er sie darin, sehr umsichtig zu arbeiten, damit nichts passierte.

Dennoch geschah am 17. November 1931 ein schlimmes Unglück. An diesem Tag arbeitete Sepp mit einem anderen Kollegen zusammen, und zwar in einiger Entfernung zu seinem Stiefsohn Heinrich. Plötzlich gellte ein Schrei durch den Wald. Sofort ließen die beiden ihre Säge los und rannten in die Richtung, aus welcher der Schrei gekommen war. Was war geschehen?

Genau konnte das nachher niemand erklären. Die Kerbe, die dem Baum die Richtung vorgab, in welche er fallen sollte, war vorschriftsmäßig gehauen. Als die Buche zu wanken begann, hatten die beiden Säger laut genug geschrien, damit sich alle Beteiligten in entgegengesetzter Richtung in Sicherheit bringen konnten. Ob der Wind eine Rolle gespielt hatte? Ob die Kerbe nicht exakt ausgeführt war? Jedenfalls fiel der Baumriese nicht dorthin, wo er sollte, sondern stürzte auf Heinrich und lag quer über seiner Brust. Sein Stiefvater und einige Helfer wuchteten den Baum weg, während andere aus dünnen Stämmen schnell eine Trage bastelten. Damit wurde der Verletzte aus dem Wald bis zum nächsten Weg getragen, der mit einem Fuhrwerk befahrbar war. Geistesgegenwärtig war einer der Holzfäller losgerannt, nachdem der Baum auf

Heinrich gestürzt war. Er kam schon bald mit einem Pritschenwagen zurück, vor den ein Pferd gespannt war. Vorsichtig hoben die Männer den Verletzten darauf.

Sepp begleitete das traurige Gefährt bis zum Krankenhaus. Einen Krankenwagen besaß unser Krankenhaus zu dieser Zeit noch nicht. Dort angekommen hob man den Verletzten mitsamt der Trage vom Pferdewagen. In dem Moment meinte Heinrich, er müsse zu Fuß in den ersten Stock steigen, und versuchte sich zu erheben.

»Halt, um Gottes Willen, bleib liegen!«, rief ihm einer der Sanitäter zu, die mit einer echten Trage herbeigeeilt waren. »Keine Sorge, wir schaffen dich schon nach oben.«

»Das ist nicht nötig, mir tut ja nichts weh«, entgegnete Heinrich. »Ich bin auch nicht verletzt.«

»Du kannst innere Verletzungen haben«, erklärte der Sanitäter und schnallte ihn auf der Trage fest.

Kaum war der Patient im ersten Stock angekommen, tat er, noch ehe ihn ein Arzt gesehen hatte, seinen letzten Atemzug und starb. Er war innerlich verblutet.

Da ihr Mann so jung gestorben war, bekam die Witwe keine Rente. Daher arbeitete sie jahrelang beim Unterwirt als Bedienung.

Kurz nach Ausbruch des Zweiten Weltkriegs wurde ihr Sohn, der junge Heinrich Seidlmayer, eingezogen. Er kämpfte in Polen, in Norwegen, in Frankreich und in Spanien. Schließlich wurde er in Italien eingesetzt. Tragischerweise fiel er kurz vor Kriegsende bei Bologna, nämlich am 17. April 1944.

Sepp jun.

Sepp, mein Halbbruder, hatte sich zu einem geschickten und fleißigen Arbeiter in der Sägemühle entwickelt. Einen Ausgleich zu seiner schweren Arbeit bot ihm die Geselligkeit im Trachtenverein und seine Liebe zur Musik. Er war ein Naturtalent und spielte ziemlich gut Gitarre, Zither und Trompete. Das meiste auf diesen Instrumenten hatte er sich selbst beigebracht. Nur am Anfang hatte er einige Unterrichtsstunden bei einem Musiklehrer gehabt. An den Wochenenden trat er gemeinsam mit anderen Musikern im »Almrausch« oder in anderen Gaststätten auf. Bereits 1919 trat er dem Theaterverein bei, der ein Jahr nach Kriegsende wieder zum Leben erweckt worden war.

Er und seine Spezln verbrachten ihre Freizeit aber nicht nur mit Musizieren, sie hatten auch viel Unsinn im Kopf. Damit sorgten sie immer wieder für Ortsgespräche.

An eine Geschichte, die Sepp mir selbst erzählt hat, erinnere ich mich noch sehr lebhaft. Nachdem sie in Blindau im Feichtenhof aufgetreten waren, kam einer von ihnen, der Hans, mitten in der Nacht auf eine verrückte Idee.

»Wir wandern jetzt zum Stoaner.« Das war eine Gaststätte im Ortsteil Birnbach.

»Was willst du denn mitten in der Nacht beim Stoaner?«, fragte einer der Freunde entsetzt. »Bis dahin sind es doch gut und gerne sechs oder sieben Kilometer.«

»Ja, über die Landstraße. Wir nehmen aber die Luftlinie. Die ist viel kürzer.« Verständnislos sahen ihn alle an. Vor ihren erstaunten Augen zog er auf einem Ortsplan, den er zu diesem Zweck eigens mitgebracht hatte, mit Rotstift einen geraden Strich vom Feichtenhof bis zum Stoaner. Nun hatten sie begriffen und waren von der Idee begeistert. Da sie aber nicht fliegen konnten, mussten sie am Boden bleiben.

In der mondhellen Nacht wanderten die vier Gesellen querfeldein. Hans hatte an alles gedacht. Weil er wusste, dass es auf dieser Strecke Hindernisse zu überwinden galt, hatte er zwei handliche Leitern besorgt. Jeweils zwei Mann trugen eine davon. Bei ihrem Abenteuer war ihnen keine Mühe zu viel. Kamen sie an einen Baum, gingen sie nicht um diesen herum, sie lehnten die erste Leiter an den Stamm, und der Anführer stieg hinauf. Diesem reichten sie die zweite Leiter nach oben, und er ließ sie auf der anderen Seite hinunter, sodass er dort absteigen konnte. Seine Kameraden folgten ihm auf diesem Weg. Der Letzte zog die erste Leiter hoch und reichte sie den anderen nach unten. Kamen sie an einen Graben, sprangen sie mit Anlauf hinüber. Erwies sich dieser als zu breit, legten sie eine Leiter quer darüber und krabbelten über diese zur anderen Seite. Ein größeres Hindernis bildete die Lofer. Jedoch nicht für das Männerquartett. Alle zogen Schuhe und Strümpfe aus, wateten durch den Bach und legten am jenseitigen Ufer ihre Fußbekleidung wieder an. Ihr Glück war, dass sich auf ihrer Wanderstrecke kein Haus befand. Reit im Winkl war zu der Zeit noch relativ dünn besiedelt.

Wie lange sie für ihre Aktion gebraucht haben, ist nicht überliefert. Auch ist mir nicht bekannt, wie sie sich am Zielort verhalten haben. Ich vermute, sie hatten von dem nächtlichen Abenteuer einen solchen Durst, dass sie den Stoaner-Wirt aus dem Schlaf geklopft und auf einer Maß für jeden von ihnen bestanden haben.

Gegen Ende der Dreißigerjahre trat im Almrausch ein junges Dirndl mit Namen Maria Neumeier auf. Maria hatte eine wundervolle Stimme und zog gleich alle Gäste in ihren Bann. Mein Bruder Sepp war von ihr begeistert, seit er sie das erste Mal gesehen hatte. Zu seiner Freude traf er sie im Theaterverein wieder. Schon als Kind hatte sie dort ein Gastspiel gegeben und als Fünfjährige auf der Bühne gestanden. Im Alter von 17 Jahren aber war sie festes Mitglied dieser Truppe. Dort begegnete er ihr nicht nur immer wieder, der Regisseur erkannte auch bald, dass die beiden wirklich schauspielerisches Talent mitbrachten und beim Publikum gut ankamen. Deshalb besetzte er in jedem Stück die Rolle des Liebespaares mit den beiden. Sie spielten ihre Rollen sehr überzeugend, denn sie waren bald auch in echt ein Liebespaar. Nun ist es üblich, dass die Hauptrollen doppelt besetzt werden, für den Fall, dass einer der Hauptdarsteller wegen Krankheit oder aus beruflichen Gründen ausfällt. Die Zweitbesetzung will man aber nicht warten lassen, bis ein solcher Fall mal eintritt. Ab und an dürfen die Ersatzspieler auftreten, damit sie nicht die Lust verlieren und in Übung bleiben. So kam es, dass an einem Abend im vollbesetzten Saal Maria, die Erstbesetzung, mit der Zweitbesetzung des Liebhabers auftrat. Der Sepp aber, mit dem sie längst liiert war, saß im Publikum, ziemlich weit vorne. Als der »Ersatzliebhaber« auf der Bühne seine Rolle gar so gekonnt spielte, kochte Sepp vor Eifersucht und hätte sich am liebsten auf ihn gestürzt. Das traute er sich dann doch nicht, wollte dem Treiben aber dennoch ein Ende setzen. Schnell zog er einen Schuh aus und warf ihn mit Schwung seinem »Nebenbuhler« an den Kopf. Im Zuschauerraum erhob sich tosender Beifall, alle glaubten, das gehöre zum Stück.

Leider griff der unselige Zweite Weltkrieg auch in das Leben dieses Paares ein. Mein Bruder Sepp musste schon nach wenigen Monaten einrücken. Weil seine Braut ein Kind erwartete, bekam er Heiratsurlaub. Am 2. Dezember 1940 begaben sich die Brautleute zunächst zum Standesamt, wo aus Maria Neumeier eine Maria Fischer wurde. Dann ging es in die Kirche, wo die feierliche Trauung stattfand. Die Braut in ihrem eleganten weißen Kleid, mit Kranz und bodenlangem Schleier, fand ich todschick, und mein Bruder in seiner Uniform sah ausgesprochen fesch aus. Beide beantworteten die Fragen des Pfarrers mit deutlichem Ja. Anschließend feierte man im Gasthaus zur Post. Die Hochzeitsgesellschaft bestand zwar nur aus 15 Personen, dennoch hatte die Braut vorher in ihrer Verwandtschaft um Lebensmittelmarken »gebettelt«, damit der Wirt ihnen überhaupt ein festliches Mahl vorsetzen konnte. Zu der Zeit waren ja alle Lebensmittel rationiert, und ohne Marken hätte der Wirt nicht entsprechend einkaufen können. Bei dieser Hochzeit war ich zehn Jahre alt und wusste das besonders gute Essen durchaus zu schätzen.

Leider musste das junge Paar schon bald wieder Abschied nehmen. Maria, deren Ruhm als gute Schauspielerin mittlerweile weit über die Grenzen ihres

Heimatortes hinausgedrungen war, wurde Anfang 1941 eingeladen, im Fronttheater in Norwegen mitzuspielen. Als brave Ehefrau fragte sie schriftlich bei ihrem in Frankreich stationierten Liebsten an, ob sie das Angebot annehmen solle.

»Aber natürlich!«, antwortete er umgehend. »Wer weiß, ob du im Leben noch mal die Gelegenheit hast, nach Norwegen zu kommen.«

Sie fuhr also nach Norwegen. Aber genau in diesen beiden Wochen, die sie dort weilte, hatte ihr Ehemann Fronturlaub und verbrachte ihn allein zu Hause. Danach wurde er nach Russland abkommandiert, gleichzeitig mit seinem besten Freund.

Am 5. Juli 1941 brachte Maria ihre Tochter zur Welt, der sie den Namen Margot gab. Die junge Mutter ließ das Kind sofort fotografieren und schickte das Bild dem frischgebackenen Vater an die Front. Wenn er sein Kind schon nicht in den Armen halten konnte, sollte er es doch wenigstens auf einem Foto sehen. Leider kam das Bild schon nach wenigen Wochen zurück, sodass zu vermuten ist, dass es ihn gar nicht mehr erreicht hat. Neben anderen Dingen aus seinem Besitz lag in dem Packerl ein Brief von seiner Kommandantur. Darin drückte man der jungen Witwe – sie war gerade 21 Jahre alt – aufrichtiges Beileid aus. Ihr Mann sei Anfang August in Grebne am Dnepr für Volk und Vaterland gefallen. Gleichzeitig mit Sepp war auch sein Freund gefallen. Das erfuhr Maria wenig später von dessen Eltern.

Wer so etwas nicht selbst durchgemacht hat, kann sich die Verzweiflung der jungen Mutter kaum vorstellen. Sie hatte ja nicht nur ihren Liebsten verloren, sondern auch ihren Ernährer. Seinen Vater traf Sepps Tod ebenfalls hart, und auch uns, seine Stiefmutter und seine Geschwister. Irgendwie musste das Leben für Maria, die junge Witwe, weitergehen. Durch verschiedene Arbeiten gelang es ihr, sich und ihre Tochter über Wasser zu halten. Glücklicherweise bekam die begabte junge Frau bald ein Stipendium, um Musik studieren zu können.

Kurz vor Kriegsende lernte Maria Fischer den musikbegeisterten Addi Hellwig kennen. Leider musste dieser zunächst für zwei Jahre in amerikanische Kriegsgefangenschaft. Daher läuteten die Hochzeitsglocken für das Paar erst am 2. Mai 1948. Aus Maria Fischer wurde nun Maria Hellwig, die spätere weltbekannte Jodelkönigin.

Addi adoptierte Marias Tochter und war ihr ein vorbildlicher Vater. Durch Auftritte auf verschiedenen Bühnen trug seine Frau zum Einkommen der kleinen Familie bei. Nach wenigen Jahren, Tochter Margot hatte mittlerweile ebenfalls eine Gesangsausbildung absolviert, traten beide im Duo auf. Gemeinsam reisten sie von Erfolg zu Erfolg, durch viele Länder und durch alle Kontinente und waren präsent auf der Bühne, im Fernsehen und im Rundfunk.

Gretl

Zu meiner Schwester Gretl hatte ich schon immer ein sehr herzliches Verhältnis. Allerdings beneidete ich sie um ihre kräftigen langen Haare. Diese ließen sich wunderbar flechten und zu einer traditionellen Gretl-Frisur aufstecken. Mein Haar dagegen war so dünn, dass sich nichts daraus machen ließ. Deshalb trug ich es immer kurz geschnitten.

Nach ihrer Schulentlassung begann meine Schwester eine Lehre als Verkäuferin in einem Lebensmittelladen. Schon bald wurde sie Mitglied im Trachtenverein, der seit 1928 auch Frauen aufnahm. Nicht nur wegen ihrer Gretl-Frisur war sie dort gerne gesehen. Nach Möglichkeit ließ sie keine der Veranstaltungen aus. Genau wie ich lernte sie erst nach dem Ende des Krieges alpines Skifahren. Sie war aber eine noch schlechtere Läuferin als ich, deshalb gab sie es bald auf, verlegte sich auf Langlauf und wurde Mitglied beim Wintersportverein. Im Langlauf erbrachte sie auch keine bedeutenden Leistungen, ihr ging es mehr um die Faschingsbälle, die der Verein ausrichtete. Dort trafen sich die jungen Leute besonders gern.

Auf einem solchen Ball begegnete ihr der Rudi Kopp. Dieser war am 31. Januar 1926 in Rabenstein geboren worden, das damals zum Deutschen Reich gehörte, heute aber in Slowenien liegt. Bevor er zum Kriegsdienst verpflichtet wurde, hatte er schon eine beachtliche Karriere als Langläufer hinter sich. Der Krieg warf ihn – wie so viele andere junge Männer – weit zurück, sowohl beruflich als auch in seiner Langlaufkarriere. Erst nach Kriegsende konnte er einen Beruf erlernen und wurde Polizist. Als solcher kam er 1950 nach Reit im Winkl. Für ihn war es selbstverständlich, gleich in den Wintersportverein einzutreten und seine sportliche Laufbahn fortzusetzen.

Gretl und Rudi heirateten 1952 und bekamen drei Buben, den Karlheinz 1952, den Rudi 1954 und den Peter 1958. Weil das dritte Kind abermals ein Bub war, zeigte sich Vater Rudi sehr enttäuscht. Deshalb wusch ich ihm den Kopf: »Was fällt dir ein, darüber zu jammern? Du solltest froh und dankbar sein, dass du drei gesunde Kinder bekommen hast!« Diese Worte nahm er sich zu Herzen und hörte auf zu murren, dass er »nur« Söhne hatte. Als ihm aber 1961 mit Gabriele endlich eine Tochter geboren wurde, strahlte er vor Glück.

Rudi, für seine Heimatgemeinde ein erfolgreicher Langläufer, musste immer wieder zu Wettkämpfen fahren. An drei Weltmeisterschaften nahm er teil und sogar an den Olympischen Winterspielen 1952 sowie 1956. Er errang – ich weiß nicht, wie oft – Meistertitel im Langlauf und in Staffelläufen. Gretl berichtete mir immer voller Stolz davon. Doch alles hat seinen Preis. Häufig ließ Rudi sie allein zu Hause mit den Kindern, wenn er zu Wettkämpfen fuhr. Doch sie, nicht faul, packte dann das eine oder andere Kind ins Wagerl, nahm die älteren an die Hand und schob hinauf zu unseren Eltern. Dort blieb sie so lange, bis ihr Gatte wieder zurück war. Weilte sie zur Entbindung im Krankenhaus, war es selbstverständlich Oma Theres, die Gretls Kinder bei sich im Haus betreute, wobei ihr Opa Sepp begeistert half.

Mein Pflichtjahr

Bevor ich auf meine anderen Geschwister zu sprechen komme, will ich von mir erzählen. Als ich die vierte Klasse besuchte, war es noch nicht üblich, dass Kinder von Bauern oder Handwerkern auf eine weiterführende Schule geschickt wurden. Das »Studieren«, wie man bei uns den Besuch einer höheren Schule bezeichnete, war den Kindern von »Studierten« vorbehalten.

Dass meine Freundin Heli, die Tochter unseres Schulleiters, die Mittelschule besuchen würde, war ausgemachte Sache. Da ihr Vater, mein Klassenlehrer, feststellte, dass ich ebenso begabt war wie seine Tochter, empfahl er mir, ebenfalls die Mittelschule zu besuchen. Dieser Vorschlag gefiel uns Freundinnen sehr gut, denn wir hingen wie die Kletten aneinander und konnten uns nicht vorstellen, dass wir in absehbarer Zeit getrennt sein würden. »Das müssen Sie mit meinem Vater ausmachen«, antwortete ich meinem Lehrer. Daraufhin meldete er über mich seinen Besuch bei uns an. »Der soll mir nur kommen«, reagierte mein Vater. »Ich weiß schon, was der will. Aber daraus wird nichts.«

Nach dieser Aussage sah ich meine Felle davonschwimmen, setzte aber noch ein bisschen Hoffnung in die Überzeugungskunst meines Lehrers. Unser Nachtessen hatten wir gerade beendet, da tauchte er auf. Papa führte ihn in die Stube, um ungestört mit ihm reden zu können. Wir anderen blieben mit der Mama in der Küche. Sie stopfte Strümpfe, und ich sollte eigentlich das Geschirr vom Nachtessen spülen. Unter dem Vorwand, ich müsse aufs Klo, verließ ich die Küche und hielt mein Ohr an die Stubentür. Bei einem Obstler redeten die beiden Männer laut genug, sodass ich jedes Wort verstand. Mein Rektor schilderte meinem Vater, wie intelligent ich sei und wie strebsam, um ihm anschließend nahezulegen, mich auf die Mittelschule nach Bad Reichenhall zu schicken.

»Wo denkst du hin?«, brauste der Vater auf. »Dafür fehlt mir das Geld.«

»Am Geld soll's nicht fehlen«, antwortete der Pädagoge. »Für die Resi werde ich die Hälfte des Schulgeldes übernehmen. Und wohnen kann sie mit der Heli kostenlos bei der Schwester meiner Frau. Ihr müsstet ihr nur so viel an Kostgeld zahlen, wie ihr für das Dirndl daheim auch aufwenden würdet.«

»Vielen Dank, Kurt, das ist von euch sehr nobel gemeint, aber das kann ich nicht annehmen.« Der Vater führte ins Feld, dass er drei weitere unmündige Kinder habe, denen müsse er dann wegen der Gleichbehandlung auch eine höhere Bildung ermöglichen. Doch das könne er auf keinen Fall leisten.

Ich hatte genug gehört. Niedergeschlagen kehrte ich in die Küche zurück. Vaters Entscheidung bedeutete, dass ich schon bald von Heli getrennt sein würde. Und nicht nur das, mir würde eine höhere Bildung versagt bleiben. Lustlos spülte ich mein Geschirr. Wenig später kam Papa in die Küche.

»Was hat es gegeben?«, wollte die Mama wissen.

»Ach, nichts von Bedeutung«, antwortete der Papa mit einem vielsagenden Blick auf mich. Dieser ließ mich erahnen, dass er vor mir nicht reden wollte und der Mama später unter vier Augen alles erklären würde.

Als meine Freundin zu Beginn des neuen Schuljahres den Bus nach Bad Reichenhall bestieg, flossen auf beiden Seiten Tränen.

»Sie ist doch nicht aus der Welt«, tröstete mich ihre Mutter, die selbst nur mit Mühe ihre Tränen zurückhalten konnte. »Sie kommt ja in allen Ferien nach Hause.«

In der Nachbarschaft gab es ein Mädchen, die Traudl, die sich bisher vergeblich bemüht hatte, meine Freundin zu werden. Nun, da der Platz an meiner Seite frei war, übernahm sie ihn rasch, was mich über den Abschied von Heli hinwegtröstete. Zudem wurden meine Interessen bald in eine andere Richtung gelenkt.

Wie alljährlich hatte meine Tante Martina, eine Schwester meiner Mutter, geschrieben, dass die Kirschen reif seien. Sie lebte auf einem Bauernhof in Westerbuchberg, einem Ortsteil von Übersee, etwa 25 Kilometer von Reit im Winkl entfernt. Also fuhren meine Mutter und ich mit dem Bus hin, ich mit großer Begeisterung. Ludwig und Gretl dagegen verspürten keine Lust mitzufahren. Denn von der Bushaltestelle in Übersee war es noch eine gute Stunde bis zum Fraulhof zu laufen. Heiner war eh noch zu klein für diese Reise.

Als Erstes waren immer die dicken bräunlichen Kirschen reif. Genüsslich aßen wir sie direkt vom Baum, bis uns die Bäuche wehtaten. Dann pflückte meine Mutter für zu Hause. Es wurde immer der große Militärrucksack vom Papa voll. Wir fuhren auch ein zweites und drittes Mal zur Kirschenernte, nämlich wenn die späteren Sorten reif waren. Auch zur Zwetschgen-, Birnen- und Apfelernte ließen wir uns gerne einladen. Anfangs interessierten mich nur die Früchte, bald wollte ich aber wissen, wieso um Tantes Haus herum so köstliches Obst wuchs und bei uns nicht. Die Mama erklärte mir, das liege am Klima. Dieses sei in Westerbuchberg wesentlich milder als bei uns in den Bergen.

Als meine Freundin aus Bad Reichenhall zu ihren ersten Sommerferien nach Hause kam, führte ihr Weg sogleich zu mir. Zu ihrer Enttäuschung traf sie bei mir die Traudl an. Frisch von der Leber gebot sie ihr: »Jetzt gehst heim. Jetzt gehört sie mir.« Die ganzen Ferien über waren wir dann unzertrennlich.

Kurz bevor mein letztes Schuljahr zu Ende ging, erklärte uns unsere Lehrerin, dass wir gleich nach der Schulentlassung ein Pflichtjahr ableisten müssten. Das könne auf einem Bauernhof sein oder in einem kinderreichen Stadthaushalt.

Begeistert verkündete ich daheim: »Das Pflichtjahr mache ich bei Tante Martina.«

»Das geht nicht«, bremste mein Vater meine Begeisterung. »Es ist nicht erlaubt, das Pflichtjahr bei Verwandten zu machen.«

Noch ehe ich meiner Enttäuschung Ausdruck verleihen konnte, sprach meine Mutter zu meinen Gunsten: »Wenn wir alle den Mund halten, wird niemand merken, dass Resi bei Verwandten ist. Die Tante hat ja einen ganz anderen Nachnamen.«

Also füllte mein Vater das Formular entsprechend aus, und der Betrieb wurde von der Behörde ohne jede Nachfrage anerkannt. Er bot ja alle Voraussetzungen für ein Pflichtjahrmädchen. Es standen fünf oder sechs Kühe im Stall, es gab Schweine, Hühner und Gänse, einen großen Bestand an Obstbäumen, und es gab vier Kinder unter 13 Jahren im Haus. Tante Martina hatte auch noch zwei erwachsene Kinder, doch das war für das Pflichtjahr ohne Belang. Sie waren längst aus dem Haus und kamen nur selten zu Besuch.

Am 28. April 1944 sollte ich mein Pflichtjahr antreten. Nun war meine Mutter eine Person, die großen Wert auf Reinlichkeit und Hygiene legte, was noch längst nicht in allen Familien üblich war. Sie achtete darauf, dass wir uns am Morgen und am Abend gründlich wuschen und die Zähne putzten. Dazu benutzte jeder ein eigenes Handtuch und eine eigene Zahnbürste. Noch bevor der Krieg ausbrach, hatte sie ein Stück guter Seife (normalerweise wuschen wir uns mit Kernseife), ein neues Handtuch, zwei Waschlappen, eine Tube Zahnpasta, eine Zahnbürste und einen Kamm in einen Leinenlappen gewickelt und im Kleiderschrank verwahrt. Dieses Leinenbündel war, wie man heute sagen würde, ihr »Notfall-Set« für den Fall, dass mal einer von uns ins Krankenhaus müsse. Die Zahnpasta im Kleiderschrank wurde bei jedem Neukauf ausgewechselt, damit sie nicht alt wurde.

Diesen »Hygiene-Schatz« packte sie nun in eine Tüte und legte sie zu meiner Kleidung in den großen Rucksack, mit der Ermahnung: »Denk dran, dass du nie deine Körperpflege vernachlässigst.«

Nach dem Frühstück an dem bewussten Tag nahm mein Vater sein uraltes Fahrrad aus dem Keller, das ihm immer noch gute Dienste tat. Auf den Gepäckträger schnallte er den Rucksack, und mich ließ er auf der Stange zwischen Sattel und Lenkrad Platz nehmen. So radelte er mit mir gen Übersee. So etwas wie Sicherheitsvorschriften kannte man noch nicht, und erst recht gab es keine Kindersitze. Abgesehen davon hätte ich als 14-Jährige auch nicht mehr hineingepasst. Bei jedem Schlagloch spürte ich meinen Allerwertesten auf schmerzhafte Weise. Für mich hieß es, Zähne zusammenbeißen nach dem Motto: Besser schlecht gefahren als gut gelaufen.

Auf dem Fraulhof wurde ich freudig begrüßt, von der Tante, von Onkel Hans und den Kindern Hans, 13, Martina zwölf, Christine zehn und Peter sieben Jahre alt. Die Freude zeigte sich auch meinerseits, denn meinem aufmerksamen Auge war nicht entgangen, dass die ersten Kirschbäume bereits am Verblühen waren. Es würde also nicht mehr lange dauern, bis wir mit der Ernte beginnen konnten. Als der Vater sich von mir verabschiedete, mahnte ich ihn: »Denk dran, dass du mich übers Jahr genau am 28. April abholst!« Er versprach es.

Am folgenden Morgen war es mit meiner Freude jäh vorbei. Als ich um sieben, wie mir die Tante befohlen hatte, die Küche betrat, um die »Morgentoilette« der Kinder zu überwachen, saßen die lieben Kleinen bereits frisch gewaschen und gekämmt am Küchentisch, während die Tante noch im Stall zu tun hatte. Sie strahlten mich an, als ob sie für ihre Selbstständigkeit ein großes Lob erwarteten. Als ich mich meinem Waschzeug zuwandte, um mich ebenfalls zu waschen und mir die Zähne zu putzen, traf mich fast der Schlag. Die lieben Kinder hatten sich – wie unschwer zu erkennen war – an meinen Waschutensilien bedient. Meine schöne neue Seife war glitschig, meine Waschlappen und mein Handtuch trieften vor Nässe, und selbst meine Zahnbürste und mein Kamm zeigten an, dass sie kurz zuvor benutzt worden waren. Ich, normalerweise die Schüchternheit in Person, schimpfte wie ein Rohrspatz. Von dieser Lautstärke angelockt, betrat Tante Martina die Küche. Ihr gelang es nur mit Mühe, mich zu besänftigen, mit dem Versprechen, so etwas werde nie wieder vorkommen. Ihre Kinder schauten verängstigt und verständnislos, denn sie hatten geglaubt, etwas Gutes zu tun, indem sie selbstständig ihre Morgentoilette gemacht hatten. Nachdem ich mich beruhigt hatte, schalt ich mich selbst, weil ich so unvorsichtig gewesen war, meine Hygiene-Artikel über Nacht in der Küche liegen zu lassen. Ab da nahm ich sie immer mit auf mein Zimmer.

Mit meinen Cousinen und Cousins freundete ich mich trotzdem an, und die leidige Waschgeschichte war bald vergessen. Wir verbrachten ein angenehmes Jahr miteinander.

Am 2. Mai begann für die Kinder wieder der Unterricht. Sie hatten eine gute Stunde Fußweg, also mussten sie bereits vor 7 Uhr aus dem Haus. Ihr Vater verließ es schon lange vor ihnen, obwohl er mit dem Radl fuhr. Er war Angestellter am Bahnhof zu Übersee, und sein Dienst begann um 7 Uhr. Von der Landwirtschaft allein konnte er seine Familie nicht ernähren.

Das Pflichtjahr für Mädchen war nicht nur eingeführt worden, um die Mütter zu entlasten, sondern auch, um die Mädchen in künftige Aufgaben einzuführen: in die Landwirtschaft, in die Haushaltsführung und in die Kindererziehung. Damit sollten sie auf ihr Dasein als Hausfrau und Mutter vorbereitet werden. Deshalb waren die Lehrhausfrauen angehalten, die Mädchen mit allen vorkommenden Arbeiten vertraut zu machen. Meine Tante nahm mich also gleich zu Beginn mit in den Stall. Gegen Stallgeruch hatte ich aber immer noch die gleiche Abneigung, wie ich sie als Kleinkind gehabt hatte. Martina bemerkte nicht nur schnell meinen Widerwillen bei dieser Arbeit, sie beobachtete auch, dass ich mich sehr ungeschickt anstellte. Also ließ sie mich nach kurzer Einweisung alle Hausarbeiten machen, während sie allein im Stall wirkte.

Zu meiner Freude fing schon nach wenigen Wochen die Kirschenernte an. So sehr ich mich auch darauf gefreut hatte, bedeutete sie für mich doch bald eine Plage. Jeden Morgen, wenn die Kinder aus dem Haus waren, hieß es für mich, auf die Leiter steigen und pflücken. Mehrmals in der Woche musste ich am Nachmittag mit einem schweren Rucksack voller Kirschen eine Stunde zum Bahnhof wandern und mit dem Zug nach Traunstein fahren. Dort wartete noch mal ein Fußmarsch von vier bis fünf Kilometern auf mich. Die Früchte musste ich nämlich in die Bäckerei von Onkel Ludwig schleppen, dem ältesten Bruder meiner Mutter. Der benötigte sie, um für seine Kundschaft allerlei Leckereien zu backen. Geld brachte ich meiner Tante für das Obst nicht nach Hause, sondern Backwaren. Auf dem Rückweg war mein Rucksack daher nicht wesentlich leichter als auf der Hinreise. Er enthielt Mehl, Brot, Semmeln und Teilchen, natürlich nur Sachen vom Vortag, die nicht verkauft worden waren. Keiner hat mich danach gefragt, ob mir meine Last zu schwer sei. Wenn ich mit dem Zug wieder in Übersee ankam, hatte ich allerdings Glück. Der Onkel, der gerade Dienstschluss hatte, nahm den Rucksack auf seinem Radl mit. So war das Gebäck lange vor mir zu Hause, wo sich die hungrige Kinderschar darüber hermachte. Die Kirschen, die ich erntete, wanderten aber nicht alle zu Onkel Ludwig. Immer wieder hatte ich auch einen Rucksack voller süßer Früchte nach Übersee zu bringen, wo sie gegen andere Waren oder Dienstleistungen getauscht wurden. Sie gelangten zum Metzger, zum Bäcker, zur Schneiderin oder zum Schuster. Eine große Freude war es für mich jedes Mal, wenn meine Mutter mit Gretl kam, um ihr »Deputat« an Früchten abzuholen.

Nach Abschluss der Kirschenernte wurde mein Leben auf dem Hof keineswegs leichter. Nun musste ich mit zum Heuen. Diesen Duft fand ich jedoch wesentlich angenehmer als den Stallgeruch.

In den Sommerferien der Kinder hatte auch ich so etwas wie Urlaub. Jeden Sonntag bei schönem Wetter radelten wir zum Chiemsee, der immerhin sechs Kilometer entfernt liegt. Allerdings hatten wir zu fünft nur drei Fahrräder zur Verfügung. Ich, auf Tantes Radl, nahm den Siebenjährigen auf dem Gepäckträger mit, Hans beförderte auf Vaters Rad die zehnjährige Christina auf der Stange. Nur die zwölfjährige Martina durfte allein radeln, nämlich auf dem allgemeinen Familienrad. Nachbarskinder waren oft mit von der Partie. Wir plantschten, schwammen und badeten im See und genossen es, zwischendurch in der Sonne zu liegen.

Nach den Sommerferien wurden die Mirabellen geerntet, dann die Zwetschgen und die Birnen. Meine Aufgabe war es, immer wieder zu Onkel Ludwig, dem Bäcker, zu fahren und Früchte gegen Backwaren einzutauschen. Von der Tante lernte ich auch das Einmachen von Obst in Gläser und das Dörren von Obst.

Mit den Äpfeln hatten wir die wenigste Mühe, sie wurden im Keller gelagert und hielten sich bis ins Frühjahr hinein.

Am Sonntag mussten die Kinder und ich den Weg nach Übersee sogar zweimal zurücklegen. Um 10 Uhr besuchten wir die heilige Messe und waren pünktlich um 12 Uhr zurück. Kaum hatten wir das Mittagessen eingenommen, mussten wir schon wieder los, denn um 14 Uhr begann die Christenlehre. Zum Besuch derselben war ich ebenfalls verpflichtet, weil ich noch keine 18 war. Für gewöhnlich dauerte sie eine Stunde. An einem Sonntag im September machte der Pfarrer aber wesentlich früher Schluss mit den mahnenden Worten: »Kinder, lauft schnell nach Hause. Es sind Tiefflieger im Anzug.«

Wie wir uns im Falle von Tieffliegeraufkommen verhalten sollten, hatten die Kinder bereits in der Schule gelernt. Ihr Vater hatte es uns zusätzlich noch eingetrichtert: »Versucht, möglichst schnell den Wald zu erreichen. Wenn der noch zu weit weg ist, dann stellt euch dicht hinter einen Straßenbaum oder kriecht ins Gebüsch oder werft euch in den Straßengraben.«

Nachdem uns der Pfarrer nach Hause geschickt hatte, waren wir noch nicht lange unterwegs, da hörten wir schon die Flieger heranbrausen. Wir rannten, was unsere Beine hergaben. Wir hörten Schüsse, die hinter uns und rechts und links neben uns niederkrachten. Verzweifelt rannten wir weiter und hatten bald den schützenden Waldrand erreicht. Völlig erschöpft ließen wir uns auf die Erde fallen. Von dort wagten wir erst wieder einen Blick zum Himmel. Die

Flieger waren so tief, dass wir ihr Emblem erkennen konnten, einen Kreis mit Weiß, Blau und Rot. Als wir unser Zuhause endlich unversehrt erreicht hatten, erklärte uns der Onkel, dass dies englische Flugzeuge gewesen sein müssen.

Das war zum Glück mein einziges persönliches Tieffliegererlebnis geblieben. Kam Onkel Hans am Abend heim, wusste er immer wieder mal von einem Tieffliegerangriff zu berichten, der aber nicht ihn selbst betroffen hatte. Einmal war ein Bauer auf dem Feld beim Pflügen erschossen worden. Ein anderes Mal hatte es eine Frau, die von einem Nachbarort kam, auf der Landstraße erwischt. Von Tante Martina sollte ich auch bald eine traurige Geschichte in dieser Hinsicht erfahren.

Zunächst aber zu meinen eigenen Kriegserlebnissen. Je weiter das Jahr fortschritt, desto häufiger gab es Bombenalarm. Dann sausten wir, obwohl auf dem einsam gelegenen Hof nicht viel zu befürchten war, in den Keller. Selbst bis dorthin hörten wir es, wenn Bomben im etwa zwanzig Kilometer entfernten Traunstein einschlugen. Die Detonationen waren so heftig, dass sogar die Scheiben der Kellerfenster klirrten.

Erfreulicherweise gab es im Winter aber auch Abende, an denen ich mit der Tante gemütlich in der Stube saß, sobald die Kinder in ihren Betten lagen. Wir beide, mit Stricken beschäftigt – denn Wintersocken brauchte man immer –, unterhielten uns über alles Mögliche. Sie wollte von mir wissen, wie es bei uns zu Hause zuging, und ich wollte von ihr wissen, wie sie auf diesen Hof gekommen sei. Von meiner

Mutter wusste ich, dass sie auf einem Bauernhof in Traunwalchen aufgewachsen war, den ihr Vater leider heruntergewirtschaftet hatte.

»Das ist eine lange, traurige Geschichte«, begann sie. »Nachdem unser Vater durch seine Trinkerei den ganzen Hof verloren hatte, mussten wir Kinder sehen, wo wir blieben. Als es mit dem Hof bergab ging, war ich erst 13 Jahre alt und wurde Magd auf einem Einödhof, der mitten im Wald lag. Es war ein stattlicher Hof, zu dem außer einem riesigen Wald viele Äcker und Wiesen gehörten. Der Bauer hatte nur zwei Kinder. Die Theresia war im selben Jahr geboren wie ich. Wir arbeiteten meist zusammen, so wurden wir bald richtige Freundinnen. Albert, der Stammhalter, war sechs Jahre jünger als wir. Sein Vater war mächtig stolz auf seinen spätgeborenen Sohn, mit dem er schon nicht mehr gerechnet hatte, weil sich nach der Geburt seiner Tochter lange Zeit nichts mehr getan hatte. Der Bauer hatte erst geheiratet, als er bereits in die Jahre gekommen war, weil er lange nicht die Richtige gefunden hatte – nämlich eine, die sowohl Land mitbrachte als auch Bargeld. Bei ihrer Heirat war auch die Frau nicht mehr ganz jung gewesen. Die beiden waren unheimlich fleißig und bemüht, den Besitz ständig zu mehren.

Außer mir gab es noch Lina, die Altmagd, und den alten Knecht Domin am Hof. Beiden wurde ebenfalls alles abverlangt. Selbst die eigenen Kinder wurden nicht geschont. So musste zum Beispiel Theresia mit mir, als wir beide erst 15 waren, im Wald Holz machen wie ein Knecht. Auch Albert hatte im Alter von sieben oder acht Jahren schon feste Aufgaben. Zusätzlich musste er dem Vater bei vielen anderen Arbeiten helfen. Das Motto des Alten lautete: ›Was ein tüchtiger Bauer werden will, der kann nicht früh genug anfangen.‹

Wenn Theresia und ich im Wald arbeiteten, rumpelte manchmal ein Knecht von einem anderen Hof mit seinem Fuhrwerk an uns vorbei. Schon von Weitem hörten wir ihn fluchen, wenn die Pferde nicht so wollten wie er. Das gefiel uns gar nicht, und wir duckten uns hinter einen Holzstapel, damit er uns nicht sah. Manchmal fuhr der Knecht auch am Wohnhaus meines Bauern vorbei. Auch dann konnte man schon von Weitem seine Flüche vernehmen, und wir machten schnell die Fenster zu.

So gingen die Jahre ins Land, tagaus, tagein unter schwerer Arbeit für Theresia und mich. Als sie 25 Jahre alt war, hatte ihr Vater endlich den passenden Hochzeiter für sie gefunden. Er war der einzige Nachkomme eines Großbauern aus einer entfernt gelegenen Gegend. Dieser Großbauer, schon ziemlich bejahrt, war ganz plötzlich verstorben, so hatte der Sohn endlich den Besitz übernehmen können. Ob Theresia ihren Zukünftigen liebte, danach wurde nicht gefragt, Hauptsache, er war vermögend und die Tochter machte eine gute Partie. Sie fügte sich in alles; sie wusste ja nicht, was Liebe ist. Wie hätte sie das in ihrer Einöde auch erfahren können? Auf dem Hof der Braut wurde eine bombastische Hochzeit gefeiert. Schließlich wollte man zeigen, was man sich leisten konnte. Der Vater, der sonst recht geizig war, stellte eigens einige Frauen von Nachbarhöfen für ein paar Tage ein, damit die Vorbereitungen bewältigt werden konnten. Bei der Hochzeit fehlte es an nichts.

Noch am Abend reiste das junge Paar ab. Der Braut fiel es nicht leicht, von zu Hause wegzugehen, noch dazu mit einem Mann, den sie kaum kannte. Der Abschied von mir fiel ihr ebenfalls schwer. Wir weinten beide. Zum Trost versprachen wir uns gegenseitig, so oft wie möglich zu schreiben.

Einige Monate, nachdem meine Freundin den Hof verlassen hatte, gefiel es mir dort gar nicht mehr, und ich wechselte auf einen Hof in eine andere Gegend. Dort erging es mir auch nicht viel besser. Meine seltenen Lichtblicke im Alltag waren Theresias Briefe. Zu meiner Freude konnte ich diesen entnehmen, dass sie sich zusehends besser mit ihrem Mann verstand und mit ihrem neuen Leben zufrieden war. Zur Schwiegermutter hatte sie ebenfalls ein gutes Verhältnis. Sie sei eine warmherzige Frau, schrieb Theresia.

Wie es nicht anders zu erwarten war, sah die junge Frau bald einem freudigen Ereignis entgegen. Die Schwiegermutter freue sich schon auf ihr erstes Enkelkind. Leider starb sie, bevor das Kind geboren war, an einem Schlaganfall, noch nicht ganz siebzig Jahre alt. Vom Wochenbett aus schrieb mir meine Freundin, sie habe eine kleine Genoveva bekommen, erfreulicherweise sei alles gut gegangen. Dann hörte ich lange Zeit nichts von ihr. Das war verständlich, mit einem Säugling hat man alle Hände voll zu tun.

Der nächste Brief, der von ihr ankam, erschütterte mich zutiefst. Um die Kleine taufen zu lassen, waren sie mit ihr, als sie drei Wochen alt war, per Kutsche zur etwa fünf Kilometer entfernten Kirche gefahren. Auf der Rückfahrt passierte dann das Unglück. Sie hatten bereits die Hälfte des Weges zurückgelegt, da scheuten die Pferde aus irgendeinem Grund, und die Kutsche stürzte um. Der Jungbauer, der auf dem Kutschbock gesessen hatte, starb noch an der Unfallstelle. Das Kind war glücklicherweise unverletzt geblieben, und die junge Mutter hatte nur ein paar Schrammen abbekommen. Wie sie mit dem Säugling aus der Kutsche gekommen war und wie sie den Rest des Weges zurückgelegt hatte, wusste sie nicht. Im Alter von 26 Jahren stand sie nun da mit einem kleinen Kind und der Verantwortung für einen großen Hof. Von ihren Eltern und ihrem Bruder war keine Hilfe zu erwarten, sie wohnten zu weit weg. Nun kam ihr zugute, dass sie von Kindesbeinen an hartes Arbeiten gelernt hatte und mit allen Tätigkeiten auf einem Bauernhof vertraut war.

Für mich ging der Trott unterdessen weiter, harte Arbeit und keinerlei Abwechslung. Als ich die Dreißig überschritten hatte, dachte ich darüber nach, wie ich diesem Zwang entrinnen könne. Wieder auf einen anderen Bauernhof wechseln? Da würde es auch nicht anders sein. Wenn mich meine Herrschaften gar zu sehr schikanierten, flüchtete ich mich in Träume. Mir schwebte vor, einen eigenen Hof zu haben und Bäuerin zu sein. Ich würde meine Angestellten besser behandeln. Aber das würde wohl niemals Wirklichkeit werden.

Doch eines Tages hatte ich eine Begegnung, die mein Leben von Grund auf verändern sollte. Es war im Juni 1928, wir waren beim Heumachen. Da stand plötzlich der ›fluchende Knecht‹ vor mir. Er war auf der Nachbarwiese beim Heuen.

›Nanu‹, äußerte er erstaunt. ›Bist du nicht die kleine Magd vom Einödhof im Wald? Wie kommst du hierher?‹

›Das könnte ich dich auch fragen.‹

Er antwortete: ›Im vorigen Jahr habe ich den Hof gewechselt, weil ein schärferer Wind wehte, nachdem der Jungbauer das Sach übernommen hatte.‹

›Aha, und ich bin schon vor acht Jahren in diese Gegend gezogen, weil es mir bei meiner Herrschaft nicht mehr gefallen hatte‹, gestand ich freimütig.

Während wir die ersten Sätze miteinander sprachen, dachte ich, dass er außer Fluchen ja auch ganz normal reden könne. Zudem sieht er nicht übel aus, eigentlich ist er ein recht netter Kerl. Endlich erfuhr ich auch, dass er Hans heißt und zwei Jahre älter war als ich. Von da an trafen wir uns öfter und klagten uns gegenseitig unser Leid. Er war ebenfalls die Schinderei unter Dienstherren leid, auch er träumte davon, Bauer auf eigenem Grund und Boden zu sein. Nun träumten wir gemeinsam, bald auch davon, für immer beisammen zu sein. Aber wie sollte das gehen? Er Knecht auf dem einen Hof, ich Magd auf einem anderen?

Vielleicht ließen sich unsere Träume doch noch verwirklichen? Um das herauszufinden, legten wir uns gegenseitig unsere finanziellen Verhältnisse dar. Es stellte sich heraus, dass wir beide, seit wir in Dienst standen, jeden Pfennig gespart hatten. Leider hatte uns die Inflation 1923 das Angesparte vernichtet. Danach hatte aber jeder von uns unverdrossen weiter jede Mark auf die hohe Kante gelegt. Mit den Jahren war unser Lohn gestiegen, sodass insgesamt eine schöne Summe zusammengekommen war. Wenn man zusätzlich einen Bankkredit aufnahm, würde unser Geld gewiss für ein bescheidenes Anwesen reichen. Als der nächste Viehhändler auf dem Hof seines Herrn erschien, bat Hans diesen, sich doch mal nach einem Bauernhof für ihn umzusehen. Zwei Jahre mussten wir uns noch gedulden, dann konnte uns der Viehhändler das Passende anbieten: den Fraulhof in Westerbuchberg. Das war verhältnismäßig weit von unseren Heimatorten entfernt, aber das kümmerte uns nicht. Hauptsache, wir konnten bald heiraten und waren Herren auf dem eigenen Anwesen. Glücklich gaben wir uns 1930 das Ja-Wort auf dem Standesamt und in der Kirche. Das Glück war uns weiterhin hold. Ein Jahr nach der Hochzeit lag der kleine Hans in der Wiege. Wie du siehst, gesellten sich drei weitere Kinder dazu. Da ich bei meiner Heirat bereits 35 war, hatte ich kaum noch mit Nachwuchs gerechnet.«

Die Geschichte meiner Tante hatte mich stark beeindruckt, dennoch war ich noch nicht zufrieden. »Tante Martina, du hast bei deiner Erzählung ausgelassen, wie du an die ledigen Kinder gekommen bist.«

Sie lächelte verschämt: »Es wundert mich nicht, dass du das wissen willst. Also sollst du auch das erfahren. Als ich noch Magd auf dem Waldhof war, lange bevor Theresia geheiratet hat, begegnete mir der Hoferbe von einem anderen Einödhof. Er machte mir schöne Augen, und bald war ich schwanger. Natürlich versprach er, mich zu heiraten. Das glaubte ich ihm auch. Aber 1916 wurde er eingezogen und fiel in Frankreich in der Schlacht bei Verdun. Mein kleiner Franz kam also ledig zur Welt, und ich hatte das Glück, dass meine Mutter ihn nahm, obwohl sie in sehr beengten Verhältnissen lebte. Einige Jahre später, ich hatte bereits auf den neuen Hof gewechselt, tat mir wieder ein Mann recht schön. Er stammte aus Berlin und war als fliegender Händler in unserer Region unterwegs. Als ich schwanger war, wollte er mich heiraten, aber dazu kam es auch diesmal nicht. Wie mir seine Mutter schrieb, war er Kommunist und wurde 1924 in Berlin bei Straßenkämpfen erschossen. Meine Tochter Agnes brachte ich also auch ledig zur Welt. Mein Vater war inzwischen gestorben und mein Sohn aus dem Gröbsten raus, da nahm meine Mutter auch dieses Kind gerne zu sich. Nachdem sie 1930 gestorben war, erbarmte sich meine Schwester Anna, die mit einem Metzger verheiratet war, meiner Kinder und zog sie auf, bis sie im Alter von 14 Jahren eine Lehre begannen. Franz wurde Schreiner und Agnes Köchin in einem Krankenhaus.«

Damit endete Martina und meine Neugier war befriedigt.

Tante Martina stand noch immer in lockerem Briefwechsel mit ihrer Freundin Theresia. Noch bevor mein Pflichtjahr zu Ende war, kam ein Brief von ihr an, der meine Tante sehr erschütterte.

»Du darfst den Brief lesen«, erklärte sie. »Aber zuvor muss ich dir ein bisschen erklären. Albert, der Bruder von Theresia, musste den Ersten Weltkrieg nicht mitmachen, weil er noch zu jung war. Zum Zweiten Weltkrieg wurde er zunächst auch nicht eingezogen, weil er zu 'alt' war. Später, als man auch auf ältere Jahrgänge zurückgriff, wurde er verschont, weil er mittlerweile Bauer war. Sein Vater war nämlich im fünften Kriegsjahr seinem Herzleiden erlegen, die

Mutter war schon einige Jahre vorher gestorben. Verheiratet war Albert aber noch nicht, obwohl er beim Tod des Vaters bereits 43 Lenze zählte. Es war das alte Lied: Der Vater wollte für ihn eine reiche Braut finden, der Sohn hatte sich längst in eine arme Bauernmagd verliebt und wollte es dem kranken Vater nicht antun, gegen seinen Willen zu heiraten. Nun, nach seinem Tod, wollte er seine Liebste erst nach der schicklichen Trauerzeit zum Traualtar führen. Doch dazu kam es nicht. Seit sämtliche Knechte und Pferde eingezogen worden waren, war er nämlich der einzige Mann am Hof und hatte keine Zeit zum Heiraten. Zunächst wurschtelte er sich mit einigen tüchtigen Mägden durch, bis man ihm auf Antrag endlich zwei polnische Zwangsarbeiter zuwies. Zu der Zeit verbreitete sich hinter vorgehaltener Hand die Nachricht, das Ende des Krieges sei bereits abzusehen. Das wollte er abwarten, um seine Braut in gebührender Weise heiraten zu können. Nun lies selbst.«

Liebe Martina!

Dass ich dir so lange nicht geschrieben habe, liegt daran, dass der Krieg seine Schatten selbst in unsere abgelegene Gegend wirft. Vor einigen Wochen hat es nun meinen Bruder erwischt, obwohl er gar keinen Kriegsdienst geleistet hat. Mit dem Fahrrad war er zur Bahnstation Traunwalchen gefahren und mit dem Zug weiter nach Traunstein, wo er Wichtiges zu erledigen hatte. Auf der Rückfahrt saß ein junger Bursche von 14 oder 15 Jahren mit ihm im Abteil. Dieser stieg mit Albert an unserer Bahnstation aus, weil auch er sein

Radl dort stehen hatte. Ein Stück des Weges radelten sie friedlich nebeneinander her. Plötzlich hörten sie Tiefflieger heranbrummen. Schnell sprangen sie von ihren Rädern und warfen sich in den Straßengraben. Unbarmherzig wurde von oben auf sie gefeuert. Als die Flugzeuge endlich abdrehten, stellte der Bub fest, dass man seinen Begleiter tödlich getroffen hatte, während er selbst unverletzt war.

Nun habe ich mich um zwei Höfe zu kümmern und kann nur hoffen, dass Genovefas Verlobter den Krieg ohne allzu große Blessuren übersteht. Dann könnten die beiden den Hof meines Bruders übernehmen.

Nachdem ich diesen Brief gelesen hatte, konnte ich verstehen, warum meine Tante so erschüttert war. Nun steckte die Angst vor Tiefffliegern in mir noch stärker als zuvor. Als mich mein Vater am 28. April 1945 mit seinem Fahrrad nach Hause brachte, hatte ich wahnsinnige Angst, wir könnten von Tiefffliegern beschossen werden. Erst als wir wohlbehalten daheim angekommen waren, atmete ich auf.

Ludwig

Ludwig war der Bruder, mit dem ich das Abenteuer mit dem Kinderwagen erlebt hatte. Aus seiner Kindheit gibt es weiter nichts Aufregendes zu berichten. Nachdem er der Schule entwachsen war, ging er auf eigenen Wunsch zu einem Schreiner in die Lehre. Diese wurde leider jäh unterbrochen, weil er – obwohl erst knapp 16 Jahre alt – noch kurz vor Kriegsende eingezogen wurde. Zur Grundausbildung wurde er nach München beordert, wo der Militärarzt schon nach wenigen Tagen feststellte, dass er ein Mandelabszess hatte. Deshalb schickte er ihn ins Lazarett nach Mindelheim. Irgendwie war zu dieser Zeit schon alles in Auflösung begriffen. Noch bevor Ludwig operiert werden konnte, hieß es: »Wer gehen kann, soll gehen. Das Lazarett wird geräumt.«

Man gab jedem Patienten Marschverpflegung für einen Tag mit und drückte ihm einen Zettel in die Hand, auf dem stand, wo er sich zu melden habe. So marschierte er denn mit einigen Kameraden auf der Landstraße gen Osten. Wenn sie Glück hatten, hielt ein Militär-Lkw an und nahm sie ein Stück mit. Den Großteil der Strecke aber legten sie zu Fuß zurück.

Mein Bruder hatte die Order, sich in Rosenheim im Krankenhaus zu melden, und war froh, dass er es nach einigen Tagen lebend erreichte. Das Gebäude war durch Bombenangriffe bereits teilweise zerstört, und es war zu befürchten, dass es weiteren Angriffen ausgesetzt sein würde. Deshalb meldete er sich dort erst gar nicht, sondern marschierte Richtung Heimat. Als er bis Übersee gekommen war, hatte er sich sämtliche Blasen an den Füßen aufgescheuert und konnte vor Schmerzen kaum noch weiter. Da sah er in Tante Martina in Westerbuchberg die letzte Hoffnung. Außerdem wusste er, dass ich dort gerade weilte. Nachdem er, von Mindelheim aus gerechnet, 14 Tage unterwegs gewesen war, erreichte er den Fraulhof, total ausgehungert und krank an Leib und Seele. Tante Martina versorgte seine Wunden notdürftig und päppelte ihn ein wenig auf, bis er sich stark genug fühlte, den Weg nach Hause fortzusetzen. Es wäre allerdings gescheit gewesen, ihn vorher in zivile Kleidung zu stecken. Doch eingeschüchtert, wie wir waren, wagte die Tante es nicht, ihm Zivilkleidung zu geben. Sie hätte dem Buben jedoch so manche Unannehmlichkeit erspart. Er wanderte also in Uniform nach Mietenkam, einem Ortsteil von Übersee, um mit dem Zug nach Marquartstein zu fahren. Den Rest des Weges bis zu seinem Elternhaus hätte er dann per pedes zurücklegen müssen. Nun hatte Mietenkam keinen eigentlichen Bahnhof, sondern nur eine Haltestelle für den Zug. Als der junge Rekrut auf die Ankunft des Zuges wartete, fuhr ein SS-Angehöriger, auf dessen Uniform ein Hakenkreuz prangte, mit seinem Fahrrad heran.

»Wo willst du hin?«, herrschte er den Buben in Uniform an.

Wahrheitsgemäß antwortete dieser: »Nach Hause! Ich will nach Reit im Winkl.«

»Zeig mir deine Papiere!« Nach einem Blick auf den Entlassungsschein, den man ihm im Lazarett ausgestellt hatte, stellte der SS-Mann fest: »Du bist überwiesen in das Krankenhaus nach Rosenheim.«

»Dort war ich«, antwortete Ludwig. »Das ist aber weitgehend zerstört.«

»Für so einen wie dich, haben sie immer noch Platz«, schnauzte ihn der Offizier an. »Wenn du dich bis morgen nicht dort gemeldet hast, wirst du standrechtlich erschossen.«

Dermaßen eingeschüchtert, begab sich mein Bruder zurück zum Fraulhof. Von dem neuerlichen Gehen waren seine kaum verheilten Wunden wieder aufgescheuert, sodass er kaum noch laufen konnte. Am folgenden Morgen verband die Tante seine Füße sorgfältig, bevor Onkel Hans ihn nach Übersee brachte, wo er den Zug nach Rosenheim nehmen wollte. Den Rucksack schnallte Hans auf den Gepäckträger und den Buben nahm er vor sich auf die Fahrradstange. Zum Abschied winkte ich ihm nach.

Wenige Tage später war mein Pflichtjahr um und mein Vater erschien pünktlich, wie er es mir versprochen hatte. Mit seinem Radl brachte er mich auf die gewohnte Weise nach Hause. Von unserem Ludwig aber hörten und sahen wir nichts, auch dann nicht, nachdem am 8. Mai das Kriegsende verkündet worden war. Immer wieder stellten wir uns die bangen Fragen: »Lebt er noch? Lebt er nicht mehr? Wo steckt er? Was ist aus ihm geworden?«

Mitte Mai stand er plötzlich in unserer Küche, als wir gerade beim Nachtessen waren, völlig abgemagert, verdreckt, aber strahlend. Überglücklich schlossen wir ihn in die Arme. Wir waren so überwältigt, ihn lebend wiederzusehen, dass wir gar nicht fragten, wo und wie er die letzten drei Wochen verbracht hatte.

Nachdem meine Mutter ihm wieder einiges auf die Rippen gefüttert hatte, setzte er seine Lehre in der Schreinerei fort. Er legte die Gesellenprüfung ab und wurde übernommen. Leider schloss dieser Betrieb nach einigen Jahren, und Ludwig stand auf der Straße. Es war aber nicht sein Ding, von Arbeitslosenunterstützung zu leben. Er durchforstete die Samstagszeitung sorgfältig und fand einen Betrieb in Kirchheim/Teck, der einen Schreinergesellen suchte. Sofort reichte er seine schriftliche Bewerbung ein und bekam eine Einladung zum Vorstellungsgespräch.

»Oh Gott«, jammerte unsere Mutter. »So weit weg von zu Hause willst du gehen?«

»Aber Mutter, ich gehe dahin, wo ich mir mein Brot verdienen kann. Außerdem, Kirchheim ist doch nicht aus der Welt.«

Er fuhr also hin und wurde nach dem Vorstellungsgespräch sofort eingestellt. Die Arbeit gefiel ihm, die Gegend ebenfalls, und an den Samstagabenden ging er mit anderen jungen Leuten zum Tanzen. So lernte er bald ein nettes Mädchen kennen mit dem Namen Hedi. Sie arbeitete als Hausangestellte bei einer wohlhabenden Familie mit Kindern. Da die Hausfrau sie mit allen Hausarbeiten, mit Kochen und auch mit der Kinderpflege vertraut gemacht hatte, brachte sie die besten Voraussetzungen als Ehefrau mit.

Am 26. September 1955 heiratete Ludwig seine Hedi, als Franz, der Stammhalter, bereits da war. Er war am 17. Juni zur Welt gekommen. Am 8. März 1957 kam ein weiterer Sohn an, der Wolfgang. Tochter Hedi wurde am 10. Juli 1958 geboren. Danach folgten noch zwei weitere Söhne, der Bernhard am 2. Dezember 1966 und Ludwig am 9. September 1968. Dann war die Familienplanung abgeschlossen. Mit diesem munteren Quintett war Mutter Hedi voll ausgelastet.

Mein weiterer Lebensweg

Nachdem ich mein Pflichtjahr beendet hatte und der Krieg endlich aus war, war es für mich an der Zeit, einen Beruf zu erlernen. Gewiss, wir hatten bereits Monate vor meiner Schulentlassung in der Familie über dieses Thema gesprochen. Für meine Mutter gab es nur einen einzigen Beruf, der für mich infrage kam: Schneiderin. Sie selbst hatte nie nähen gelernt und hatte seit ihrer Verheiratung unter diesem »Mangel« gelitten. Erst recht im Krieg, als es kaum etwas an Textilien zu kaufen gab und die Kinder so schnell aus ihren Sachen herauswuchsen. Deshalb nähten die Mütter aus der abgelegten Kleidung von Erwachsenen etwas für ihre Kinder. Meine Mutter bewunderte alle Frauen, die das konnten. Sie dagegen musste für jede Näharbeit eine Schneiderin aufsuchen oder ins Haus kommen lassen. Also wollte mir meine Mutter in ihrer Fürsorglichkeit eine bessere Zukunft angedeihen lassen. Ihre Empfehlung wäre mir auch recht gewesen. Denn was hatte man damals als Mädchen schon für Wahlmöglichkeiten? Verkäuferin, Zimmermädchen, Bedienung waren die gängigen Angebote für Mädchen, die nicht von einem Bauernhof stammten.

Nun kam Frau Hartinger ins Spiel, die Frau unseres Schulleiters und Mutter meiner Freundin Heli. Ihr Mann war bereits 1940 in den Krieg geschickt worden. Damit wir Schülerinnen und Schüler den uns zustehenden Unterricht bekamen, hatte man seine Frau, die vor ihrer Verheiratung als Lehrerin tätig gewesen war, an unserer Schule angestellt. Daher war sie in der letzten Klasse meine Lehrerin. Einige Wochen bevor ich aus der Schule kam, traf sie mich mit meiner Mutter auf der Straße. Sie wollte wissen, welche Pläne meine Eltern für meine Zukunft hätten.

»Sie soll Schneiderin werden«, erklärte meine Mutter selbstbewusst.

»Das kommt nicht infrage«, erklärte Frau Hartinger noch selbstbewusster. »Schneiderin kann jede. Die

Resi kann mehr. Sie hat eine ausgeprägte künstlerische Begabung. Das konnte ich beim Malen und Zeichnen im Kunstunterricht beobachten. Zudem hat sie geschickte Hände, was mir im Handarbeitsunterricht auffiel.«

»Und was schlagen Sie vor?«, fragte meine Mutter bescheiden.

»Resi sollte Kunst-Emailleurin werden.« Dieses Wort hatten wir noch nie gehört. Verunsichert fragte meine Mutter: »Wo sollen wir denn hier eine solche Lehrstelle finden? Und außerdem, kann man davon leben?«

»Und ob man das kann! Morgen werde ich euch mit einem Künstler bekanntmachen, der sehr gut davon lebt.«

Sie führte uns zu einem Herrn Bunge. »Hier habe ich einen Lehrling für Sie«, stellte mich Frau Hartinger vor. Mir fiel sofort auf, dass seine rechte Hand fehlte, und er hatte den Blick bemerkt. Deshalb erklärte er: »Ja, die habe ich im Alter von 21 Jahren verloren. Das war im November 1914 in der Schlacht bei Langemarck in Belgien. Was mir damals im ersten Moment als großes Unglück erschien, erwies sich kurze Zeit darauf als Glück. Man schickte mich als kriegsuntauglich heim. Das hat mir vermutlich das Leben gerettet. Außerdem konnte ich mich nun wieder meinen Kunststudien widmen.«

»Aber mit nur einer Hand?« Ungläubig schaute ich ihn an.

Geduldig erklärte er mir: »Ja, da staunst du! Das war zunächst eine gewaltige Umstellung für mich, mit der linken Hand zu zeichnen und zu malen. Doch mit eisernem Willen schaffte ich das. Nur bei plastischen Arbeiten fehlt mir die rechte Hand. Deshalb hoffe ich, dass du in Zukunft meine rechte Hand sein wirst. Aber erst muss ich schauen, was du drauf hast.« Er schaute sich meine Bilder an, die Frau Hartinger ihm vorlegte. Sie waren bei ihr im Kunstunterricht entstanden. Wohlwollend nickte er dazu: »Das Dirndl hat Talent, sie kann bleiben.« Aber noch hatte ich mein Pflichtjahr vor mir.

Im Jahr darauf, am 15. Mai, trat ich meine Lehrstelle an. Außer mir und dem Chef gab es noch eine Frau dort, die Sofie Mecking. Sie war zehn Jahre älter als ich und gelernte Krankenschwester. Das Schicksal hatte sie aber an diese Stelle geweht. Das erwies sich für uns alle als gut so. Sie war nicht nur eine Seele von Mensch, sie war auch die Seele des Betriebes. Nicht nur fürs Büro und den Versand war sie zuständig, sondern auch für die Betreuung der Gäste, bzw. Kunden. Hatte man sich verletzt, verarztete sie einen fachgerecht, aber auch mit jedem seelischen Wehwehchen konnte man zu ihr kommen. Kurzum, sie wusste Rat in allen Lebenslagen. Von ihr erfuhr ich auch etwas über Albert Gustav Bunge.

Von Beruf war er Maler, Bildhauer und Kunstemailleur. Er gehörte zum Münchner Künstlerkreis und hatte nach dem Ersten Weltkrieg in Fürstenfeldbruck eine künstlerische Metallwerkstatt eröffnet. Diese besaß er auch noch, als ich in den Betrieb eintrat. In Fürstenfeldbruck hatte er auch noch eine Wohnung, in der seine Frau überwiegend lebte. Im Frühjahr 1934 war er auf die Idee gekommen, sein künstlerisches Schaffen nach Berchtesgaden zu verlegen. Der Erfolg dort war aber nicht so groß, wie er das von dem bekannten Namen erhofft hatte. Deshalb ging er bereits ein Jahr später nach Reit im Winkl. In dem kleinen Ort lief es für ihn wesentlich besser als in dem großen Berchtesgaden. Selbst während des Krieges hielt er sich dort über Wasser.

Frau Mecking war ein Jahr vor mir in den Betrieb eingetreten. Als Erstes lernte ich von ihr, wie man richtigen Bohnenkaffee kochte, den ich bisher nur vom Hörensagen kannte. Bei uns daheim hatte es immer nur Malzkaffee oder Tee von selbst gesammelter Pfefferminze gegeben. Allein der Duft von Bohnenkaffee wirkte auf mich berauschend. In dieser Zeit, direkt nach Kriegsende, wo alle hungerten, gab es im Hause Bunge Sachen, von denen andere nur träumen konnten. Woher diese kamen? Bei den Offizieren der amerikanischen Besatzung hatte es sich schnell herumgesprochen, dass mein Chef ein begnadeter Künstler war. Einer nach dem anderen ließen sie ihre Frauen von ihm porträtieren. Sie bezahlten mit harten Dollars und zusätzlich mit Naturalien: Kaffee, Zigarren, Cognac und Dosenfleisch. Das alles wusste mein Lehrherr zu schätzen, denn so hatte er etwas, das er seinen Künstlerfreunden und den vornehmen deutschen Kunden anbieten konnte.

Meine Ausbildung wurde darüber jedoch nicht vernachlässigt. Mein Chef führte mich Schritt für Schritt in die Kunst des Emaillierens ein, und ich wurde im wahrsten Sinne des Wortes seine rechte Hand. Er zeichnete die Entwürfe mit links, und meine Aufgabe war es, sie in Emaille auszuführen. Dazu benötigt man nämlich zwei Hände. Bald ließ er mich auch eigene Entwürfe machen, von denen er sehr angetan war. So machte mir der erwählte Beruf immer mehr Spaß, und ich war Frau Hartinger dankbar, dass sie mich auf diesen Weg gebracht hatte.

Neben meiner Lehre gab es für mich aber noch etwas anderes, nämlich das Bauerntheater. Mit 16 wurde ich Mitglied im Theaterverein. Schon die Proben machten Spaß, aber erst recht die Aufführungen, wenn es dabei manchmal auch recht abenteuerlich zuging. Wir traten nämlich nicht nur im eigenen Dorf auf, wir gaben auch Gastspiele in Traunstein, Marquartstein und Übersee. Sogar nach Bad Reichenhall führte uns unsere Kunst. Die Aufführungen fanden überwiegend in den Wintermonaten statt, dann waren wir mit zwei sogenannten Holzgasern unterwegs. Auf dem einen befanden sich die Schauspieler und Musiker, auf dem anderen die Kulissen, die Requisiten und die Theaterkostüme.

An einem Sonntag im Januar 1947 hatten wir eine Vorstellung in Bad Reichenhall gegeben, die sehr gut angekommen war. Es war kein Wunder, dass die Besucher so begeistert applaudierten. Nach den Entbehrungen während der langen Kriegsjahre waren die Menschen ausgehungert nach Abwechslung und Unterhaltung. Vielleicht waren wir aber auch wirklich gut gewesen, nach dem lang anhaltenden Beifall zu urteilen. Glücklich über unseren Erfolg, traten wir die Heimfahrt an. Unser schnaufendes Auto schaffte es gerade noch bis zum Thumsee, dann gab es seinen Geist auf. Der andere Lastwagen befand sich zum Glück hinter uns. So war dessen Chauffeur gezwungen, ebenfalls zu halten. Sogleich begannen die beiden

Fahrer nach der Ursache zu suchen und fanden sie auch bald. Doch die Reparatur des liegen gebliebenen Fahrzeugs konnte sich hinziehen.

Also hieß es marschieren, wenn wir nicht erfrieren wollten. Es war bitterkalt, es lag Schnee, die schmale Sichel des Mondes erhellte nur notdürftig das Dunkel der Nacht. Warum, weiß ich nicht mehr, aber statt Schuhen hatte ich nur Pantoffeln an den Füßen, die bald durchnässt waren. Trotzdem marschierte ich Stunde um Stunde mit den anderen. Als wir das Gefühl hatten, nicht mehr weiter zu können, erblickten wir ein Licht in der Ferne. Es kam uns vor wie eine Verheißung. Beim Näherkommen erkannten wir, dass es ein erleuchtetes Stallfenster war. Dort musste also noch ein Mensch auf den Beinen sein. Es war nachts um halb drei, und wir wollten ihn nicht erschrecken, indem wir einfach an die Stalltür klopften. Etwa zwei Schritte davor stellten wir uns auf und begannen, etwas aus unserem Repertoire zu singen. In Bad Reichenhall hatten wir nämlich ein Singspiel aufgeführt. Meine Schwägerin Maria, die Witwe meines Bruders Sepp, mit ihrer wunderbaren Stimme war auch dabei. Im Jahr darauf würde sie Addi Hellwig heiraten. Auch der Schlechter-Franz, ihr Cousin, ein ganz begeisterter Theatermann, war mit von der Partie.

Zunächst riss der Bauer die Stalltüre auf und dann seine Augen, als er uns im Lichtkegel erblickte. So etwas hatte er noch nie erlebt, ein Ständchen mitten in der Nacht und noch dazu bei einer Saukälte! Er war bester Laune, denn er hatte gerade einer Kuh unter großen Mühen zu einem gesunden weiblichen Kalb verholfen. Er lud uns alle in seine Stube ein, alle 28

Personen, die Hälfte davon waren Schauspieler, die andere Hälfte Musikanten. Ah, tat das gut, die Wärme des Kachelofens, die uns entgegenstrahlte, obwohl vermutlich schon seit Stunden nichts mehr nachgelegt worden war. Um uns von innen zu erwärmen, kochte uns der Bauer in der Küche erst mal einen Malzkaffee. Anschließend ließen wir uns erschöpft auf den Boden fallen, wo wir auf den Fleckerlteppichen sofort einschliefen. Allerdings mussten zwei unserer Männer Wache schieben, damit unser Laster, sollte er repariert sein, nicht an uns vorbeifuhr. Jede Stunde war Schichtwechsel. Gegen 6 Uhr endlich konnten wir wieder auf unser Gefährt steigen, rund eine Stunde später kam ich heim. Doch schon um 8 Uhr begann für mich wieder der Dienst. Die anderen konnten ausschlafen, sie waren alle arbeitslos. Wie ich diesen Tag überstanden habe, daran erinnere ich mich nicht mehr.

Mit 17 durfte ich zum ersten Mal im »Almrausch« tanzen gehen. Dies war seinerzeit das »angesagteste« Lokal, wie man das heute nennen würde. Natürlich durfte ich nur mit meiner Freundin Trudi hin. Verehrer hatten wir dort genug, überwiegend Feriengäste. So manch einer von ihnen wollte uns nach Hause begleiten. Wir verschwanden aber immer vorzeitig. Es tat uns nur leid, dass wir ihre dummen Gesichter nicht sehen konnten, wenn sie vergeblich nach uns Ausschau hielten.

Weil uns das Tanzen so gut gefiel, wollten wir auch am Mittwoch hin. Doch das wurde uns von den Eltern nicht erlaubt. Deshalb dachten wir uns einen Trick aus. Am Mittwochabend behauptete ich, ich wolle bei Trudi stricken, und sie behauptete, sie gehe zu mir zum Stricken. Ganz auffällig nahm ich mein Strickzeug und verließ damit kurz vor 20 Uhr das Haus. Trudi tat bei sich zu Hause das Gleiche. Wir trafen uns immer an derselben Stelle, schoben unser Strickzeug in ein Versteck und schwangen im »Almrausch« fleißig unser Tanzbein. Allerdings mussten wir spätestens um 22 Uhr das Lokal verlassen, denn es wäre unglaubwürdig gewesen, so lange zu stricken. Wir hatten Glück, wir sind nie aufgefallen. Es hat auch keine der Mütter festgestellt, dass unser Strickteil an diesen Abenden nie gewachsen war.

Kurz nach der Währungsreform musste ich nach München zur Handwerkskammer. Vor der Graveur- und Ziselierinnung legte ich am 3. Juli 1948 die Gesellenprüfung ab. Außer mir waren viele Prüflinge aus verschiedenen Metallberufen da. Von allen war ich die Jüngste und dazu das einzige weibliche Wesen. Das war nicht verwunderlich. Die anderen Prüflinge waren Männer, die vor oder zu Beginn des Krieges eine Lehre begonnen hatten. Durch den Kriegsdienst waren sie herausgerissen worden, und erst nach dem Krieg hatten sie ihre Lehre fortsetzen können.

In München ging es um die schriftliche und die mündliche Prüfung. Mein Gesellenstück, ein vielbeachtetes, hatte ich zuvor in der Werkstatt zu Fürstenfeldbruck hergestellt. Zunächst hatte ich einen Entwurf gemacht und dann ein hochwertiges quadratisches Stück Kupferblech zu einer Schale gehämmert. Dann ging es ans Emaillieren. Als Motiv hatte ich einen Fantasie-Vogel gewählt, den ich in neun verschiedenen Positionen darstellte. Einige meiner Mitprüflinge waren von meinem Gesellenstück so begeistert, dass sie es gegen das ihre tauschen wollten. Das aufwendigste Werk, das mir einer anbot, war ein pompöser Kronleuchter. Aber ich mochte mich von meinem Gesellenstück nicht trennen. Noch heute nimmt es einen Ehrenplatz in unserem Wohnzimmer ein.

Stolz und glücklich konnte ich nach der Prüfung nach Hause fahren, denn ich hatte mit »Sehr gut« bestanden. Für Bunge war es selbstverständlich, dass er eine solche Kraft als »rechte Hand« behielt. Alle drei Jahre gab es bei uns einen neuen Lehrling, jeweils einen männlichen. Die wurden aber nach ihrer Gesellenprüfung nicht übernommen.

Alois

Wie ich bereits erzählt habe, wurden sowohl Rosina, Vaters erste Ehefrau, als auch Theres, seine zweite Ehefrau, von der Neuigkeit überrascht, dass Sepp einen vorehelichen Sohn, den Alois, hatte. Dessen Mutter Maria stammte aus Unken in Österreich. Ihre Eltern hatten einen mittelgroßen Bauernhof bewirtschaftet, der nach ihrem Tod an Vinzenz, ihren Erstgeborenen übergegangen war. Sein jüngerer Bruder, der ebenfalls Alois hieß, arbeitete bei ihm als Knecht. Anna, ihre Schwester, die wesentlich älter war als Maria, hatte schon vor einigen Jahren nach Reit im Winkl auf einen Bauernhof im Ortsteil Blindau geheiratet. Als Heiratsgut hatte sie von zu Hause eine Alm bekommen, also einen Grundbesitz, der auf österreichischer Seite lag. Im Sommer hatte Maria auf dieser Alm für ihre Schwester als Sennerin gearbeitet, während sie im Winter Stallmagd bei ihrem großen Bruder war.

An einem Samstag im Sommer des Jahres 1900 war plötzlich ein gut aussehender Bursche aufgetaucht, der sich Sepp nannte. Er sah nicht nur blendend aus, er war auch sehr liebenswürdig und verstand es, Maria schnell herumzukriegen. Von diesem Tag an erschien er an jedem Samstag bei ihr, blieb meist über Nacht, und sie schmiedeten Zukunftspläne. Im Geiste hörte sie schon die Hochzeitsglocken läuten. Nach dem Almabtrieb, der Mitte September stattfand, hörten verständlicherweise die Almbesuche ihres Verehrers auf. Einige Zeit nachdem sie wieder zu Hause war, bemerkte sie, dass er ihr ein »Andenken« hinterlassen hatte. Leider ließ er sich nicht blicken, obwohl sie ihm die Adresse von ihrem Zuhause gegeben hatte. Sie selbst konnte keinen Kontakt zu ihm aufnehmen, denn außer seinem Vornamen wusste sie nur, dass er aus Bayern stammte und Holzknecht war. In Bayern gab es gewiss viele Holzknechte mit dem Namen Sepp. Es war also schier aussichtslos, ihn zu finden. Sie konnte nur darauf hoffen, dass er sich im nächsten Sommer wieder auf der Alm blicken ließ.

Ende Mai wurden die Kühe der Schwester von der deutschen Seite her auf die Niederalm getrieben. Maria stieg von der österreichischen Seite zu ihnen auf. Begleitet wurde sie von Alois, ihrem jüngeren Bruder. Dieser führte ein Muli bergan, das mit Marias Gepäck beladen war – Gerätschaften für die Sennhütte, ihre Kleidung und ein Bündel Babywäsche. Da Marias

Bauch schon einen ziemlichen Umfang angenommen hatte, fiel ihr der Aufstieg recht schwer. In weiser Voraussicht hatte ihr Bruder, Vinzenz sen., ihr seinen Sohn, Vinzenz jun., als Kiahbua mitgegeben.

Am 15. Juni erschien auf der Niederalm der Mann von Marias Schwester Anna mit zwei Knechten. Sie trieben die Tiere auf die Hochalm. Mithilfe eines Mulis schafften sie gleichzeitig Marias Hausrat von der unteren Hütte zur oberen, sie selbst musste jedoch zu Fuß gehen. Oben angekommen, besuchte Maria mit Jung-Vinzenz zunächst Bärbel, eine alte Sennerin.

Mit einem Blick auf Marias Bauch wusste sie gleich, warum diese zu ihr gekommen war und erklärte: »Mach dir keine Sorgen, Maria. Wenn's bei dir losgeht, schickst mir den Bub.«

In der Tat war Bärbel in Geburtshilfe sehr bewandert. Sie hatte nicht nur zahlreichen Kühen in schwierigen Fällen geholfen, ihre Kälber zur Welt zu bringen, sie hatte auch so mancher Sennerin in ihrer schweren Stunde beigestanden.

Dass es aber bei Maria so schnell gehen würde, damit hatten die beiden Frauen nicht gerechnet. In der Früh um 4 Uhr wurde Maria durch leichte Bauchschmerzen wach. Diese vergingen aber schnell wieder, und sie maß ihnen keine Bedeutung bei. Sie zog sich an, weckte den Vinz und begab sich mit ihm in den Stall, um die Kühe zu melken. Einen Teil der Tiere übernahm der Bub, den anderen Teil sie. Mittendrin musste sie aufhören, weil sie plötzlich starke Leibschmerzen verspürte. Das gab ihr zu denken.

»Vinz, wenn du mit deiner letzten Kuh fertig bist, läufst zur Bärbel und sagst ihr, es geht los.«

Wenig später war die alte Sennerin zur Stelle. Sie heizte den offenen Herd tüchtig ein und hängte den Wasserkessel darüber, denn bald würde sie heißes Wasser benötigen. Zwischen zwei Wehen gab Maria ihrem Neffen den Auftrag: »Lauf zu deinem Vater und sag ihm, er soll dir den Alois mitgeben. Er weiß Bescheid.«

Als der Bub und sein Onkel nach einigen Stunden ankamen, war der neue Erdenbürger bereits da. Geburtsdatum: 16. Juni 1901. Wahrscheinlich war alles so schnell gegangen, weil die werdende Mutter am Vortag den anstrengenden Aufstieg gemacht hatte.

Die alte Bärbel hatte das Menschlein sorgfältig gebadet und gut verpackt. Dieses Bündel nahm Alois, Marias Bruder, und stieg damit hinunter ins Dorf. Er marschierte geradewegs auf das Pfarrhaus zu und erbat sich die Taufe für seinen kleinen Neffen. Da Maria ihrem Bruder keine Weisung gegeben hatte, wie das Kind heißen solle, schrieb der Geistliche der Einfachheit halber Alois ins Taufbuch, den Namen des Onkels, den er auch gleich als Taufpaten eintrug. Nach dem Besuch in der Kirche ging Onkel Alois mit dem Täufling zum Standesamt, um ihn anzumelden, wie es Vorschrift war. Als Name der Mutter gab er an: Maria Stockklauser, in der Rubrik »Name des Vaters« ließ er vermerken: unbekannt.

Mit dem frisch getauften Säugling kehrte der junge Mann umgehend auf die Alm zurück. Unter der liebevollen Fürsorge seiner Mutter gedieh das Neugeborene prächtig. Ums Melken und Kasmachen brauchte sie sich eine Weile nicht zu kümmern, das erledigte ihr Bruder gemeinsam mit dem Neffen.

In dieser Zeit wartete Maria sehnsüchtig auf die Rückkehr ihrer Sommerbekanntschaft vom letzten Jahr. Zu gerne hätte sie ihm seinen Sohn präsentiert. Von Tag zu Tag wuchs die Enttäuschung der jungen Mutter. Der angeblich so verliebte Holzknecht ließ sich nicht mehr blicken.

Zwei Wochen nach der Geburt seines Neffen wurde Alois unruhig: »Ich muss heim, da bleibt die Arbeit liegen.«

»Das verstehe ich, aber wer soll sich um den Buben kümmern, wenn ich wieder den ganzen Tag arbeite?«

Bruder Alois machte folgenden Vorschlag: »Den bringe ich zu unserer Schwester Anna. Neben ihren fünf Kindern kann sie auch noch den kleinen Alois aufziehen. Sie muss ja froh sein, wenn du auf ihrer Alm bleibst.«

So schnell ging es dann aber doch nicht. Das Kind musste erst abgestillt werden, dazu brauchte Maria eine Woche. Danach nahm der große Alois das Bündel mit dem kleinen Alois und brachte ihn mitsamt der Säuglingswäsche in aller Herrgottsfrühe über die Grenze nach Reit im Winkl. Anschließend kehrte er auf dem kürzesten Weg nach Unken zurück.

In Blindau wurde Klein-Alois begeistert aufgenommen, nicht nur von Tante und Onkel, sondern auch von seinen Cousinen und Cousins. Alle waren vernarrt in den kleinen Burschen. Sie vergötterten ihn regelrecht und verwöhnten ihn nach Strich und Faden. Annas Familie war ausgesprochen musikalisch, und alle fünf Kinder lernten ein Instrument. So wurde auch der kleine Alois schon früh zur Musik hingeführt. Noch bevor er eingeschult wurde, spielte er ganz schön Klavier.

Zum 1. Mai 1908 fing für ihn die Schule an. Er ging gerne dorthin, denn das Lernen fiel ihm leicht. Den Schulweg von über einer Stunde legte er gemeinsam mit den Nachbarskindern zurück. In den schneefreien Monaten war das kein Problem. Doch im Oktober setzte meist schon der Winter ein mit reichlich Schneefall. Dann mussten sich die armen Kinder, die noch nicht einmal wetterfeste Kleidung besaßen, durch kniehohen Schnee kämpfen. Der kleine »Loisei« jedoch, wie seine Verwandten ihn liebevoll nannten, musste an diesen Tagen den strapaziösen Weg nicht auf sich nehmen und durfte daheim bleiben.

Da der Blindauer-Onkel bei dem aufgeweckten Kerlchen schon bald eine außergewöhnliche musikalische Begabung feststellte, erteilte er ihm nicht nur Klavierunterricht, er unterwies ihn zusätzlich auf der Gitarre, der Ziehharmonika und der Trompete. So kam bei Loisei keine Langeweile auf, wenn er die Schule nicht besuchen konnte. Falls ihn der Onkel nicht gerade unterrichtete, übte der Kleine fleißig, mal auf dem einen, mal auf dem anderen Instrument, während seine Mitschüler im Klassenraum hockten und den Worten des Lehrers lauschten.

Diese behaupteten später, der Alois sei die Hälfte der vorgeschriebenen Zeit nicht in der Schule gewesen und müsse deshalb ein Dummkopf sein. Das war er aber keineswegs. Er war ein helles Köpfchen und »studierte« eifrig in seinen Schulbüchern, wenn er nicht gerade musizierte. So brachte er sich vieles selbst bei.

Als er mit seinem Ziehvater einmal Besuch in Traunstein machte, blieb er wie angewurzelt vor dem Schaufenster eines Fotografen stehen. Wenig später zerrte er den Onkel in den Laden und löcherte den Inhaber mit Fragen. Damit der Bub endlich Ruhe gab, kaufte ihm der Onkel eine ziemlich teure Kamera.

Kaum wieder daheim, probierte er sie aus und war hellauf begeistert. Nun stand sein Berufswunsch fest: Fotograf. Doch zu wem hätte er in die Lehre gehen können? Täglich nach Traunstein zu fahren, um dort eine Lehre zu machen, war nicht möglich. Er hätte schon Quartier in der Kreisstadt nehmen müssen. Aber das wäre den Pflegeeltern zu teuer geworden. Von seiner Mutter, die ihn in unregelmäßigen Abständen besuchte, war keine finanzielle Unterstützung zu erwarten. Sie hatte 1907 den Andreas Döllerer geheiratet, einen fleißigen Holzarbeiter. Ihm wäre es recht gewesen, wenn Maria ihren Buben zu sich genommen hätte, aber Anna wollte ihn nicht mehr hergeben.

Maria tröstete sich damit, dass sie noch im selben Jahr eine Tochter bekam, die sie Maria nannte. Die kleine Familie war froh, dass sie mit dem Einkommen des Ehemannes gerade so über die Runden kam. Um zusätzlich etwas zu verdienen, gründete Maria bald eine Brotniederlage im Ortsteil Entfelden. Sie hatte die Situation richtig eingeschätzt: Die Leute waren froh, zum Brotkaufen nicht mehr bis ins Dorfzentrum laufen zu müssen, und kauften eifrig bei ihr ein. Das brachte ihr den Namen Brotmoid ein, Moid ist eine Koseform von Maria. Bald konnte man noch einige andere Lebensmittel bei ihr kaufen.

Da ihrem Sohn Alois die Fotografen-Lehre verwehrt war, lernte er das Foto-Handwerk als Autodidakt. Zu Weihnachten und zum Namenstag ließ er sich entsprechende Fachbücher schenken, nach deren

Anleitung er alles Mögliche mit seiner Kamera ausprobierte. Später besuchte er auch Wochenendkurse in Traunstein. Dennoch sahen seine Zieheltern das Fotografieren als brotlose Kunst an und steckten ihn nach seiner Schulentlassung in die Lehre zu einem Sägmüller, zufällig zu dem, bei dem auch Sepp Fischer arbeitete. Daher lernte Alois, wie wir bereits wissen, seinen leiblichen Vater kennen.

Wo immer sich in seiner Freizeit die Gelegenheit bot, nahm er seine Kamera zur Hand. Daneben vernachlässigte er auch die Musik nicht. Wie alle seine Ziehgeschwister wurde er Mitglied bei der Musikkapelle. Als er von seinem Lohn genug zusammengespart hatte, kaufte er sich ein Harmonium. Seine musikalische Begabung ging so weit, dass er sogar selbst Stücke komponierte. Im Alter von 21 Jahren vereinigte er die beiden Reit im Winkler Musikkapellen und sollte dreißig Jahre lang ihr Musikmeister bleiben.

Als der Reit im Winkler Trachtenverein im Jahre 1924 in Übersee an dem großen Gau-Trachtenfest teilnahm, war er mit seinen Musikern selbstverständlich dabei. Auf der Heimfahrt geschah dann ein tragischer Unfall am Maserer-Pass. Der Lastwagen, dessen Ladefläche mit Trachtlern vollbesetzt war, stürzte in einen wasserführenden Graben. Dabei wurden zwei der Musiker schwer verletzt und alle Instrumente mehr oder weniger stark beschädigt. Vier der Festteilnehmer verloren bei dem Unfall ihr Leben. An der Beerdigung nahmen Abordnungen von 36 Trachtenvereinen teil.

Während seiner dreißigjährigen Tätigkeit als Kapellmeister hatte Alois seine andere Leidenschaft, das

Fotografieren, nicht aus den Augen verloren. Im Jahre 1930 heiratete er Maria Hartmann, die als Heiratsgut ein Baugrundstück bekam. Darauf bauten sie schon nach kurzer Zeit ein Wohnhaus, in dem Alois sich umgehend ein winziges Atelier mit Fotolabor einrichtete. Das sprach sich schnell herum. Es kamen immer mehr Leute, um sich fotografieren zu lassen. Die Bilder entwickelte er selbst und er war auch in der Lage, Vergrößerungen zu machen. Es dauerte nicht lange, da wurde die Fotofirma Agfa auf ihn aufmerksam. Sie entsandte einen Mitarbeiter, der ihn fachlich unterstützte. Zielstrebig wie er war, gelang es ihm, 1936 mitten im Dorf einen Kiosk zu errichten, den er als Fotogeschäft betrieb. Damit hatte er so viel Erfolg, dass er beim Sägewerk kündigte und das Fotografieren doch noch zu seinem Beruf machte. Davon konnte er mit seiner Familie, die nach und nach auf sechs Köpfe angewachsen war, leben. Alois, sein Stammhalter, war 1930 geboren, es folgte Mathilde 1937, Benno 1942 und als Schlusslicht Maria 1947.

Zu seiner Freude stellte Vater Alois bei all seinen Kindern eine überdurchschnittliche musikalische Begabung fest, die er schon früh förderte. Den ersten Unterricht erteilte er ihnen selbst. Doch bald investierte er viel Geld in professionellen Musikunterricht. Jedes durfte ein Instrument nach seiner Neigung lernen, daneben war ihm wichtig, dass jedes auch ein klassisches Musikinstrument beherrschte. Sohn Alois bekam Klavierunterricht, übte sich aber auch schon früh am Harmonium. Hilde lernte Geige und Zither, Benno Cello, und die Jüngste bekam ebenfalls Klavierunterricht.

Mein Lehrer, Kurt Hartinger, wurde 1940 eingezogen. Bisher hatte er nicht nur die Schule geleitet, er hatte auch in der Kirche die Orgel gespielt. Unserem damaligen Seelsorger, Pfarrer Wiesheu, selbst sehr musikalisch, war zu Ohren gekommen, dass der zehnjährige Alois schon Beachtliches auf dem Klavier zustande brachte. Deshalb bestellte er ihn zu sich und erteilte ihm eigenhändig Orgelunterricht. Bereits ein Jahr später war der Bub in der Lage, in seiner Heimatkirche eine große Messe aufzuführen. Von da an blieb er bis zu seinem Tod im Jahre 2004 ihr Organist.

Als der Zweite Weltkrieg ausbrach, wurde sein Vater, Alois sen., zunächst verschont. Doch 1942 bestellte man ihn zur Musterung ein – trotz seines »hohen« Alters von 41 Jahren und obwohl er Vater von drei Kindern war. Vor der Untersuchungskommission bekam er einen solchen Hustenanfall, dass man ihn umgehend als »kriegsuntauglich« heimschickte.

Obwohl Vater Alois sehr viel Wert auf die musikalische Ausbildung seiner Kinder legte, war er auch darauf bedacht, dass sie einen »ordentlichen« Beruf erlernten, der sie ernähren würde. Drei seiner Kinder bekundeten Interesse fürs Fotohandwerk, deshalb schickte er sie nacheinander nach Traunstein in die Lehre. Bei ihm konnten sie die Lehre nicht machen, weil er keine Meisterprüfung hatte. Nach Traunstein zu gelangen, war für die Lehrlinge kein Problem, inzwischen hatten sich die Verkehrsverhältnisse erheblich verbessert.

Hilde, seine älteste Tochter, zeigte indes weniger Interesse fürs Fotografieren. Sie sah ihre Berufung woanders. Unterstützt wurde sie dabei von ihrer

Lehrerin. Am Ende der vierten Klasse empfahl sie dem sehr strebsamen und fleißigen Kind das Gymnasium zu besuchen und anschließend für das Lehramt zu studieren. Begeistert berichtete Hilde daheim von diesem Vorschlag.

Doch da erwischte es sie vom Vater wie eine kalte Dusche: »Wo denkst du hin! Das kommt gar nicht infrage. Meinst du, ich investiere so viel Geld in die Ausbildung für ein Dirndl? Das wär' doch für die Katz, denn über kurz oder lang heiratest du ja doch.«

In der Folgezeit beobachteten die Eltern, dass ihre Tochter stets bedrückt wirkte. Um sie aufzumuntern, versprachen sie: »Wenn du unbedingt weiterlernen willst, darfst du nach der Volksschule auf eine Hauswirtschaftsschule gehen. Da lernst du wenigstens was Gescheites, das dir später als Hausfrau und Mutter zugute kommt.«

Das war ein schwacher Trost, aber immerhin. Nach der achten Klasse durfte Hilde tatsächlich in Haag bei Wasserburg die Schule der Englischen Fräulein besuchen. Hier lernte sie alles, was zur Führung eines Haushaltes nötig war, daneben verschiedene feine Handarbeiten sowie ganz solides Stopfen und Flicken. Zu ihrer Freude erhielt sie dort sogar ihren geliebten Geigenunterricht. Sie lernte aber auch Buchführung, Steno und Maschinenschreiben. Mit dieser Ausbildung hätte sie durchaus eine angemessene Stelle in einem Büro finden können. Doch ihr Vater hatte bereits etwas anderes für sie vorgesehen.

Kaum, dass sie die Prüfung glänzend bestanden hatte, beorderte er sie nach Hause. Er hatte nämlich den Mut besessen, bereits 1947 ein Kino zu gründen mit dem wohlklingenden Namen »Alpen-Lichtspiele«. Es wurde sehr gut besucht, und Hilde musste dort nun tatkräftig mithelfen. Wenige Jahrzehnte später gab es in fast jedem Haushalt einen Fernseher. Das war für das Kino eine so starke Konkurrenz, dass sich der Betrieb nicht mehr lohnte. Es schloss 1987 seine Pforten.

Heiner

Nicht nur mein Bruder Sepp hat in eine Familie eingeheiratet, die später Weltberühmtheit erlangen sollte, sondern auch mein Bruder Heiner. Doch zunächst will ich ein Erlebnis aus seiner frühen Kindheit berichten.

Er mochte etwa anderthalb Jahre alt gewesen sein, da zeigten sich bei ihm folgende Symptome: Atemnot, blaue Lippen, blaue Fingernägel.

Erschrocken rief meine Mutter aus: »Genau wie das damals bei der Resi war. Sepp, lauf schnell mit ihm zum Doktor.« Schon verdrehte der Kleine die Augen und wurde bewusstlos.

In größter Sorge nahm Vater Sepp sein Kind auf den Arm und lief, so schnell er konnte, zum Haus des Arztes. Es war Sonntag, und die Praxis war geschlossen, weshalb der verzweifelte Mann an der Wohnung läutete. Dr. Heiler kam sogleich herunter und führte meinen Vater mit dem ohnmächtigen kleinen Patienten in die Praxis. Dort legte Vater ihn auf den Untersuchungstisch. Der erste Kommentar des Arztes: »Der rührt sich ja nicht mehr.«

Darauf Sepp: »Deshalb bin ich ja hier.«

Nun schaute sich der Mediziner den Buben genauer an: »Ach, der ist ja schon halbtot.«
Entsetzt entgegnete mein Vater: »Das weiß ich auch. Willst du nicht endlich was tun?«
»Was soll ich denn machen?« Hilflos zuckte Dr. Heiler, der mittlerweile nicht mehr der Jüngste war, die Schultern.
»Kannst du ihm nicht wenigstens eine Spritze geben? Das hat damals bei unserer Resi auch geholfen.«
»Die Idee ist nicht schlecht«, äußerte der Mediziner, zog eine Spritze auf und verabreichte sie dem Kind. Wenig später schlug Heiner die Augen auf und schrie aus vollem Halse. Der Kommentar unseres guten Hausarztes: »Sepp, du hast recht gehabt. Auf die Idee hätte ich auch kommen können.«
Sonst gibt es nichts aus den frühen Lebensjahren meines Bruders Heiner zu berichten. Nachdem er im Jahre 1953 seine Schulzeit beendet hatte, absolvierte er eine Lehre bei der Firma Toni Meier, einem ortsansässigen Betrieb für Heizung, Spenglerei und Sanitär. Ihm machte die Arbeit Freude, und er zeigte sich fleißig und geschickt. Für seine Firma gab es genug zu tun in jenen Jahren. In vielen Häusern wurde umgerüstet vom Plumpsklo im Freien auf das Klosett mit Wasserspülung im Haus. Zudem ließen viele Hausbesitzer Wasserleitungen legen und Waschbecken in den Schlafzimmern installieren. Nicht weil die Dorfbewohner plötzlich so anspruchsvoll geworden wären, nein, man musste den Touristen etwas bieten, denn sie sollten schließlich wiederkommen.
Heiner lebte aber nicht nur für die Arbeit, seine große Leidenschaft war das Skifahren. Schon als Bub

nutzte er im Winter jede freie Stunde dazu. Nach dem Zweiten Weltkrieg hatte der Wintertourismus in unserem Dorf stetig zugenommen, weil es eine schneesichere Gegend war. Die meisten Gäste kamen mit dem Wunsch, richtig Skifahren zu lernen. Deshalb war bereits 1951 eine Skischule gegründet worden. Sie hatte so regen Zulauf, dass bald eine zweite Skischule entstand, nämlich auf der Winklmoos-Alm. Sie trug den Namen »Skischule Mittermaier-Winklmoos«. Weil der Andrang an Schülern so groß war, benötigten beide Schulen immer mehr Skilehrer. Diese fanden sich im Dorf leicht, denn im Winter waren die jungen Männer, die im Baugewerbe und in artverwandten Berufen beschäftigt waren, arbeitslos. Sie ließen sich gerne zu Skilehrern ausbilden, weil sie somit auch in der Winterzeit ein gesichertes Einkommen hatten. Außerdem machte es ihnen Spaß, die Schneehaserln durch den Schnee zu scheuchen, und mit ihnen Après-Ski zu machen, gefiel ihnen ebenfalls. Heiner machte also im Alter von 21 Jahren die Ausbildung zum Skilehrer.

Vater Mittermaier, der auf der Winklmoos-Alm die Skischule betrieb, bewirtschaftete mit seiner Familie auch das Studentenwohnheim. Weil sie, wie alle, mit der Zeit gehen wollten, ließen sie 1966/67 Toiletten und Duschen dort einbauen. Bei dieser Gelegenheit kam Heiner der ältesten Tochter Heidi, geboren am 28. Januar 1941, näher. Bisher hatte er sie nur vom Skifahren her gekannt. Zu der Zeit war sie nämlich schon eine bedeutende Abfahrtsläuferin. Sie hatte an Weltmeisterschaften und Olympischen Spielen teilgenommen und so einige Titel errungen, hatte vier Deutsche

Meisterschaften gewonnen und 1959 im Slalom beim SDS-Rennen gesiegt, das vom Schweizer Damen-Skiclub organisiert war. 1966 hatte sie sogar in dem Film »Skifaszination« von Willy Bogner jun. als Skiläuferin mitgewirkt.

Heidi beendete im selben Jahr ihre sportliche Karriere, ließ sich zur »Staatlich geprüften Skilehrerin« ausbilden und stieg in die Skischule ihres Vaters ein. Heidi und Heiner heirateten am 11. Mai 1968 und feierten ihre Hochzeit im »Kuhstall«, einem Lokal, das Maria und Addi Hellwig Anfang der Sechzigerjahre eröffnet hatten, um geregelte Einnahmen zu haben. Die Feier von Heidi und Heiner war bedeutend größer, als es die Feier von Maria mit meinem Bruder Sepp gewesen war. Erfreulicherweise hatten sich die Zeiten mittlerweile erheblich gebessert. Außer der großen Verwandtschaft von beiden Seiten waren auch Freunde und Skikollegen eingeladen, sodass die Gesellschaft etwa sechzig Personen zählte.

Im September desselben Jahres kam Töchterchen Monika zur Welt, deshalb war Heidi dann nicht mehr als Skilehrerin tätig. Ihr Mann aber stieg mit Beginn des Winters in die Skischule seines Schwiegervaters ein, zunächst nur nebenberuflich. Doch mit der Zeit gab es mit dem Verkauf von Skiausrüstungen und der Reparatur von Skiern so viel zu tun, dass er auch in der schneefreien Zeit dort beschäftigt war.

Heidi war zwar eine bedeutende Skiläuferin gewesen, aber mit Rosi, der mittleren aus dem Dreimäderlhaus, wurde die Familie weltberühmt. Rosi, am 5. August 1950 geboren, war von 1964 bis 1976 Mitglied in der Deutschen Nationalmannschaft. Ich weiß gar nicht mehr, welche Titel sie alle holte und wie oft sie Deutsche Meisterin war. Der absolute Höhepunkt ihrer Karriere war zweifellos 1976, als sie in Innsbruck Olympia-Siegerin wurde und zwei Gold- sowie eine Silbermedaille nach Deutschland holte.

Auch Evi, die jüngste des skifahrenden Schwesterntrios, geboren am 16. Februar 1953, fuhr von 1974 bis 1980 an der Weltspitze mit und holte sich mehrere Titel.

Anna

Wie im Kapitel über Theres bereits erwähnt, hatte meine Mutter auf unangenehme Weise von der Existenz Annas erfahren, der vorehelichen Tochter ihres Mannes Sepp. Danach hörten und sahen wir jahrelang nichts von dieser Anna. Ob sie überhaupt wusste, wer ihr Vater war? Vermutlich hatte die Tante ihr dies verschwiegen, damit sie nicht auf die Idee kam, Kontakt mit ihm aufzunehmen.

Doch an einem sonnigen Sonntag im Mai, es muss 1964 gewesen sein, sollte ich ein sehr nettes Gespräch mit dieser Halbschwester führen. Nach dem Mittagsmahl ruhten meine Eltern in ihren Liegestühlen auf der Terrasse. Deshalb konnten sie nicht sehen, was sich unterhalb auf der Straße bewegte. Ich dagegen, die mit einer Handarbeit beschäftigt auf einem Stuhl saß, sah zwei Frauen mit Tirolerhüten vorbeigehen. Da ich einen langen Hals machte, konnte ich beobachten, dass die beiden Personen zu unserem Hauseingang einschwenkten. Was wollten die bei uns? Kundschaft für meinen Mann? Doch nicht am Sonntag! Sollten sie an der Haustür läuten, würde er ihnen öffnen, denn er saß in seinem Büro. Doch diesen Besuch wollte ich ihm nicht allein überlassen. Also erhob ich mich und lenkte meine Schritte in Richtung Haustür. Deshalb bekam ich gerade noch mit, welch verdutztes Gesicht Manfred, mein Mann, beim Anblick der beiden Damen machte. Ihm fiel aber nichts anderes ein als die geschäftsmäßige Frage: »Womit kann ich dienen?«

Noch ehe die Besucherinnen darauf antworten konnten, entdeckte er mit Erleichterung mich hinter den beiden und sagte: »Resi, ich glaube, das ist Besuch für dich.« Ohne dass sie sich vorgestellt hätten, war mir klar, um wen es sich handelte. Dass sie Mutter und Tochter waren, ließ sich nicht verleugnen, aber auch die Verwandtschaft zu mir sah ich auf den ersten Blick. Die ältere der beiden sah aus wie meine Halbschwester Rosi, und die Jüngere, die in meinem Alter sein mochte, sah aus wie ein Ebenbild von mir. Ohne Umschweife führte ich die beiden ins Wohnzimmer im ersten Stock. Dort sagte ich ihnen auf den Kopf zu: »Du bist meine Halbschwester Anna, und du musst ihre Tochter sein.«

Überrascht lächelten die beiden: »Sieht man uns das an?«

»Und ob man euch das ansieht!«

In dem Augenblick tauchte Manfred auf, mit seinem Fotoapparat bewaffnet. »Von euch Dreien muss ich unbedingt ein Bild machen. Das glaubt mir sonst keiner.« Dieses Foto befindet sich noch heute in meinem Album. Darin ist auch ein Foto von Annas Mutter, also der Frau, die an gebrochenem Herzen gestorben war, weil die Tante die Herausgabe ihres Kindes verweigert hatte. Dieses Foto hatte mir meine Halbschwester schon bald nach ihrem Besuch bei uns geschickt.

Zunächst aber wollten wir wissen, was sie heute hergeführt habe. Anna, die Mutter, erzählte, sie habe schon seit Langem den Wunsch gehabt, ihren Vater kennenzulernen, habe sich aber nicht getraut. Erst jetzt, nachdem die Tante gestorben sei, wage sie es, diesen Besuch zu machen. Deshalb sei sie heute mit ihrer Tochter Anna hergekommen, die ihren Opa kennenlernen wolle. Dann erzählten die beiden einiges aus ihrem Leben.

Mutter Anna war in Grassau verheiratet, und ihre Tochter hatte ebenfalls einen Ehemann aus Grassau, lebte aber mit ihm in Frankfurt/Main, weil er am dortigen Flughafen zum Bodenpersonal gehörte. Die beiden hatten zwei Söhne und eine Tochter. Die zwei Frauen wollten natürlich auch etwas über ihren Vater bzw. ihren Großvater und seine Familie wissen. Bereitwillig erzählte ich ihnen einiges. Leider erlaubte ich ihnen nur, vom Wohnzimmerfenster aus einen Blick auf ihn zu werfen, da er gerade tief schlummerte. Außerdem erklärte ich ihnen, dass wir meinen Vater »schonen« wollten. Er sei nämlich der Meinung, wir – also mein Mann und ich – wüssten nichts von seiner vorehelichen Tochter. In diesem Glauben wollten wir den 87-Jährigen lassen, um ihn nicht aufzuregen. Das sahen die beiden Frauen ein.

An diesem Nachmittag hatten wir uns so gut verstanden, dass wir uns vornahmen, in Verbindung zu bleiben. Deshalb ließ ich mir ihre Adresse geben. Mit der jungen Anna, also meiner Nichte, hielt ich eine

Weile brieflichen Kontakt. Mit der Zeit schlief dieser aber ein, weil jede mit Haushalt, Kindererziehung und Pflege der Eltern voll beschäftigt war.

Heute denke ich, dass es vielleicht nicht richtig von mir war, meinen Vater zu »schonen«. Vielleicht hätte er sich gefreut, seine Tochter und seine Enkelin kennenzulernen, abgesehen davon, dass die beiden Annas sich gefreut hätten, ein paar Worte mit ihrem Vater bzw. Großvater wechseln zu dürfen.

Maria Liebharda

Maria, die älteste Tochter meines Vaters aus der ersten Ehe, war glücklich, dass sie nach bestandenem Examen in der Volksschule zu Lauingen als Lehrerin arbeiten durfte. Sie wohnte aber weiterhin in ihrem Kloster. Leider bekam sie bereits im ersten Dienstjahr gesundheitliche Probleme. Die Lunge machte ihr zu schaffen. Um ihr Leiden auszukurieren, brachte man sie ins Kloster Sankt Zeno nach Bad Reichenhall. Das teilte man ihren Eltern mit. Rosina, ihre Mutter, wäre am liebsten selbst hingefahren, war zu der Zeit aber gesundheitlich nicht mehr dazu in der Lage. Um ihrer kranken Tochter eine Freude zu machen, schickte sie ihre Kinder Rosi und Sepp mit einem Körbchen Zwetschgen aus dem eigenen Garten nach Bad Reichenhall. Die Pfortenschwester geleitete die beiden zum Zimmer der Patientin, die sich über den Besuch und die Zwetschgen sehr freute. Beim Verlassen des Klosters kamen die Kinder wieder an der Pforte vorbei. Leutselig fragte die Schwester den Buben: »Wie schaut's aus? Willst du nicht hierbleiben?«

Darauf meinte der 14-Jährige im Brustton der Überzeugung: »Nein, hier stinkt es mir zu sehr.« Er meinte den Geruch von Weihrauch. Seine Schwester aber schämte sich über seine Äußerung fast zu Tode.

Nach einigen Monaten wurde Maria als genesen nach Dillingen zurückgeschickt, wo sie nach kurzer Zeit ihre Gelübde ablegte und den Namen Liebharda bekam. Dass sie nicht zur Beerdigung ihrer Mutter durfte, wissen wir ja bereits. Liebharda, eine begeisterte und beliebte Lehrerin, wurde durch ihre schwache Gesundheit leider immer wieder in ihrem Wirken unterbrochen und musste öfter nach Sankt Zeno.

Unter dem Hitler-Regime wurden zahlreiche Klöster aufgelöst, so auch das in Dillingen im Jahre 1937. Den Ordensschwestern stellte man anheim, entweder in die Mission zu gehen oder nach Hause zurückzukehren, um als weltliche Lehrerin an einer Schule Dienst zu tun. Weil sie sich mit ihren Eltern über ihren weiteren Lebensweg beraten wollte, fuhr Liebharda nach Hause. Das war ihr erster »Heimaturlaub« nach 22 Jahren. Als der Vater von ihrer Wahlmöglichkeit erfuhr, war er begeistert: »Selbstverständlich bleibst du hier. Ich sorge dafür, dass du an unserer Schule angestellt wirst. Dann wohnst du bei uns und wir können dich täglich sehen.«

Die gute Liebharda, von Kindheit an zu Gehorsam erzogen und zusätzlich durch ihr Gelübde zu Gehorsam verpflichtet, antwortete demütig: »Ja, Vater, wenn du meinst, werde ich halt das Opfer bringen und an unserer Dorfschule unterrichten.«

Von dieser Formulierung war der Vater wie vor den Kopf geschlagen. Nachdem er sich einigermaßen gefasst hatte, erklärte er: »Ja, wenn das für dich ein Opfer wäre, bei uns zu bleiben, dann geh lieber in die Mission.«

Bereits am folgenden Morgen kehrte Liebharda nach Dillingen zurück, wo sie sich mit neun anderen Ordensschwestern traf, die ebenfalls ein klärendes Gespräch mit ihren Eltern geführt hatten. Für diese zehn Schwestern stand fest: Wir gehen in die Mission.

Von ihrer Oberin bekamen sie die Adresse eines alten Paters, der lange als Missionar in einem Kloster in Brasilien gelebt hatte und nun eine Pfarrei leitete.

Ohne ein Wort Portugiesisch zu können, wagten die Schwestern das Abenteuer und begaben sich im August 1937 aufs Schiff, das sie nach Südamerika bringen sollte. Jede hatte nur wenig Gepäck, zumindest aber befand sich in einem der Koffer ein Lehrbuch der portugiesischen Sprache. Sie hatten nämlich den löblichen Vorsatz, sich während der langen Überfahrt – diese sollte über vier Wochen dauern – mit der Sprache des Landes, das bald ihre Heimat sein sollte, vertraut zu machen. Schließlich wollten sie sich nach ihrer Ankunft wenigstens notdürftig verständigen können. Auf dem Dampfer gab es aber für die Frauen, die von ihrem zehnten Lebensjahr an nichts anderes gekannt hatten als das Klosterleben, so viel zu sehen und zu erleben, dass keine Zeit blieb, die Nase in das Lehrbuch zu stecken. So kamen sie an einem Vormittag in Brasilien an, ohne ein Wort der Landessprache zu verstehen. Zunächst war das kein Problem.

Der gute alte Pater Michael nahm sie am Hafen in Empfang. Pedro, ein Einheimischer, hatte ihn mit einem klapprigen Mietwagen herchauffiert. Auf dem

Kleinlastwagen hatte man zu beiden Seiten der Ladefläche grob gezimmerte Holzbänke angebracht, damit man die ganze Ladung Nonnen befördern konnte. Sie nahmen auf den Bänken Platz, während ihr Gepäck zwischen ihnen am Boden stand bzw. lag. Auf der langen Reise über Stock und Stein wurden die frommen Frauen ordentlich durchgeschüttelt, dennoch waren sie frohen Mutes.

Nach mehrstündiger Fahrt erreichten sie ihr Ziel, ein kleines Dorf in der Nähe von Rio de Janeiro. Erleichtert, wenn auch mit schmerzendem Hinterteil, sprangen die Schwestern vom Wagen, und der Fahrer reichte ihnen ihr Gepäck. Sie hatten zwar nicht damit gerechnet, auf einer voll ausgebauten Missionsstation zu landen, aber dass ihr Leben in Brasilien so primitiv beginnen würde, hatten sie nicht erwartet. Der Pater führte sie zu einer winzigen Holzhütte, während er voller Stolz berichtete, ihm sei es gelungen, den Bürgermeister der kleinen Gemeinde so zu bearbeiten, dass er ihnen das Haus mietfrei zur Verfügung stelle.

War das Äußere dieser Behausung schon recht erbärmlich anzusehen, so traf sie im Inneren fast der Schlag. Es befanden sich nur zwei Räume darin, die äußerst spärlich eingerichtet waren. Im »Schlafzimmer« lagen zehn Strohsäcke dicht an dicht auf dem Boden, fünf auf der einen Seite, fünf auf der anderen. Auf jedem lag eine Steppdecke, die schon recht abgewetzt wirkte. In der Stirnwand war ein kleines Fenster eingelassen und an der gegenüberliegenden Wand gab es zehn Haken nebeneinander, die wohl als Garderobe dienen sollten. Eine Apfelsinenkiste darunter, auf der eine Waschschüssel und ein Wasserkrug standen, galt als primitiver Waschtisch.

Der andere Raum sollte die Wohnküche darstellen. In der Mitte bildeten fünf umgestülpte Apfelsinenkisten den Esstisch, weitere zehn Kisten drum herum waren unschwer als Sitzgelegenheiten zu erkennen. In einer Ecke stand ein schmaler Herd mit einem Wasserkessel darauf. Daneben standen wiederum Kisten – gefüllt mit Geschirr und Besteck, eine andere mit einem großen und einem kleinen Topf sowie einer Bratpfanne und eine dritte enthielt verschiedene Lebensmittel. Darunter – wie sollte das in Brasilien anders sein – echter Bohnenkaffee. In einer vierten Kiste befanden sich tatsächlich Apfelsinen.

Pater Michael war mächtig stolz darauf, dass er an alles gedacht hatte und erwartete ein entsprechendes Lob. Das erfolgte tatsächlich, aber nicht aus vollem Herzen. Neben dem Herd stand ein Eimer mit Wasser für den Küchengebrauch. Zum Nachfüllen musste man sich am Brunnen vorm Haus bedienen. Sogar an eine Petroleumlampe nebst einer Schachtel Streichhölzer hatte der fürsorgliche Pater gedacht.

»Ihr müsst wissen, Mädels, bei uns gibt es keine Dämmerung, wie ihr das von zu Hause kennt. Um 18 Uhr wird es nahezu schlagartig dunkel«, erläuterte er. »Damit ihr dann noch eure Betten findet, steht die Lampe da. Die sanitäre Anlage befindet sich hinter dem Haus.«

Ein Blick aus dem Fenster belehrte sie darüber, dass dies eine vornehme Umschreibung für das Herzhäuschen war, wie es die meisten von ihnen noch aus ihrer Kindheit kannten. Im Kloster zu

Dillingen hatten sie allerdings schon Toiletten mit Wasserspülung gehabt.

Nachdem der geistliche Herr ihnen alles gezeigt und erklärt hatte, verabschiedete er sich. Nun machte sich bei den Klosterfrauen allmählich der Hunger bemerkbar. Denn seit sie das Schiff verlassen hatten, war ihnen keine Mahlzeit angeboten worden.

Zum Kochen war es zu spät. Sie aßen von dem Brot, das sie in der Kiste fanden, belegt mit Dauerwurst. Nachdem sie so lange gehungert hatten, schmeckte es köstlich.

Das Frühstück am anderen Morgen war leicht zubereitet. Von dem Brot war noch genug vorhanden, dazu gab es Marmelade aus einer Frucht, die sie nicht kannten. Vor allem der gute brasilianische Kaffee mundete ihnen und erweckte die Lebensgeister. Zu Mittag sollte aber ein richtiges Mahl auf den Tisch. Nun standen sie vor einem Problem. Keine der Schwestern konnte kochen. Daheim hatten sie es nicht lernen können, da sie ja bereits im Alter von zehn oder elf Jahren in die Klosterschule gekommen waren. Dort hatten sie alles Mögliche gelernt, nur nicht Kochen. Eine von ihnen war aber so vorausschauend gewesen, sich beim Abschied von ihrer Mutter ein Kochbuch mitgeben zu lassen. Es war allerdings ein Kochbuch mit bayerischen Gerichten. Ob man in Brasilien die nötigen Zutaten für solche Gerichte bekommen würde? Eifrig blätterten die Mädchen in dem Buch und studierten vor allem die Zutatenlisten. Die eine machte diesen Vorschlag, die andere jenen. Schließlich einigte man sich auf Leberknödel, denn dafür fand sich fast alles in der Lebensmittelkiste:

altes Weißbrot, Salz, Pfeffer und Mehl. Es fehlte lediglich die Leber. Also wurden zwei Schwestern abkommandiert, in der Dorfmetzgerei Leber zu kaufen. Nun kam endlich das Lehrbuch der portugiesischen Sprache ins Spiel. Man musste doch zumindest wissen, was Leber auf Portugiesisch hieß.

Als die Schwestern losziehen wollten, fiel ihnen auf, dass sie weder Einkaufstasche noch Einkaufskorb hatten. Also nahmen sie eine irdene Schüssel mit, in der sie ihren Einkauf nach Hause transportieren wollten. Die Metzgerei war bald gefunden, und der Metzger begrüßte sie zuvorkommend mit »Bom dia«. Ganz offensichtlich hatte er Respekt vor der Ordenstracht. Nur als sie ihren Wunsch vortrugen, machte er ein verzweifeltes Gesicht und sprach lebhaft in der Landessprache auf sie ein. Die Schwestern zuckten nur verständnislos die Schultern. Verstand er sie nicht, weil sie das Wort »figade« auf der falschen Silbe betont hatten? Die Sprecherin versuchte es noch einmal, indem sie eine andere Silbe betonte. Nun gestikulierte der brave Meister mit den Händen wild herum. Diese »Sprache« verstanden die beiden Neuankömmlinge aber auch nicht.

In dem Moment betrat ein älterer hoch gewachsener Herr mit heller Haut den Laden. Die verzweifelten Verständigungsbemühungen des Metzgers und seiner Kundinnen bekam er mit und schritt hilfreich ein.

Auf Deutsch fragte er die Schwestern: »Was möchten Sie denn?«

Mit einem Seufzer der Erleichterung sagte die eine: »Wir möchten 400 Gramm Leber kaufen.«

Diesen Wunsch übermittelte der hilfsbereite Herr dem Ladeninhaber auf Portugiesisch. Der gutmütige Metzger lächelte, das sei kein Problem, die Damen hätten ihn aber um vier Kilo Leber gebeten, so viel habe er nicht vorrätig. Außerdem könne er sich nicht vorstellen, was sie mit so viel Leber wollten.

Als der Fremde dies den Nonnen übersetzt hatte, lachten sie verlegen und bekamen das Gewünschte. Sie ließen die Leber auch gleich mahlen, weil ihnen in ihrer Behausung die Möglichkeit dazu fehlte. Da der Fremde nun schon als Dolmetscher zur Verfügung stand, nutzte der Metzger die Gelegenheit, um mehr über die ehrwürdigen Schwestern zu erfahren. Er habe sie nämlich noch nie zuvor im Dorf gesehen. Der Deutsche, den das ebenfalls interessierte, übersetzte bereitwillig, was ihm die frommen Frauen an Informationen gaben: Sie seien zehn Ordensschwestern, alle aus Deutschland, sie seien Lehrerinnen und wollten hier eine Missionsstation aufbauen.

Am Ende waren alle zufrieden, der Metzger, der Deutsche und die Nonnen. Der Dolmetscher verabschiedete sie mit »Adeus« und der Metzger rief ihnen nach: »Até a próxima vez!« (Bis zum nächsten Mal!)

In ihrer Hütte bemühte sich die Mutigste, nach Rezept die Leberknödel zu fabrizieren. Von Salz und Pfeffer gab sie nicht zu viel dazu; nachwürzen konnte man ja immer noch. Doch der Teig wollte sich nicht recht formen lassen.

»Meine Mutter hat immer mehr Mehl dazugegeben«, kam als Rat von einer anderen. Dann klappte es tatsächlich. Als Beilage wollten sie Reis kochen, von dem reichlich vorhanden war. Wie man Kartoffeln kochte, wussten alle noch aus ihrer Kindheit. Aber keine erinnerte sich, dass daheim jemals Reis gekocht worden sei. Doch irgendwie gelang es ihnen.

Eine von ihnen hatte bei der »Inspektion« des verwilderten Grundstücks einige Tomatenstauden entdeckt, an denen noch reife Früchte hingen. So gab es zur Freude aller am Mittag ein komplettes Menü. Allerdings schmeckten die Leberknödel etwas fad, da half auch kein Nachsalzen und Nachpfeffern. Schwester Meinrada schaute noch mal im Kochbuch nach.

»Ich hab's!«, rief sie. »An den Knödeln fehlt Majoran!« In ihrem Eifer hatte die »Köchin« übersehen, dass Majoran in die Leberknödel gehört. Aber in der Kiste hätte sich sowieso keiner befunden.

Nach dem Mahl beratschlagten die Ordensfrauen, wie sie am besten vorgehen sollten, um unter diesen dürftigen Voraussetzungen eine Missionsstation errichten zu können. Denn Geld hatten sie so gut wie keines. Ihre Barschaft würde ihnen höchstens für ein paar Tage das Überleben sichern. Das Geld, das ihnen die Schwester Oberin zur Verfügung gestellt hatte, war weitgehend für die Überfahrt draufgegangen.

Doch die Schwesterngemeinschaft kam nicht lange zum Nachdenken. Wie ein Lauffeuer hatte es sich unter den Dorfbewohnern herumgesprochen, dass Ordensschwestern angekommen waren, von Beruf allesamt Lehrerinnen. Der freundliche Metzger und der hilfsbereite Fremde hatten offenbar ganze Arbeit geleistet. Während die Schwestern noch am Beraten waren, erschien schon ein deutscher Arzt, der seine Tochter zum Unterricht anmelden wollte. Danach gaben sich die Leute, die ihre Kinder von den Schwestern unterrichten lassen wollten, die Türklinke in die Hand. Es waren Väter und Mütter aus Deutschland, Österreich und der Schweiz, die hier eine Firma aufgebaut hatten oder die eine Hazienda bewirtschafteten. Es kamen sogar deren leitende Angestellte, um ihre Kinder anzumelden. Sie alle waren glücklich, dass ihre Kinder endlich eine »Deutsche Schule« besuchen konnten. Am Abend waren die guten Schwestern müde von den vielen Gesprächen, die sie geführt hatten. Sie waren aber auch glücklich, denn alle Eltern hatten das Schulgeld bereits für einen Monat im Voraus bezahlt. Mehr noch, der Metzger und der Dolmetscher hatten überall erwähnt, dass die Schwestern dringend Lebensmittel brauchten. Also kam eine ganze Menge an Naturalien herein: Schinken, Butter, Eier, Nudeln, Reis, Dosenwurst, ja sogar echte Kartoffeln. Zudem brachte man verschiedenes an Obst und Gemüse mit.

Um das Vertrauen, das die Leute in die Schwestern setzten, nicht zu enttäuschen, wollten sie gleich am folgenden Morgen mit dem Unterricht beginnen. Wo aber sollten sie so schnell einen Schulsaal für über zwanzig Kinder hernehmen?

Bekanntlich macht Not erfinderisch. Am Vormittag lag die Westseite des Hauses im Schatten. Also schafften die Lehrerinnen kurz nach Sonnenaufgang alle Apfelsinenkisten, die tagsüber irgendwie entbehrlich waren, ins Freie als Sitzplätze für die Schüler. Kaum war der »Schulsaal« fertig, trudelten die ersten Schüler ein. Schwester Liebharda übernahm die erste Stunde und begann mit Musikunterricht. Sie hatte nicht vergessen, ihre geliebte Geige mit auf die Reise zu nehmen. Sie spielte den Kindern die Melodie eines einfachen Kinderliedes vor, und alle waren sogleich begeistert. Dann studierte sie den Text mit ihnen ein, sodass sie am Ende der Stunde das Liedchen schon singen konnten. Die nächste Unterrichtsstunde übernahm eine Schwester, die mit den Kindern – in Ermangelung von Lehr- und Lernmaterial – »spielend« rechnete.

Im Laufe des Tages kamen neue Anmeldungen dazu. Sogar Einheimische meldeten ihre Kinder an, um sie in der »Deutschen Schule« unterrichten zu lassen. Eine der älteren deutschen Schülerinnen, die bereits fließend Portugiesisch sprach, fungierte als Dolmetscherin. Am Abend hatten die Schwestern über vierzig Schülerinnen und Schüler auf ihrer Liste. Daher sahen sie sich genötigt, Schichtunterricht einzuführen: Von 8 bis 12 Uhr waren die Kinder im Alter zwischen elf und 14 Jahren an der Reihe, und am Nachmittag von 13 bis 17 Uhr wurden die Kinder im Alter von sechs bis zehn Jahren unterrichtet.

In der Mittagspause wurde der »Schulsaal« von der West- auf die Ostseite verlegt, weil dort am Nachmittag Schatten war. Ehe die großen Schüler heimgingen, halfen sie tatkräftig beim Umräumen.

Von ihren einheimischen Schülern lernten die Schwestern schnell die Landessprache, schauten daneben aber auch fleißig ins Lehrbuch. Zu Anfang gestalteten sie ihren Unterricht mit den primitivsten Mitteln. So nach und nach spendierten ihnen wohlhabende Eltern eine große Schultafel, dazu reichlich Kreide, Schülertafeln und Griffel, später sogar einen Satz Lese- und Rechenbücher für die »Grundschüler« und einen für die »Oberschüler«. Für die Lehrerinnen gab es auch bald das notwendige Lehrmaterial.

Die deutschsprachigen Eltern zahlten regelmäßig ein angemessenes Schulgeld, welches die Schwestern eisern sparten. Damit wollten sie in absehbarer Zeit ein richtiges Klostergebäude errichten lassen. Ihren Unterhalt bestritten sie weiterhin hauptsächlich mit Naturalien, die ihnen die dankbaren brasilianischen Eltern lieferten. Neben ihren Aufgaben als Organisatorin übernahm Schwester Liebharda weiterhin den Musikunterricht. Dabei nahm sie die Gelegenheit wahr, die Schüler, die besonders musikalisch schienen, herauszupicken und sie in einem Instrument zu unterrichten. Anfangs diente dazu nur ihre Geige, später wurde ihnen ein Satz Blockflöten geschenkt, und ein altes Ehepaar spendierte sogar sein Klavier. Als die Schwestern genug Geld zusammenhatten, kauften sie ein Grundstück am Stadtrand von Rio.

Zwei Jahre nach der Ankunft der ersten zehn Franziskanerinnen kamen acht weitere dazu. Sie hatten geglaubt, in ihrem Vaterland die Stellung halten zu können. Als aber der Krieg ausbrach, sahen sie sich auf verlorenem Posten, deshalb wanderten sie ebenfalls aus. Ihr Kloster, so berichteten die Neuankömmlinge, habe man in ein Lazarett umgewandelt.

Während also in Europa der Zweite Weltkrieg tobte, errichteten die unermüdlichen Schwestern auf ihrem Grundstück eine blühende Missionsstation. Die Gemeinschaft wuchs zusehends, weil auch immer mehr brasilianische Mädchen in den Orden eintraten. Das waren vor allem solche, die bei den Schwestern zur Schule gegangen waren. Doch auch Töchter aus der deutschsprachigen »Oberschicht« fanden sich in ihren Reihen.

Bereits 1937, kurz nach ihrer Ankunft, hatte die kleine Schwesterngemeinschaft Liebharda zu ihrer Oberin gewählt. Von Anfang an war sie unermüdlich darin, Kontakte zu anderen Schwesterngemeinschaften zu knüpfen. Nachdem ihr Kloster erfolgreich angelaufen war, reiste sie durch das Land und gründete weitere Missionsstationen. Man erkannte ihre Fähigkeiten neidlos an und wählte sie zur Provinzialoberin.

Schon bald nach Kriegsende wurde das Kloster in Dillingen wieder eröffnet. Die alte Oberin und ein Teil der versprengten Schwestern kehrten zurück. Aber auch neue Schwestern traten in den Orden ein. Liebhardas Schwesterngemeinschaft dachte indes nicht daran, zurückzukehren. Sie waren so mit Land und Leuten verwurzelt, dass sie sich nirgends wohler fühlen konnten. Außerdem hätten sie es als Verrat an denen angesehen, die sie liebevoll unterstützt hatten, und an denen, die begeistert ihre Schule besuchten.

Im September 1948 wurde Liebharda von der neuen Oberin, die mittlerweile die alte abgelöst hatte, nach Dillingen beordert mit der Auflage, sich vier Wochen Heimaturlaub zu genehmigen und bei dieser Gelegenheit über ihre Arbeit in Brasilien zu berichten. Um ihr die weite Reise schmackhaft zu machen, stand in dem Schreiben, sie dürfe eine Woche ihres Urlaubs in ihrem Elternhaus verbringen und eine Woche im Kloster der Franziskanerinnen zu Rom. Diesem Ruf folgte meine »große Schwester« einerseits gerne, weil sie ihre Dillinger Mitschwestern und ihre Familie in Reit im Winkl wiedersehen wollte. Andererseits berührte sie die Reise etwas peinlich, weil sie dafür einen neuen Reisepass beantragen musste. Der alte, mit dem sie 1937 ausgewandert war, war längst abgelaufen. Nun ist es an sich keine unangenehme Sache, ein Reisedokument zu beantragen. Aus Liebhardas altem Pass, den sie natürlich bei der Behörde vorlegen musste, war jedoch ersichtlich, dass sie als uneheliches Kind zur Welt gekommen war. Bisher hatte sie zwar niemand darauf angesprochen, dennoch war es ihr peinlich. Nicht nur, dass man dies bei der Behörde in ihrem alten Pass sehen würde, sondern auch, dass man diese Tatsache in ihr neues Reisedokument übertragen werde. Aus Nachlässigkeit hatten ihre Eltern es bei der Eheschließung versäumt, ihr Kind für ehelich erklären zu lassen.

Mit ihrem neuen Pass reiste sie also über den großen Teich, immer mit einem unguten Gefühl bei jeder Passkontrolle. Zunächst besuchte sie ihr Stammkloster, dann ging es in ihr Heimatdorf. Über all die Jahre hatte sie Kontakt zur Heimat gehalten und mit der Stiefmutter einen regelmäßigen Briefwechsel gepflegt. Von ihrem Vater dagegen hatte sie nie eine Zeile bekommen. Er nahm es ihr immer noch übel, dass sie nicht die Stelle als Lehrerin in Reit im Winkl angenommen hatte. Nun aber, als sie ihre Woche Urlaub bei ihrer Familie antrat, nahm er sie bei der Begrüßung herzlich in die Arme, was bei uns sonst nicht üblich war. Mit strahlendem Gesicht stellte sie fest: »Nanu, Vater, so kenne ich dich ja gar nicht.«

»Ja, mei«, antwortete er schmunzelnd. »Ich freu mich halt bärig, dass die verlorene Tochter wieder aufgetaucht ist.«

Lachend konterte sie: »Und wo ist das Mastkalb, das bei der Heimkehr des verlorenen Sohnes geschlachtet wurde, wie in einem Gleichnis in der Bibel nachzulesen ist?«

»Du kannst mir glauben, Dirndl, am liebsten hätte ich eines für dich geschlachtet. Leider habe ich keines. Als Ersatz dafür hat die Mutter aber etwas anderes im Ofen, womit sie bei dir vielleicht noch mehr Ehr' aufhebt.«

Seit der Währungsreform, die erst einige Monate zurücklag, gab es fast wieder alles zu kaufen, sofern man das nötige Kleingeld hatte. So gab es auf der Abendtafel einen saftigen Schweinsbraten mit Semmelknödeln und Salat aus dem eigenen Garten.

»Theres, damit hast du mir eine riesige Freude gemacht!«, lobte die Stieftochter. »So etwas Gutes habe ich seit Jahrzehnten nicht mehr gegessen.«

Meine Mutter war mächtig stolz über das Lob der Stieftochter und fragte: »Ja, gibt es in Brasilien denn nichts Gescheites zu essen?«

»Doch, schon. Wir werden mit riesigen Rindersteaks verwöhnt. Aber es geht doch nichts über einen anständigen Schweinsbraten mit Semmelknödeln.«

Zu der Zeit war ich 18 Jahre alt und Zeugin dieses Gesprächs. Meine Halbschwester, die 26 Jahre älter war als ich, hatte ich nur einmal als Siebenjährige kurz gesehen. Nun schloss ich sie gleich ins Herz. In den folgenden Tagen hatte meine Mutter den Ehrgeiz, ihrer Stieftochter zuliebe eine schöne Palette an bayerischen Schmankerln auf den Tisch zu bringen: Kaiserschmarrn, Weißwürste, Leberkas, Auszog'ne (in heißem Fett schwimmend gegarte Küchlein),

Wollwürste, Milzwurst und auch Leberknödel. Bei diesen leckte sich Liebharda die Lippen und gab die Geschichte von dem ersten Versuch mit Leberknödeln in ihrer primitiven Unterkunft zum Besten: »Diese hier sind genau richtig. Unsere ›Küchenschwester‹ hat die bis heute nicht so hingekriegt.«

Wenn meine Halbschwester von ihrem Leben in Brasilien berichtete und vor allem aus der armen Anfangszeit, hing ich wie gebannt an ihren Lippen. Nach dem Krieg gab es eine andere Armut in ihrem Kloster. Immer wieder wurden verwahrloste Kinder zu ihnen gebracht, die sie mit Essen und Kleidung versorgten. Liebharda fragte daher meine Mutter, ob sie vielleicht organisieren könne, dass die Reit im Winkler abgelegte Kleidung nach Brasilien schicken. Anfangs liefen die Kleiderspenden nur spärlich, so kurz nach dem Krieg hatte man noch nicht viel abzugeben. Mit den Jahren aber wurden es immer mehr Pakete, die per Dampfer über den Ozean gingen.

Während ihrer Woche in Reit im Winkl besuchte meine Schwester natürlich auch ihre ehemalige Schulfreundin, die Hartmann-Hanni. Obwohl Liebharda bereits nach der vierten Klasse nach Dillingen gegangen war, hatten sich die beiden aus ihrer Volksschulzeit viel zu erzählen.

Am letzten Tag von Liebhardas Aufenthalt machte meine Mutter für sie noch einmal Leberknödel und ließ sie zuschauen und mitschreiben. »Damit du es deiner Kochschwester richtig beibringen kannst«, erklärte sie. Beim Abschied bedankte sie sich herzlich bei Theres und lobte sie sehr für ihre Kochkünste. Alles, was auf den Tisch gekommen sei, habe so gut geschmeckt, dass sie sich schon auf ihren nächsten Heimaturlaub freue. Ihr Vater nahm sie noch einmal herzlich in die Arme und behauptete, sie sei die bravste Tochter, die er habe.

Ihre leibliche Schwester Rosi hatte Liebharda in all den Jahren in der Fremde nicht zu sehen bekommen. Rosi wohnte ja in Argentinien und sie in Brasilien. Die Entfernungen in Südamerika sind ungeheuer groß, und die Verkehrsverbindungen waren damals noch äußerst unzureichend. Seit Maria Liebharda in Brasilien lebte, standen die beiden Schwestern aber in brieflichem Kontakt. So erfuhr die Klosterschwester, wann Rosis Schiff nach ihrem Deutschlandbesuch 1952 im Hafen von Rio de Janeiro einlaufen würde. Gleich nach dem Anlegen des Dampfers betrat Liebharda ihn, um ihre Schwester wiederzusehen und um deren Familie kennenzulernen. Die Überraschung war ihr gelungen. Wenige Stunden später fuhr das Schiff weiter nach Buenos Aires.

Aus dienstlichen Gründen musste die Provinzialoberin Liebharda in der Folgezeit etwa alle zwei Jahre nach Deutschland, wobei sie auch immer einen einwöchigen Besuch in ihrem Elternhaus einplante. Als sie ein gewisses Alter erreicht hatte, reiste sie aber nicht mehr allein, eine jüngere Mitschwester begleitete sie immer bis Dillingen, danach ging jede ihrer Wege. Die Heimreise legten sie wieder gemeinsam zurück. In den Jahren, in denen sie selbst nicht kam, schickte sie uns manchmal eine Mitschwester oder sogar einen Priester, der dem Kloster nahestand, um uns schöne Grüße ausrichten zu lassen. So geschah es auch im November 1976. Ein Pater von einer nahegelegenen

Missionsstation, der auf Heimaturlaub in Deutschland weilte, besuchte uns, um mir Grüße von meiner Halbschwester auszurichten. Bei dieser Gelegenheit fragte er mich, ob ich es organisieren könne, dass er am Sonntag eine Heilige Messe in unserer Kirche lese. Kurz entschlossen rief ich unseren Pfarrer an, trug ihm den Wunsch unseres Gastes vor, und er sagte spontan zu. Dabei erwähnte er noch: »Bei dem Gottesdienst werde ich dabei sein, dann sehen wir uns ja.«

Mit meiner Schwester Gretl besuchte ich also am Sonntag den Gottesdienst, den der Pater aus Brasilien hielt. Nur von unserem Dorfpfarrer war nichts zu sehen. Nach der Heiligen Messe besuchten wir, wie das so üblich ist, unser Familiengrab. Da machte uns jemand auf ein anderes Grab aufmerksam: »Das müsst ihr euch unbedingt anschauen.«

Wie wir uns erinnern, hatte ich in dem Kapitel über Rosina erwähnt, dass der junge Sägewerksarbeiter Thomas Schlechter am 7. November 1926 beim Wildern von einem Jagdaufseher erschossen worden war. Als wir uns seinem Grab näherten, sahen wir über dem schmiedeeisernen Grabkreuz eine Gamsdecke hängen, an der noch die Krickerl dran waren. Wir kamen gerade dazu, als unser Pfarrer das Arrangement fotografierte. Anschließend hob er das Gamsfell an einer Ecke hoch, schaute prüfend darunter und bemerkte: »Das ist waidmännisch geschossen und abgezogen worden.« Er verstand etwas davon, er war nämlich ein passionierter Jäger. Dann bedeckte er das Grab mit dem Fell und machte ein weiteres Foto. Weil meine Schwester und ich staunend neben ihm standen, sah er sich zu einer Erklärung genötigt. Demnach hatte er die

Sakristei früh genug aufgesucht, um dem Gastpriester alles zu zeigen und zu erklären was für den Gottesdienst notwendig war. Doch noch bevor der Pater die Sakristei betrat, hatte der Mesner unserem Pfarrer zugeraunt: »Heute vor genau fünfzig Jahren ist der junge Schlechter zu Tode gekommen.« Das Schicksal dieses jungen Burschen, den er zwar nicht gekannt, von dem er aber schon gehört hatte, berührte unseren Pfarrer so, dass er sich entschloss, statt der heiligen Messe beizuwohnen, zum Friedhof zu gehen und an seinem Grab für die arme Seele zu beten. Da erblickte er das Gamsfell, das über dem Grabkreuz hing. Vermutlich hatten das ehemalige Wilderer aufgehängt, um an Thomeis fünfzigsten Todestag zu erinnern. Nachdem der Priester eine Weile gebetet hatte, war er ins Pfarrhaus zurückgekehrt, um seinen Fotoapparat zu holen.

Zum neunzigsten Geburtstag ihres Vaters konnte Schwester Liebharda – zu ihrem Leidwesen – nicht kommen. Zwei Jahre später zu seiner Beerdigung klappte es auch nicht. Ebenso wenig konnte Liebharda es einrichten, an der Beerdigung ihrer Stiefmutter, zu der sie ein herzliches Verhältnis gehabt hatte, teilzunehmen.

Zwei Jahre danach, inzwischen war sie selbst achtzig Jahre alt, saß sie, die immer voller Tatendrang gewesen war, lustlos in ihrem Sessel und rührte keinen Finger mehr.

In diesem Fall ist eine junge Mitschwester zu loben, die sich ihrer annahm: »Schwester Liebharda, so geht das nicht weiter. Sie sitzen den ganzen Tag herum und lassen uns die Arbeit machen.«

»Schwester Bernharda, Sie können es mir glauben, ich würde gerne etwas tun, aber ich kann nicht mehr. Ich bin so schlapp.«

»Dann müssen Sie zum Doktor.« Sie packte die Widerstrebende ins Auto und fuhr mit ihr zum Arzt.

Nach eingehender Untersuchung stellte er die Diagnose: »Lungenkrank.« Dann fügte er hinzu: »Sie müssen früher schon mal was mit der Lunge gehabt haben. Sie weist Schatten auf.«

Liebharda bestätigte das und berichtete, dass sie aus diesem Grund öfters in einem Sanatorium geweilt habe. Aber seit sie in Brasilien lebe, habe sie keinerlei Beschwerden mehr gehabt. Offensichtlich hatte ihr das warme Klima gutgetan. Dass die Krankheit nun wieder zurückgekommen sei, liege wohl an ihrem hohen Alter, vermutete sie. Der Arzt verschrieb ihr Tabletten, die sie regelmäßig einnehmen musste.

Bald ging es ihr wieder so gut, dass sie dem Ruf ihrer Vorgesetzten in Dillingen folgen konnte. Sie bereitete alles für die weite Reise vor. Inzwischen legte sie diese nicht mehr mit dem Dampfer zurück, man flog. Das war nicht nur bequemer, es sparte auch viel Zeit. Damit ihre Medikamente für ihren Aufenthalt in Europa ausreichten, zählte sie ihre Tabletten sorgfältig ab. Die letzte ihrer vier Wochen »Urlaub« verbrachte sie bei uns. Mit Erschrecken stellte sie am zweiten Tag fest, dass ihre Tabletten nicht reichen würden. Hatte sie sich in ihrem Heimatkloster verzählt? Oder hatte sie versehentlich an einigen Tagen mehr genommen als vorgeschrieben? Kurzum, sie war schier verzweifelt. Es war ein Glück, dass sie den Beipackzettel des Medikaments mitgebracht hatte. Damit ging ich zu unserem Apotheker, zu dem wir einen guten Draht hatten. Den Namen des Medikaments, unter dem es in Brasilien verkauft wurde, konnte er in seinem dicken Arzneibuch leider nicht finden. Erst über die Auflistung der Zusammensetzung, die in Lateinisch verzeichnet war, fand er dann heraus, dass es in Deutschland ein Medikament mit den gleichen Wirkstoffen unter einem anderen Namen gab. Nach einigen Telefonaten konnte er dieses am folgenden Tag der sehr erleichtert wirkenden Ordensschwester überreichen. Damit war ihr Resturlaub gerettet.

Als sie nach dieser Reise wieder glücklich in ihrem Kloster gelandet war, nahm sie sich vor, aufgrund ihres Alters nie wieder nach Europa zu fliegen. Sie hatte die ganze Reise doch als sehr strapaziös empfunden und noch dazu die Aufregung um ihre Tabletten. Nun sollte eine Jüngere nach Deutschland reisen und Bericht erstatten, wenn die Oberin rief.

In der Annahme, ihren Reisepass nie wieder zu benötigen, verbrannte sie ihn nebst allen anderen Dokumenten, auf denen sie noch unter Seidlmayer lief, dem Mädchennamen ihrer Mutter. Nach ihrem Tode sollten diese Papiere nicht in die Hände der Mitschwestern fallen, damit nicht doch noch ihr sorgsam gehütetes Geheimnis gelüftet werden würde. So sah sie den Makel ihrer unehelichen Geburt endgültig als getilgt an.

In diesem Punkt sollte sie sich geirrt haben. Denn zwei Jahre später kam von ihrer Oberin aus Dillingen die Weisung, unbedingt nach Deutschland zu kommen und auf dieser Reise auch in Rom an einer Audienz beim Heiligen Vater teilzunehmen. Letzteres war natürlich ein verlockendes Angebot. Abgesehen davon hatte sie ja Gehorsam gelobt und musste dem Ruf ihrer Oberin folgen, wenn ihr auch gar nicht danach zumute war. Ihren Gesundheitszustand konnte sie nicht als Ausrede vorbringen. Es ging ihr nämlich blendend – für eine 84-Jährige. Ihre Lunge war wieder völlig ausgeheilt und ihre alte Tatkraft war zurückgekehrt.

Nun stand sie vor einem Problem: Sie hatte keinen Reisepass mehr. Da sie auch keinerlei Dokumente mehr besaß, mit denen sie ihre Identität hätte nachweisen können, war es der Behörde in ihrem brasilianischen Wohnort nicht möglich, ihr einen neuen Reisepass auszustellen. Gutmütig erklärte man ihr, sie solle eine Geburtsurkunde beibringen. Diese bekomme sie in der Gemeinde, in der sie nach ihrer Geburt standesamtlich angemeldet worden sei.

In ihrer Not schrieb sie an Hanni Hartmann, ihre Freundin aus Kindertagen, sie möge beim Standesamt Grünbach das benötigte Dokument ausstellen lassen und ihr schicken.

Das Einfachste und Naheliegendste wäre gewesen, mich anzurufen, immerhin war ich als Halbschwester ihre nächste Verwandte in der Heimat. Liebharda war jedoch der Überzeugung, ich wüsste nicht, dass sie ein voreheliches Kind sei, und sollte es auch jetzt nicht erfahren, vor allem aber sollte mein Mann nichts davon mitkriegen. Ihre gute Freundin Hanni jedoch, selbst 84 Jahre alt, die nie verheiratet gewesen war und zu Hause immer nur ihre behinderte Schwester gepflegt hatte, war völlig weltfremd und mit dieser Aufgabe heillos überfordert. Was tat sie deshalb? Sie rief bei uns an und bat meinen Mann, diese Aufgabe für sie zu erledigen. Für ihn war die Recherche ein großes Vergnügen. Heute würde man einfach im Internet nachsehen, aber damals musste er den Atlas bemühen. Wir wussten zwar, dass Maria Liebharda in Grünbach geboren war. Aber in welchem? Also begab sich Manfred mit detektivischem Spürsinn auf »Spurensuche«. In Bayern stieß er gleich auf vier Orte mit dem Namen Grünbach, von denen jeder infrage kommen konnte. Nun hieß es, über die Telefonauskunft die Nummern der Gemeindeverwaltungen herauszufinden. Danach begann die eigentliche »Arbeit«.

Er hatte einen Zettel vor sich liegen, auf dem ich die wichtigsten Daten meiner Halbschwester notiert hatte. Als der »Detektiv« die erste Nummer gewählt hatte, war der Bürgermeister gleich persönlich am Apparat. Vorweg erklärte ihm Manfred, dass es vier Grünbachs gäbe, die als Geburtsort seiner Schwägerin infrage kämen, und er sei das erste Grünbach, bei dem er anfange. Seine Schwägerin benötige nämlich eine Geburtsurkunde, weil sie sich einen neuen Pass machen lassen wolle. Dann gab er die Daten durch, die auf seinem Zettel standen.

»Das werden wir gleich haben, ich muss nur im Geburtenbuch nachschauen. Rufen Sie mich in zehn Minuten wieder an, dann kann ich Ihnen sagen, ob Sie bei mir an der richtigen Adresse sind.«

Nach zehn Minuten erklärte der Bürgermeister: »Ich bin tatsächlich fündig geworden. Hier ist eine Maria eingetragen, geboren am 8. Dezember 1904, Tochter der ledigen Rosina Seidlmayer, Name des Vaters: Josef Fischer aus Reit im Winkl.«

»Was für ein Glück!«, rief mein Mann aus. »Dann erspare ich mir weitere Telefonate.«

Aus lauter Freude darüber, weil der Bürgermeister so kooperativ gewesen war, erzählte Manfred ihm, warum die Klosterschwester Liebharda, die in Brasilien lebe, einen neuen Pass brauche. Ihre alten Papiere habe sie leider alle verbrannt, weil sie ein Leben lang unter dem Makel der unehelichen Geburt gelitten habe.

Über diese Erklärung musste der Gemeindevorsteher herzlich lachen: »So etwas ist mir auch noch nicht vorgekommen. Wissen Sie was? Machen wir dem alten Mädchen doch die Freude und legitimieren wir sie. Die Geschichte liegt schon so weit zurück, dass kein Hahn mehr danach kräht, wenn ich auf die Geburtsurkunde einfach schreibe: Tochter von Rosina und Josef Fischer.«

Diese Urkunde schickte ich nach Brasilien, und Liebharda ließ sich umgehend einen brandneuen Reisepass ausstellen. Der Makel, den sie 84 Jahre lang mit sich herumgeschleppt hatte, war nun endgültig beseitigt. Bei ihrem nächsten Deutschlandbesuch präsentierte sie uns voller Stolz ihr neues Reisedokument. Es war ihr gar nicht mehr peinlich, dass wir um ihr »Geheimnis« von der unehelichen Geburt wussten. Im Gegenteil, sie war meinem Mann bis an ihr Lebensende dankbar, dass er das hingekriegt hatte. Der neue Reisepass hatte sich für sie wirklich noch gelohnt, denn sie wurde 102 Jahre alt. Niemand hätte erwartet, dass sie ein so hohes Alter erreichen würde, da sie ja viele Jahre an einer Lungenkrankheit gelitten hatte.

Obwohl ich inzwischen weiß, in welchem Grünbach Maria Liebharda geboren wurde, verrate ich es nicht. Niemand soll dem braven Bürgermeister posthum noch Vorwürfe machen können.

Meines Vaters Enkelkinder

Den Silvesterabend 1957 wollte ich mit meiner Freundin Trudi verbringen. Genau wie ich war sie noch los und ledig. Wir steuerten wieder einmal den »Almrausch« an, in Erinnerung an die vielen schönen Stunden, die wir dort verbracht hatten. Dort wimmelte es nur so von Einheimischen und Touristen. Es dauerte nicht lange, da wurden wir zum Tanzen geholt. Auf mich war ein elegant gekleideter Mann zugesteuert, der nicht mehr ganz jung zu sein schien. Zum nächsten Tanz holte er mich wieder und auch zu einem dritten. Das war mir nicht unangenehm, denn er tanzte ausgezeichnet und machte mir das Kompliment, ich sei so leicht zu führen wie eine Feder.

In den Tanzpausen wollte er nicht nur etwas über mich wissen, er erzählte mir auch ein bisschen über sich. Er sei ein begeisterter Skifahrer und mache hier drei Wochen Urlaub. Tagsüber sei er immer auf der Piste. Ob ich ihn nicht mal begleiten wolle. Als echtes Reit im Winkler Mädchen sei ich bestimmt eine ausgezeichnete Skiläuferin und sei, wie hier in Reit, mit Skiern an den Füßen auf die Welt gekommen.

»Oh nein«, gab ich lächelnd zurück. »Das mag heute so sein. Aber in meiner Kindheit war das Skilaufen bei den Einheimischen noch nicht populär. Das taten nur die Wintergäste. Die meisten Kinder mussten daheim hart arbeiten, da blieb für ein solches Vergnügen keine Zeit. Erst einige Jahre nach dem Krieg habe ich von meinem Bruder ziemlich ramponierte Brettln geerbt. Mit denen habe ich es aber nie zu virtuosen Leistungen gebracht. Deshalb habe ich sie bald meiner Schwester Gretl weitergegeben.«

Schon kam der nächste Vorschlag von dem Herrn: »Wenn Sie schon nicht mit mir Skilaufen wollen, dann möchte ich Sie zum Après-Ski einladen.«

Warum sollte ich dieses Angebot nicht annehmen? Gleichzeitig wunderte ich mich, dass er allein Urlaub machte. In seinem Alter hatte man doch Familie oder zumindest eine Ehefrau. Diesen Gedankengang sprach ich unumwunden aus.

In dem Moment nahm sein Gesicht einen traurigen Ausdruck an: »Ja, liebes Fräulein, da sprechen Sie einen wunden Punkt bei mir an. Meine Frau ist vor einem Jahr gestorben. Ein tragischer Autounfall. Sie hat mir zwei erwachsene Töchter hinterlassen. Diese sind längst aus dem Haus und haben kein Interesse daran, mit ihrem armen, alten Vater Urlaub zu machen.«

»Was heißt hier armer, alter Vater?«, protestierte ich. »Sie sind doch höchstens 45.«

»Oh, vielen Dank für die Blumen«, lachte er. »Ich bin 47.«

Nun ja, warum sollte ich mit diesem einsamen leidgeprüften Mann nicht ein bisschen Après-Ski machen? Er sah nicht übel aus, war ein ausgezeichneter Tänzer und hatte gutes Benehmen. Wir verabredeten uns für den folgenden Abend beim Unterwirt.

Meine Freundin Trudi sah ich am Silvester-Abend nicht mehr. Sie war wahrscheinlich mit ihrer Eroberung ebenso beschäftigt wie ich mit der meinen.

Beim festlichen Neujahrsmenü erzählte mir mein neuer Bekannter, er sei Rechtsanwalt und habe eine gutgehende Kanzlei in Würzburg. Das waren weitere Pluspunkte für ihn. Kurzum, ich ließ mich ganz leicht zu einem weiteren Treffen mit ihm überreden. Er war wirklich ein Kavalier vom Scheitel bis zur Sohle.

Beim zweiten oder dritten Treffen, jedes Mal in einem anderen Gasthaus, gestand er mir, dass er wieder eine Frau suche, denn das einschichtige Leben sei auf Dauer nichts für ihn. Am vierten oder fünften Abend unternahmen wir nach dem Nachtessen und einigen Gläschen Wein einen kleinen Schneespaziergang. Bei diesem machte er mir zwar keinen eindeutigen Heiratsantrag, aber seine Frage konnte man als einen solchen auslegen. Er wollte wissen, ob ich mir vorstellen könne, in Würzburg zu leben, oder ob ich vor Heimweh vergehen würde, wenn ich so weit weg wäre von meinem Heimatdorf.

Unbefangen erklärte ich ihm: »Ich kann mir nicht vorstellen, dass ich unter Heimweh leiden würde. Eine meiner Schwestern lebt seit vielen Jahren in Brasilien und eine andere in Argentinien. Beide sind bis heute nicht an Heimweh gestorben. Außerdem ist Würzburg ja nicht gar so weit weg, es liegt immerhin noch in Bayern.« Nach dieser Antwort riss er mich in die Arme und drückte mir ein leidenschaftliches Busserl auf. Dabei wurde mir ganz warm ums Herz, und mir wurde bewusst, dass ich mich in diesen Mann verliebt hatte.

Seine anschließenden Worte waren der reinste Honig für meine Seele: »Du bist genau die Frau, nach der ich gesucht habe. Mit dir kann ich mir mein weiteres Leben vorstellen.«

Als ich endlich daheim in meinem Bett lag, ging mir so einiges durch den Kopf: Jetzt habe ich mich doch tatsächlich in einen Mann verliebt, der zwanzig Jahre älter ist als ich. Aber was hat das schon zu bedeuten? Mein Vater ist sogar 22 Jahre älter als seine Frau, und sie sind glücklich miteinander. Wie sich doch die Geschichte wiederholt! Meine Mutter hat einen »alten« Mann geheiratet, einen Witwer mit drei Kindern, und ich werde ebenfalls einen »alten« Mann heiraten, einen Witwer mit zwei Kindern.

In den folgenden Wochen verlebten wir eine wunderbare Zeit miteinander, und ich schwebte auf Wolke sieben. Jeden Abend gingen wir auf sein Zimmer und ich ging bedenkenlos mit ihm ins Bett. Schließlich hatte er mir bereits einen Heiratsantrag gemacht und mir seine Adresse und Telefonnummer gegeben. Er hatte sich auch meine Adresse notiert, Telefon besaßen wir zu der Zeit noch nicht.

Leider gingen seine drei Wochen Urlaub viel zu schnell zu Ende. Beim Abschied konnte ich nur mit Mühe meine Tränen zurückhalten. Feinfühlig, wie er war, bemerkte er das und drückte mich zärtlich an sich: »Sei nicht traurig, Resi. Schon bald wirst du einen Brief von mir bekommen, und spätestens im Sommer bin ich wieder da.« Ein letztes Winken, dann brauste er mit seinem noblen Auto davon.

Es vergingen einige Tage, da merkte ich, dass unsere nächtlichen Vertraulichkeiten nicht ohne Folgen geblieben waren. Das erschütterte mich keineswegs. Ich wusste ja, dass mein Verehrer mich liebte und mich heiraten würde, in Anbetracht der Neuigkeiten eben früher als geplant. Am liebsten hätte ich ihn spontan angerufen, doch eine gewisse Scheu hielt mich zurück. Lieber wollte ich noch ein paar Tage warten, um ganz sicher zu sein. Außerdem wollte ich erst einen Brief von ihm abwarten. In den folgenden Tagen kam aber keiner an. Wenn ich darüber auch enttäuscht war, so hatte ich doch Verständnis dafür. Nachdem er drei Wochen nicht in seiner Kanzlei gewesen war, hatte sich auf seinem Schreibtisch gewiss eine Menge angehäuft. Voller Ungeduld rang ich mich schließlich doch zu einem Anruf durch und schlich mich nach dem Nachtessen aus dem Haus. Ich hatte genug Kleingeld dabei, um ein ausgiebiges Gespräch von einer Telefonzelle aus führen zu können. Mein Herz bumperte ganz schön, als ich die Wählscheibe drehte. Dann lauschte ich angespannt in den Hörer. Statt der vertrauten Stimme vernahm ich nach einigen Summtönen nur die Ansage: »Kein Anschluss unter dieser Nummer.«

Hatte ich mich in der Aufregung verwählt? Doch auch bei meinem zweiten und dritten Versuch hörte ich nur: »Kein Anschluss unter dieser Nummer.«

Niedergeschlagen begab ich mich nach Hause. Was war schiefgelaufen? War Egon beim Aufschreiben vielleicht ein Zahlendreher passiert? An diesem Abend war ich zu aufgewühlt, um einen Brief schreiben zu können. Das holte ich tags darauf nach. Es wurde kein langer Brief. Mit wenigen Worten versicherte ich Egon meiner Liebe und teilte ihm mit, dass wir ein Kind erwarteten. Recht optimistisch warf ich das Schreiben in den Postkasten, als ich auf dem Weg zur Arbeit war. Es folgten einige Tage ungeduldigen Wartens. Nach vier oder fünf Tagen fand ich in meiner Mittagspause einen Brief neben meinem Teller. Noch bevor mein Herz einen Purzelbaum schlagen konnte, bemächtigte sich meiner eine herbe Enttäuschung. Mit einem Blick erkannte ich auf der Vorderseite meine eigene Handschrift. Die Adresse war durchgestrichen und darunter stand: Empfänger unbekannt.

Ohne aufzusehen fühlte ich, dass meine Mutter mich beobachtete. Haltung bewahrend steckte ich das Kuvert in meine Jackentasche und würgte ein paar Happen hinunter, um mir nicht anmerken zu lassen, dass es mir den Appetit verschlagen hatte.

Obwohl ich am Nachmittag mit reichlich Arbeit eingedeckt war, gelang es mir kaum, mich von meinen verzweifelten Gedanken abzulenken: Jetzt erwartest du ein Kind, für das du noch nicht mal einen Vater hast!

In dieser Situation hätte ich einen Menschen gebraucht, der mir zuhört, der mir Zuspruch gibt, der mich berät. Wem konnte ich mich in dieser Lage anvertrauen? Zu meiner Mutter brauchte ich nicht zu kommen. Sie hätte nicht das geringste Verständnis für mich gehabt. Jetzt hätte ich eine Freundin gebraucht. Aber Heli wohnte weit weg. Sie hatte bereits mit 21 Jahren geheiratet, kurz nachdem sie das Lehrerinnen-Examen bestanden hatte. Dann war sie dorthin gezogen, wo man ihr eine Stelle angeboten hatte. Freundin Trudi war seit dem Silvesterabend so sehr mit ihrer neuen Eroberung beschäftigt, dass sie kein offenes Ohr für meine Wehklagen gehabt hätte. Sollte ich mich meiner Kollegin Sofie Mecking anvertrauen? Bisher war sie ja immer für alle Probleme ansprechbar gewesen. Nein, so früh sollte man an meiner Arbeitsstätte noch nichts von der Schwangerschaft erfahren. Als einzige Vertrauensperson fiel mir meine Schwester Gretl ein. Obwohl sie die Jüngere war, hatte sie mehr Erfahrung in Liebesdingen als ich.

Unmittelbar nach Dienstschluss begab ich mich zu ihr. Sie sah mir sofort an, dass ich in Schwierigkeiten steckte und tat genau das Richtige. Sie schloss mich in die Arme und hielt mich so lange fest, bis bei mir die Tränen einen Teil des Kummers weggeschwemmt hatten.

»Du hast Liebeskummer?«, stellte sie sachlich fest. Nun fiel es mir ganz leicht, ihr mein Herz auszuschütten. Dann gab sie mir, der Älteren, mütterlichen Rat: »Ein Kind ist kein Beinbruch. Gemeinsam stehen wir das durch. Schau, ich erwarte mein drittes Kind. Der Termin ist für Juli errechnet. Danach kommst du öfters mal zu mir, und ich erteile dir Unterricht in Säuglingspflege. Du dürftest im Oktober an der Reihe sein. Bis dahin haben sich die Eltern darauf eingestellt, dass es in ihrer Wohnung Zuwachs gibt. Wie ich sie kenne, werden sie von dem Enkelkind begeistert sein.« Danach sah ich optimistischer in die Zukunft. Gretl unterwies mich in Säuglingspflege und begleitete mich die ganze Schwangerschaft über mit ihrem guten Rat.

Obwohl ich mich geschickt kleidete, fiel meiner Mutter irgendwann auf, dass ich schwanger war. Das sah ich an ihrem Blick, sie machte jedoch keinerlei Bemerkungen.

Es kam dann alles so, wie meine kleine Schwester das vorausgesagt hatte. Am 10. Oktober 1958 erblickte eine gesunde Tochter im Krankenhaus zu Reit im Winkl das Licht der Welt. Für sie wählte ich den Namen Ursula, im Gedenken an meine tapfere Großmutter, die ihr Kind ledig zur Welt bringen musste, weil ihr Verlobter bei der Überfahrt nach Amerika an Typhus gestorben war. Gleich am nächsten Tag besuchten mich meine Eltern freudestrahlend. Die Mutter brachte Trauben mit – die müssen sündhaft teuer gewesen sein – und der Vater überreichte mir einen Blumenstrauß, die letzten Astern aus dem Garten.

Nach den üblichen neun Tagen Klinikaufenthalt wollte ich mit meinem Kind nach Hause. Das durfte ich aber nicht. Karlheinz, Gretls ältester Sohn, der seit September die Schule besuchte, hatte von dort Scharlach mitgebracht. Da meine Schwester, bevor man die Krankheit erkannt hatte, mit ihren Kindern bei unseren Eltern zu Besuch gewesen war, befürchtete der Arzt, die Krankheitskeime würden noch in der Wohnung herumschwirren und könnten das Neugeborene gefährden. In der Klinik konnte ich auch nicht bleiben. In meiner Not rief ich Sofie Mecking an. Sie besprach sich kurz mit unserem Chef, und schon hatte ich ein Quartier für mich und mein Kind. Wir durften in einem der Gästezimmer im Haus Bunge logieren. Nach 14 Tagen wurde die Quarantäne in meinem Elternhaus aufgehoben, und ich konnte endlich mit meiner kleinen Uschi einziehen. Beide Eltern haben sie vom ersten Augenblick an geliebt, was mir das Herz wesentlich leichter machte. Mein Vater fuhr sie jeden Tag im Kinderwagen spazieren und ließ voller

Stolz jeden Passanten ins Wagerl schauen. Meine Mutter war ebenfalls vernarrt in das Kind. Sie tat ihm alles Liebe und Gute an, was nur möglich war.

Unbesorgt konnte ich also nach dem Mutterschaftsurlaub meine Arbeit wieder aufnehmen, wusste ich meine Kleine doch bestens versorgt. In der Mittagspause konnte ich es immer wieder genießen, mein Kind in die Arme zu nehmen. Erst danach legte die Oma es zum Mittagsschlaf nieder. Am Abend blieb ebenfalls Zeit genug, um mich meiner Tochter zu widmen. So pendelte sich alles wunderbar ein. Meine kleine Uschi machte mir so viel Freude, dass ich darüber bald ihren Vater, den treulosen Liebhaber, vergaß.

Außerdem trat wenig später ein neuer Mann in mein Leben. Seit einigen Jahren war ich bereits eifriges Mitglied beim Kirchenchor, der viele Jahre von Rektor Kurt Hartinger geleitet worden war. Anfang 1960 übernahm ein junger, dynamischer Mann namens Manfred Zeus den Dirigentenstab. Alle Chormitglieder, besonders die ledigen weiblichen, waren neugierig, woher er kam, was ihn nach Reit im Winkl geführt hatte und was er hauptberuflich tat. Denn vom Dirigieren des Kirchenchores konnte er gewiss nicht leben, das war eine mehr oder weniger ehrenamtliche Tätigkeit.

Schon nach wenigen Wochen ergab es sich, dass eine Chorsängerin heiratete. Wie üblich umrahmten wir den Hochzeitsgottesdienst mit feierlichen Gesängen. Dafür wurden wir nachher alle ins Wirtshaus eingeladen. Bei dieser Gelegenheit erzählte uns unser neuer Chorleiter etwas aus seinem Leben. Demnach kam er aus Tirschenreuth, das ganz nah an der tschechischen

Grenze liegt. Nach seinem Studium arbeitete er beim Finanzamt in Traunstein. Vor Kurzem hatte nun ein Steuerberater aus unserem Dorf einen Büroleiter gesucht. Da Manfred sich ohnehin verändern wollte, bewarb er sich auf die Stelle und wurde prompt genommen.

Was tut man als cleverer Junggeselle in einem Dorf, in dem man niemanden kennt? Man schließt sich verschiedenen Vereinen an. Manfred übernahm also nicht nur den Kirchenchor, er wurde auch Mitglied im Fußball- und im Männergesangsverein. Auf diese Weise wurden seine ersten wirklichen Freunde der Harrer-Willi und der Stockklauser-Alois jun., nicht ahnend, dass er später mit ihnen verwandt sein würde.

Wie das Schicksal es so wollte, ging ich an einem Samstagnachmittag zum Tanztee ins Café Artmann. Wen erblickte ich da in der Runde? Niemand anderen als unseren neuen Dirigenten. Er führte mich mehrmals auf die Tanzfläche, und in den Pausen dazwischen unterhielten wir uns prächtig. Beim Verabschieden bat er mich um ein Rendezvous schon für den folgenden Tag. Wir machten einen langen Spaziergang, bei dem ich ihn aus dem Dorf hinauslotste, weil ich nicht so vielen Bekannten begegnen wollte. Als wir den Ortsrand hinter uns gelassen hatten, blieb ich stehen, mit heftigem Herzklopfen.

»Du, Manfred, ehe du zu viel Gefühl investierst, muss ich dir etwas gestehen: Ich habe eine Tochter von fast zwei Jahren.«

Seine Reaktion auf dieses Geständnis war für mich gleichermaßen überraschend als auch erleichternd.

Lachend erklärte er: »Das weiß ich längst. Das haben mir bereits einige aus dem Kirchenchor hinterbracht. Trotzdem habe ich mich gleich in dich verliebt. Ich gedenke dich mitsamt deinem Töchterchen zu heiraten, vorausgesetzt, dass du mich nimmst.«

»Ja, ja«, konnte ich nur hauchen, bevor ein intensiver Kuss mich am Sprechen hinderte.

Schon nach wenigen Tagen stellte ich ihn meinen Eltern und meiner kleinen Uschi vor. Alle waren von ihm angetan und er von ihnen.

Sogleich begannen wir Zukunftspläne zu schmieden. Das alte Zuhaus des inzwischen verstorbenen Kaminkehrers war uns zu klein und genügte auch sonst nicht mehr modernen Ansprüchen. Die Lage und das Fleckchen Erde gefielen uns jedoch so gut, dass wir bleiben wollten. Umgehend traten wir in Verhandlungen mit den Nachkommen des Erbauers und konnten das Haus mitsamt dem großen Grundstück erwerben. Allerdings konnten wir nicht gleich an einen Neubau denken; es fehlte an den finanziellen Mitteln. Es hieß, erst noch ein bisschen mehr auf die hohe Kante legen.

Mit seiner ersten und seiner zweiten Familie hatte mein Vater jahrelang zufrieden dort gelebt. Wir stellten aber höhere Ansprüche und wollten mehr Komfort haben.

Mein Bruder Heiner, der zu dieser Zeit auch noch im Elternhaus lebte, kam jeden Tag zu den Mahlzeiten heim. In vielen Häusern des Dorfes hatte er bereits sanitäre Einrichtungen installiert. Da der Fremdenverkehr boomte, ließ man nicht nur in die vorhandenen Wohnungen Duschen und Toiletten legen. Man baute auch alle möglichen Ställe und Stadl zu Ferienwohnungen und Fremdenzimmern aus und ließ sie mit Dusche und WC ausstatten. Er war also mehr als ausgelastet.

Dennoch wagte ich es, ihn Anfang März 1961 beim Mittagessen auf dieses Thema anzusprechen: »Heiner, bis jetzt hast du schon so viele Toiletten eingebaut, meinst nicht, dass wir auch mal an der Reihe wären?«

»Kein Problem«, antwortete er. »Du musst nur mit meinem Chef einen Termin ausmachen, dann kommst du auf die Warteliste.«

Zu meiner großen Überraschung rückte Heiner tatsächlich schon sechs Wochen später mit einem Lehrbuben an. In einer Ecke des Kellers installierten sie ein schönes weißes WC mit Wasserkasten, von dem eine Kette herabhing mit einem Porzellangriff, mit dem man die Spülung betätigte. Wir hielten es nicht für nötig, das WC durch eine Mauer vom übrigen Keller abzutrennen, da wir ja in absehbarer Zeit einen Neubau hinstellen wollten. Damit man auf dem Örtchen vor Blicken anderer geschützt war, genügte ein Vorhang. Wir alle, inklusive Uschi, waren mit dem fertigen Werk sehr zufrieden.

Nach Abschluss der Arbeiten setzten wir uns noch in der Küche zusammen zu Kaffee und Kuchen, den die Mutter eigens gebacken hatte, um die neue Errungenschaft zu feiern. Alle miteinander saßen wir gemütlich um den Küchentisch: Heiner, sein Gehilfe, Mutter, Vater, Uschi und ich. Wir Erwachsenen waren so ins Gespräch vertieft, dass niemand von uns mitbekam, wie sich Uschi von der Gesellschaft absetzte.

Mein Vater war es, der sie auf einmal vermisste:
»Wo ist denn das Dirndl?«
In dem Moment durchfuhr uns alle ein Schreck.
Die Haustür war tagsüber nie abgeschlossen, daher
konnte die Kleine leicht nach draußen entwischt sein.
Für eine Zweieinhalbjährige lauerte dort so manche
Gefahr. Von unserer Stichstraße konnte sie leicht auf
die nächste verkehrsreiche Straße gelaufen sein. Der
Seerosenteich, der sich unweit von unserem Grundstück befand, sowie das alte Klohäuschen am Ende
des Gartens, das noch nicht abgerissen worden war,
bedeuteten ebenfalls eine Gefahr für ein kleines Kind.

Als ob wir das verabredet hätten, stürmte jeder in
eine andere Richtung, laut Uschis Namen rufend. Der
Lehrling rannte hinunter zur Durchgangsstraße, und
Heiner suchte den Seerosenteich ab. Meine Mutter
schaute in die übrigen Räume des Erdgeschosses, und
der Vater kontrollierte alle Schlafräume, die sich im
Dachgeschoss befanden. Während ich selbst in den
Keller stürzte, fragte ich mich, was für meine Tochter
so anziehend sein könnte, dass sie die gemeinsame Kaffeetafel verließ, wo sie Geselligkeit doch so sehr liebte?
Das einzig Interessante für sie konnte nur die neue Toilette sein. Und richtig, hinter dem Vorhang entdeckte
ich die kleine Ausreißerin und lachte erleichtert auf.
Mit einem Teelöffel, den sie von der Kaffeetafel entwendet haben musste, schöpfte sie Wasser aus der Kloschüssel und führte es genüsslich zum Mund.

Wenig später kamen die anderen von ihrer ergebnislosen Suche zurück. Ihnen konnte ich nicht nur das
unverletzte Kind präsentieren, sondern gleich noch
eine amüsante Geschichte dazu. Da mussten alle

herzlich lachen, und die Stimmung war wieder gehoben. Onkel Heiner freute sich besonders, weil sein »Werk« so guten Anklang gefunden hatte.

Etwa zwei Monate später, am 15. Juni 1961, schritten Manfred und ich in meiner Heimatgemeinde zum Standesamt. Am 21. Juni brachte mein Schwager Rudi Kopp uns und Heiner mit seinem VW-Käfer in Manfreds Heimat, genauer gesagt nach Kappl. Dort wurden wir in der wunderschönen Wallfahrtskirche der Heiligsten Dreifaltigkeit getraut. Anschließend feierten wir in einem Gasthaus zu Tirschenreuth, nur mit Manfreds Mutter, seinen drei Geschwistern und natürlich unseren Trauzeugen Heiner und Rudi. Die Feier hatten wir bewusst so klein gehalten, um zu sparen. Schließlich stand ja in absehbarer Zeit der Neubau an. Schon wenige Tage nach der Hochzeit adoptierte Manfred meine Tochter.

Im Jahr nach der Hochzeit begannen wir stückweise mit dem Bau des neuen Hauses. Unseren Architekten bewunderten wir ob seiner planerischen Meisterleistung, denn er riss vom Altbau vorerst nur so viel ab, dass wir noch darin wohnen konnten. Als im Neubau schon Räume bewohnbar waren, ließ er vom alten Bestand einen weiteren Teil abreißen und so weiter. Bei dem stückweisen Aufbau stellte er ein geräumiges Haus hin, das all unseren Ansprüchen gerecht wurde. Vor allem hatte er es um 180 Grad gedreht. Daher konnten wir die Sonnenstunden besser ausnutzen und hatten eine fantastische Aussicht auf den Wilden und den Zahmen Kaiser. Da wir ein Hanggrundstück hatten, bot es sich an, das Haus auf drei versetzten Ebenen zu errichten. Die Kellerräume wurden in den

Hang gebaut. An der Seite, die der Straße zugewandt war, gab es Platz für zwei Garagen. Darüber erstreckte sich eine riesige Terrasse, und dahinter, also im ersten Stock, lagen die Büroräume meines Mannes, der sich inzwischen selbstständig gemacht hatte. Im zweiten Stock entstand eine großzügig geschnittene Wohnung mit traumhafter Aussicht. Und unterm Dach war Platz genug für eine schmucke Dachgeschosswohnung. Im Sommer 1963 war alles fertig, mit Platz genug für meine Eltern, für Heiner und meine kleine Familie.

Sehr gerne hätte ich meine Tochter, als sie drei Jahre alt war, in den Kindergarten geschickt, damit sie mit Gleichaltrigen spielen könne. Zu meinem Bedauern gab es zu der Zeit in Reit im Winkl keinen. Zwar war 1941 bei uns ein Kindergarten eröffnet worden, der war aber 1945 zu Schulräumen umfunktioniert worden. Wegen der vielen Flüchtlinge, die in unser Dorf geströmt waren, war die Schülerzahl enorm angestiegen. Erst 1972 sollte es in Reit im Winkl wieder einen Ort geben, in dem Kleinkinder betreut wurden. Das war für meine Uschi aber zu spät.

Als sie keinen Mittagsschlaf mehr brauchte, wollte ich es meinen Eltern nicht zumuten, sie den ganzen Tag zu betreuen. Sie waren inzwischen ja nicht jünger geworden. Deshalb nahm ich das Kind mehrmals in der Woche nach meiner Mittagspause mit zur Arbeit. Mein Arbeitgeber hatte nichts dagegen, und meine Tochter war begeistert. Sie war auch sehr brav, sie störte niemanden und wusste sich gut zu beschäftigen. Mit einem Malbuch und einigen Stiften oder ein paar Spielsachen saß sie unauffällig in einer Ecke.

Wurde ihr das zu langweilig, streifte sie schon mal durch Büro und Werkstatt und schaute uns bei der Arbeit zu. Da sie in dieser Zeit nur mit Erwachsenen zusammen war, hatte sie bald altkluge Sprüche drauf.

Frau Bunge, die Frau meines Chefs, die meist in Fürstenfeldbruck lebte, pflegte, wenn sie zu Besuch war, im ersten Stock ihren Mittagsschlaf zu halten, genau wie das Herr Bunge auch täglich tat. Wie üblich hielt sich Uschi in dieser Zeit in der Werkstatt auf, schaute dort mal mir zu, mal dem Lehrling, oder sie ging zur Abwechslung hinüber ins Büro und leistete Tante Sofie Gesellschaft. Natürlich standen immer alle Türen offen. Mittlerweile war sie vier und schon eine recht selbstbewusste kleine Dame. Offenbar war ihr das bloße Zuschauen eines Tages zu langweilig. Deshalb begann sie zu singen, und nicht gerade leise.

Wenig später erschien Herr Bunge oben an der Treppe: »Uschi, hör auf zu singen! Tante Claire will schlafen. Und wenn du schon singen musst, dann sing wenigstens was Gescheites.«

Keck rief das Kind hinauf: »Singen tu ich, was mir passt.«

Daraufhin sauste mein sonst so gütiger Chef mit wütendem Gesicht die Treppe halb herunter. Toni, unser Lehrling, der ein guter Karikaturist war, hielt dieses Gesicht mit ein paar Fingerstrichen auf einer staubigen Fläche fest. Der Chef kam vollends herunter und schaute entgeistert auf dieses »Kunstwerk«.

»Wer soll das sein?«, fauchte er.

»Ja, wer schon?« Uschi stellte sich breitbeinig vor den Chef hin und stemmte die Hände in die Seiten: »Sagen wir mal, das ist der Onkel Berto.« Da brach er in Lachen aus und konnte ihr nicht mehr böse sein. An seinen Mittagsschlaf war aber nicht mehr zu denken.

Von Uschi gibt es noch eine weitere Anekdote. Herr Bunge lud immer wieder Leute in sein Haus ein, darunter viele Künstler, namhafte und weniger bekannte. Er wollte ihnen eine Plattform für ihr künstlerisches Schaffen bieten und ihnen einen Markt eröffnen. Es waren dann auch betuchte Leute da, die sich als Mäzene zeigten, und Kunstinteressierte, die genug Kleingeld hatten. Die machte er mit den Künstlern bekannt, in der Hoffnung, dass sie diesen etwas abkauften. Die Rechnung ging auf.

Zu seinen Gästen gehörte auch eine Gräfin mit dem Namen Henriette von Witzenrath. Sie war keine Künstlerin und auch keine Mäzenin, doch sie konnte es sich leisten, hin und wieder ein Kunstwerk zu kaufen, mal war es ein Gemälde, mal eine Skulptur, mal eine Emailarbeit. In jungen Jahren hatte sie das »Pech« gehabt, einem erfolgreichen Architekten über den Weg zu laufen. Dieser machte ihr eifrig den Hof. Leider trug er den schlichten Namen Schneider. Doch wer achtet schon auf eine solche Kleinigkeit, wenn er jung und verliebt ist?

Als er ihr einen Heiratsantrag machte, antwortete sie begeistert mit »Ja«. Kurz nacheinander bekam sie zwei Kinder mit ihm, zwei Kinder, die den einfachen Namen Schneider trugen! Ob der Name der einzige Trennungsgrund war, ist mir nicht bekannt. Jedenfalls ließ sie sich nach einigen Jahren scheiden und kassierte ein hübsches Sümmchen von ihrem Ehemaligen. Für viel Geld kaufte sie ihren adligen Mädchennamen zurück und für noch mehr Geld für ihre Kinder gleich mit. Also war sie wieder Henriette von Witzenrath, als ich sie kennenlernte.

Dieser Name genügte der ehrgeizigen Frau auf die Dauer jedoch nicht. Stets hielt sie Ausschau nach einem höherrangigen Adligen – und sie hatte Glück.

Eines Tages erschien im Atelier von Herrn Bunge ein Mann mit dem wohlklingenden Namen Prinz von Schönbuch-Schwanau. Er entstammte einer verarmten Adelsfamilie und verdiente sich seinen Lebensunterhalt als Chauffeur bei einem reichen Mann, den er zu uns chauffiert hatte. Nachdem man ihn der Henriette vorgestellt hatte, ohne zu verschweigen, welcher Arbeit er nachging, war sie ganz hin und weg. Es gelang ihr tatsächlich, ihn schon bald aufs Standesamt zu schleppen und anschließend auf eine mehrwöchige, standesgemäße Hochzeitsreise mit ihm zu gehen.

Meine Tochter, damals fast fünf Jahre alt, sah es seit einiger Zeit als ihre Aufgabe an, den Portier zu spielen. Läutete es an der Eingangstür, war sie wie der Blitz dort, um zu öffnen. Wir empfanden das als sehr angenehm, brauchten wir doch unsere Arbeit nicht zu unterbrechen, um die Tür aufzumachen.

Als es wieder einmal klingelte, war Uschi also hingesaust. Da die Innentüren stets offen standen, bekam ich mit, was sich am Eingang abspielte. Vor der Tür stand das frischgebackene Ehepaar Schönbuch-Schwanau. Wahrscheinlich wollte Henriette uns davon in Kenntnis setzen, dass sie von der Hochzeitsreise zurück waren. Doch zuvor bekam ich folgenden kleinen Dialog mit:

»Uschi, du darfst jetzt Prinzessin zu mir sagen«, erklärte ihr Henriette voller Stolz.

Diese aber antwortete in schönster Mundart: »Naa, sog i neda! Du host ja go koa Krone auf.« (Nein, sag ich nicht! Du hast ja gar keine Krone auf.)

Als am 1. November 1964 Marion, unsere gemeinsame Tochter geboren wurde, freute sich mein Mann sehr. In der Folgezeit machte er aber keinen Unterschied zwischen den beiden Kindern. Er liebte das eine genauso wie das andere.

Auch Theres und Sepp, die Großeltern, waren begeistert, dass wieder neues Leben im Haus war. Von Uschi bekamen sie nicht mehr viel zu sehen. Am Vormittag besuchte sie die Schule und am Nachmittag war sie im Musik- oder Sportunterricht, oder sie hing mit ihren Freundinnen herum. Wieder schob Opa Sepp voller Stolz den Kinderwagen durchs Dorf, und Oma Theres stellte fest, dass sie das Wickeln und Fläschchenmachen noch nicht verlernt hatte. Zu ihrem Bedauern kam sie dazu aber nicht oft, denn ich hatte meine Stelle gekündigt, weil ich mehr für meine Kinder da sein wollte. Auch wollte ich hin und wieder meinem Mann im Büro helfen.

Wie bereits erwähnt, erzählte mein Vater gerne und oft Geschichten aus seiner Kindheit und Jugend. Ein Thema aber sparte er dabei aus, das waren seine Besuche auf der Alm.

Aber gerade diese hätten seinen Sohn Heiner und seinen Schwiegersohn Manfred interessiert. Immer wieder lenkten sie das Gespräch in diese Richtung, und wenn sie meinten, sie seien schon ganz nah dran, schwenkte Sepp schnell um auf ein weniger verfängliches Thema.

Die beiden Schwager überlegten, wie sie den alten Herrn zum Sprechen bringen könnten. Da kam Manfred eine Idee: »Alkohol löst doch bekanntlich die Zunge. Nicht umsonst heißt es, Kinder und Betrunkene sagen die Wahrheit.«

»Bei meinem Vater hilft Alkohol nicht. Er trinkt doch jeden Abend eine oder zwei Halbe, aber es tut sich nichts.«

»Ja, Bier wirkt bei ihm nicht, weil er seit Langem daran gewöhnt ist. Wir sollten es mal mit etwas anderem versuchen.«

»Was hältst du von Rotwein?«, fragte Heiner.

»Das ist eine super Idee!«

Bis zum folgenden Samstag hatte mein Mann eine gute Flasche Rotwein besorgt. Es war Winter, und die Abende waren lang und gemütlich. Einen Fernseher besaßen wir noch nicht. Meine Mutter und ich saßen in der Küche, wo wir neue Socken strickten und alte stopften.

Die drei Männer hockten derweil in der Stube mit ihrer Flasche Rotwein und drei Gläsern. Den guten Tropfen, den mein Mann seinem Schwiegervater vorsetzte, wusste der wohl zu schätzen. Schnell war das erste Glasl leer, und Heiner schenkte nach. Er und Manfred dagegen nahmen aus ihrem Glas nur winzige Schlückchen, damit für Opa genug von dem edlen Tropfen übrig blieb. Die Wirkung des Weines hatten sie richtig eingeschätzt. Als Opa mit verklärtem Blick an seinem dritten Glas schlürfte, wurde er tatsächlich gesprächig.

Auf Heiners Frage: »Sag mal, Vater, wie war das mit den Sennerinnen, als du noch ein flotter Hirsch warst?«, kam von Sepp als Antwort: »Ach, da könnt ich euch Sachen erzählen!«

»Ja, dann tu das doch!«, ermunterte ihn mein Mann. Wie er mir später berichtete, erfuhren die beiden tatsächlich eine ganze Menge aus der Zeit, als Sepp noch jung und ledig und ein Holzknecht gewesen war:

Im Sommer arbeiteten sie täglich zehn Stunden, deshalb hatten sie am Samstag immer frei. An diesen Tagen in ihrem eigenen Bett schliefen sie natürlich besser und wesentlich länger als in ihrem Waldkobel. Nach dem Aufstehen wuschen sie sich von Kopf bis Fuß, und Punkt 12 Uhr stand ein Schweinsbraten auf dem Tisch, mit Semmelknödeln und Salat oder Kraut. Das war bei allen ledigen Holzknechten so, egal ob einer bei seiner Mutter lebte oder bei der Großmutter – oder, wie in Sepps Fall, bei seiner Cousine, von der er in den letzten Jahren seines Junggesellendaseins versorgt worden war. Nach dem Mahl machten sich die Burschen fein. Jeder schlüpfte in ein weißes, frisch gebügeltes Leinenhemd, stieg in seine kurze Lederhose und zog die Wadlstrümpfe an. Dann traf man sich in Seegatterl und machte aus, wer zu welcher Sennerin ging. Zwischen 14 und 15 Uhr erreichten sie die betreffende Hütte. Egal ob sie zur Zenzi gingen, zur Cilli, zur Vroni, zur Burgi oder zur Gusti, bei jeder wurden sie freundlich empfangen und gleich mit einem Manei begrüßt. Das war ein Becher, der einen Viertelliter Schnaps enthielt. Da die Almerin bis dahin mit ihrer Vormittagsarbeit fertig war, konnte man sofort ins Bett steigen. Manchmal begab sich ein Holzknecht danach gleich wieder zu Tal, weil die Sennerin am Abend auch noch Aufgaben zu erledigen hatte. Die »geduldigen« Knechte blieben über Nacht. Zur Belohnung gab es ein reichliches Nachtessen: Kaiserschmarrn, ein Kasbrot oder ein Speckbrot, bevor es wieder ins Bett ging. Die Sennerin musste um 4 Uhr aufstehen, weil die Kühe zu melken waren, der Holzknecht aber konnte ausschlafen. Es reichte, wenn er rechtzeitig zum Hochamt um 10 Uhr im Dorf ankam. Bevor er die Sennerin verließ, »stärkte« sie ihn für den Abstieg noch mal mit einem Manei.

»Dann warst du in deiner Jugend ja ein rechter Hallodri.« Bewunderung schwang in Heiners Stimme mit. »Habt ihr keine Angst gehabt, bei euren häufigen Almbesuchen könnten Kinder entstehen?«

»Kinder entstanden schon. Aber wir waren doch nicht blöd! Was meint ihr, warum wir jede Woche zu einer anderen Almerin gegangen sind? War eine in anderen Umständen, hat sie keinem von uns ein Kind anhängen können. Es kann also leicht sein, dass von mir noch das eine oder andere Kind rumläuft, von dem ich nichts weiß.«

»Das war ja wirklich raffiniert von euch«, nickte Manfred anerkennend, und Heiner fragte: »Habt ihr euch denn nicht der Sünden gefürchtet? Die Kirche war doch damals noch viel strenger mit ihren Geboten, besonders mit dem sechsten.«

»Ja, freilich«, gestand der alte Mann. »Deshalb haben wir alle sechs Wochen eine Almpause gemacht und sind zum Beichten gegangen.«

»Ganz schöne Schlitzohren wart ihr, das muss man euch lassen«, bewunderte ihn sein Sohn.

Zum Thema Beichten machte unser Vater weitere Ausführungen. Demnach hatten die Holzknechte anfangs ihre Sünden dem Dorfpfarrer gestanden. Dieser hatte aber mit ihnen geschimpft und besonders gegen den Alkoholkonsum gewettert.

Einmal war der Sepp aus irgendeinem Grund nicht dazu gekommen, an dem obligatorischen Samstag zu beichten. Deshalb suchte er am folgenden Morgen den Beichtstuhl auf. Der Seelsorger war nämlich auch am Sonntag vor dem Hochamt für die armen Sünder zu sprechen. Dann kamen vor allem die Bauern, die am Samstag durch ihre Arbeit verhindert waren.

Wie dem Sepp das von Kindheit an beigebracht worden war, begrüßte er den Priester mit: »Gelobt sei Jesus Christus.«

Statt aber mit dem üblichen: »In Ewigkeit, Amen«, zu antworten, fauchte der Geistliche ihn an: »Pfui, Deifi! Du stinkst ja nach Schnaps!«

Der Sepp, nicht auf den Mund gefallen, erwiderte: »Aber, Herr Pfarrer, das Wort ›Deifi‹ sollten Sie nicht in den Mund nehmen und schon gar nicht im Beichtstuhl!« Um noch eins draufzusetzen, zitierte er eine Stelle aus der Bibel in etwas abgewandelter Form: »Ist unser Herrgott durch den Bach Zedron gewatet, so werde ich auch durch das kleine Manei durchkommen.«

Darauf wusste Hochwürden keine Antwort, und Sepp konnte ganz normal seine Sünden bekennen. Die ihm auferlegte Buße fiel allerdings saftiger aus als jede zuvor. Deshalb beschloss er, in Zukunft seinen

Heimatseelsorger im Beichtstuhl zu meiden. Über dieses Thema unterhielt er sich anderntags im Wald während der Mittagspause mit seinen Spezln. Es zeigte sich, dass diese ebenso unzufrieden mit ihrem Pfarrer waren wie er. Also wanderten sie künftig alle sechs Wochen nach Kössen und bekannten ihre Sünden vor dem fremden Geistlichen, der nicht zu schimpfen pflegte.

Einmal im Jahr fand in Reit im Winkl eine sogenannte »Volksmission« statt. Das bedeutete, ein Pater von irgendeinem Kloster predigte eine Woche lang jeden Tag für eine andere Gruppe von Gläubigen, um sie aufzurütteln. Am Montagabend waren die Männer dran, am Dienstag die Frauen, am Mittwoch die Jungmänner, am Donnerstag die Jungfrauen. Am Freitagnachmittag gab es eine eigene Kinderpredigt, und der ganze Samstag war dem Beichten vorbehalten. Die Predigt am Mittwoch hatten sich die Holzknechte erspart. Für sie wäre es zu aufwändig gewesen, extra vom Berg herunterzusteigen. Die Beichtgelegenheit aber wollten sie als gute Christen wahrnehmen. Weil sie aber kein Risiko eingehen wollten – der Pater hätte ja ebenso unangenehm sein können wie der Dorfpfarrer –, losten sie aus, wer als Erster von ihnen in den Beichtstuhl gehen sollte. Zudem einigten sie sich auf ein leicht verständliches Zeichen. Kam der »Vorposten« aus dem Beichtstuhl und hielt den Daumen hoch, wagten es die anderen auch, sich bei dem Fremden von ihrer Sündenlast zu erleichtern. Zeigte der Daumen aber nach unten, machten die restlichen Fünf ihr Kreuzzeichen, verließen die Kirche auf leisen Sohlen und marschierten geschlossen nach Kössen.

Als mein Vater mit seiner Lebensbeichte so weit gekommen war, war auch der letzte Tropfen getrunken.
Doch Manfred hatte noch eine Frage: »Wann hast du denn mit deinem Hallodri-Leben aufgehört?«
Der Schwiegervater lächelte lausbubenhaft: »Das kann ich dir ganz genau sagen. Als ich meine Rosina kennengelernt habe, bin ich stocksolide geworden. Keine Almen mehr und keine anderen Weiber.«
Für meinen Vater war es an der Zeit, zu Bett zu gehen. Er wünschte den beiden eine gute Nacht und flüsterte ihnen zu: »So ein Flascherl könnt ihr ruhig wieder mal mitbringen.« In der Folgezeit wurde in der Stube noch so manche Flasche Rotwein von den drei Mannsbildern geleert, doch neue Erkenntnisse über Opas Liebesleben gab es nicht mehr.

Das Jahr 1967 brachte so einige Veränderungen in unser Leben. Am 2. April starb Albert Bunge ganz überraschend. Ein Herzinfarkt hatte ihn mitten aus seinem Schaffen gerissen. Gewiss, mit seinen 73 Lebensjahren hätte er schon längst im Ruhestand sein können. Doch er war von seiner Arbeit so besessen gewesen, dass er nie ans Aufhören gedacht hatte. Claire, seine Frau, wurde Alleinerbin, da sie keine Kinder hatten. Sie hatte aber weder Ahnung von seinen Werken noch von deren Vermarktung. Den ganzen Nachlass zu ordnen, überließ sie Sofie Mecking. Monatelang war diese damit beschäftigt, im Büro, in der Werkstatt und im Lager klar Schiff zu machen. Noch ehe die treue Seele mit allem fertig war, setzte Frau Bunge sie als Erbin des Hauses in Reit im Winkl ein. Einerseits wollte sie die langjährige tüchtige

Mitarbeiterin ihres Mannes versorgt wissen – mit ihren 47 Jahren war Sofie noch zu jung, um Rente zu kassieren, aber auch zu alt, um eine neue Stelle zu finden –, andererseits erhoffte sich Frau Bunge von Sofie Pflege im Alter. Dieser Gedankengang war verständlich, denn Claire war zu der Zeit 72 Jahre alt. Frau Mecking war nicht nur deutlich jünger, sondern auch ausgebildete Krankenschwester. In ihrem Testament machte Frau Bunge die spätere Pflege ausdrücklich zur Bedingung.

Von dem Haus konnte die Erbin natürlich nicht herunterbeißen. Damit es Geld einbrachte, musste sie es vermieten. Zu der Zeit drohte das Büro meines Mannes, das sich in unserem Haus befand, aus allen Nähten zu platzen. Er hatte erfreulich viele Kunden, deshalb genügte es nicht mehr, dass ich stundenweise im Büro aushalf. Um alle Aufträge bewältigen zu können, hätte er eine Büroangestellte benötigt, die ihm den ganzen Tag zur Verfügung stand, und zusätzlich zwei Vollzeitkräfte mit Fachausbildung. Drei zusätzliche Personen hätten aber in seinem Büro nicht Platz gehabt, deshalb boten sich die verwaisten Räume meines früheren Chefs an. Die wenigen Umbauarbeiten waren schnell erledigt, und mein Mann zog noch im selben Jahr mit seinem Büro in das Erdgeschoss des Hauses Bunge. Frau Mecking, die ehemalige Büroangestellte von Albert Bunge, konnte sich in der oberen Etage ausbreiten, in der sie bisher nur ein bescheidenes Zimmer bewohnt hatte. Zu dem Zeitpunkt konnten wir nicht ahnen, dass Sofies Wohnung einmal ein wichtiger Rückzugsort für unsere Marion werden sollte.

Aber nur zu »wohnen« war der tatkräftigen Sofie zu langweilig. Also ließ sie sich von Manfred als Bürokraft einstellen, aber nur »aushilfsweise«, wie sie betonte. Sie stand stets auf Abruf nach Fürstenfeldbruck. Es hätte ja jederzeit sein können, dass die Frau ihres ehemaligen Chefs ihrer Hilfe bedurfte. Dazu kam es aber nicht. Claire Bunge starb nur wenige Jahre nach ihrem Mann und genauso plötzlich wie er, ohne dass sie ein Pflegefall geworden war.

Nun auch dieser Aufgabe enthoben, kniete sich Sofie ganz in die Büroarbeit meines Mannes. Sie stand ja nun ganz allein auf der Welt, sie hatte keine Kinder und keine Geschwister. Da sie seit einiger Zeit beruflich so intensiv für uns arbeitete, blieben wir auch privat mit ihr verbunden. Fortan gehörte sie zu unserer Familie, und es war kein Fest denkbar, zu dem wir sie nicht eingeladen hätten. Die nächste Feier, die uns ins Haus stand, war am 21. Oktober 1967 der neunzigste Geburtstag meines Vaters. Diesen beging er in einer erstaunlichen geistigen und körperlichen Frische. Fast alle seine Kinder, Enkel und sonstigen Verwandten hatten sich zur Feier eingefunden. Auch viele Freunde und Bekannte kamen zum Gratulieren. Da wurde so manche Flasche geleert, und der Jubilar hielt tapfer mit.

Im Jahr darauf, am 18. April, wurde unser Sohn Daniel geboren. Mein Vater freute sich sehr und fuhr auch diesen Enkel voller Stolz in der Gegend herum, aber nur wenige Male. Dann wurde es ihm zu anstrengend, das Wagerl bergan zu schieben. Im selben Jahr bekam mein Vater weitere Enkelkinder: am 4. September wurde Monika geboren, die Tochter von

Sohn Heiner, und am 9. September kam Ludwig zur Welt, das fünfte Kind seines Sohnes Ludwig. Zu dieser Zeit hatte Opa Sepp bereits mehrere Urenkel, aber in diesem ereignisreichen Jahr kam noch einer dazu, nämlich Rupert, der Sohn von Enkelin Margot, der Tochter seines Sohnes Sepp.

Nach seinem 91. Geburtstag wurde er zusehends schwächer. Im Haus und im Garten ging er zwar noch herum, aber ins Dorf traute er sich nicht mehr. Mit der Zeit blieb er morgens immer länger liegen, machte einen immer ausgedehnteren Mittagsschlaf und suchte am Abend sein Lager immer früher auf. Meine Mutter führte nach wie vor regen Briefwechsel mit ihren Stieftöchtern in Südamerika. Natürlich berichtete sie ihnen auch, dass sich der Zustand ihres Vaters verschlechterte. Unabhängig voneinander schrieben beide, sie seien froh, dass der Vater eine viel jüngere Frau geheiratet habe, die jetzt noch rüstig genug sei, um ihn zu pflegen, und sie bedankten sich ausdrücklich dafür.

Immer mehr zeichnete es sich ab, dass sein Lebensende nahte. Deshalb fragte ihn seine Frau, ob sie den Pfarrer bestellen solle. Damit war er einverstanden. Bei seinem ersten Besuch spendete Pfarrer Bargon ihm die Sterbesakramente. Danach kam er jede Woche, um unserem Vater die heilige Kommunion zu bringen. Dem Kranken schien es aber nicht würdig genug, den Heiland liegend zu empfangen. Deshalb stand er jedes Mal auf, wenn der Besuch des Geistlichen anstand, wenn es ihm auch schwerfiel. Mithilfe seiner Frau oder mit meiner Hilfe zog er sich komplett an, und zwar seine besten Sachen. Dann wartete er im

Wohnzimmer in seinem Lieblingssessel auf Hochwürden. Unsere Marion, zu der Zeit vier Jahre alt, wollte beim Krankenbesuch des Pfarrers immer dabei sein. Sie, die schon immer etwas für alles Schöne übrig gehabt hatte, bestand darauf, zu diesen Anlässen stets ihr schönstes Kleid anzuziehen. Bevor der Priester dem Kranken die Hostie reichte, beteten wir gemeinsam mit ihm: die Oma, der Opa, die Marion und ich. Anschließend beobachtete sie aufmerksam, wie ihr Großvater das heilige Brot empfing. Danach geleitete sie mit mir den Geistlichen zum Ausgang.

Einmal, die Haustür hatte sich gerade hinter ihm geschlossen, seufzte unsere Tochter aus tiefstem Herzen: »Was ist der Pfarrer für ein schöner Bub! (Er war 42 Jahre alt.) Der gefällt mir ja so gut!« Kaum, dass ihre Worte gefallen waren, stellte sie erschrocken fest: »Das hat der gewiss gehört.« Das war ihr so peinlich, dass sie von da an möglichst jede Begegnung mit ihm vermied, noch bis ins Erwachsenenalter hinein. Es nützte auch nichts, dass ich dem Kind erklärte, er habe das wahrscheinlich gar nicht mehr gehört, und selbst wenn er es gehört haben sollte, brauche ihr das nicht peinlich zu sein. Jeder Mensch, auch ein Pfarrer, höre gerne Komplimente. Nun wollte sie wissen, was ein Kompliment sei. Also erklärte ich ihr, das bedeute, dass man jemandem etwas Nettes sagt. Mit dieser Erklärung war sie zwar zufrieden, dennoch vermied sie fortan jede Begegnung mit unserem Seelsorger.

Als meine Mutter und ich mit der Pflege meines Vaters nicht mehr zurechtkamen, ließen wir Schwester Raimunda, die ambulante Krankenschwester von Reit im Winkl kommen. Sie, die 1919 in München in den »Dritten Orden des heiligen Franziskus« eingetreten war, war 1935 in unser Dorf berufen worden. Stets war sie zur Stelle, wenn es galt, kranken Menschen zu helfen. Die Patienten versorgte sie mit so viel Einfühlungsvermögen, Umsicht und fachlichem Können, dass jeder Leidende froh war, wenn sie an sein Bett trat. Am 28. Februar 1969 wurde Raimunda zu unserem Bedauern von ihrer Oberin für einige Wochen zu Exerzitien geschickt. Unser Vater war in einem so schlechten körperlichen Zustand, dass meine Mutter und ich ihn mit dem Sanka nach Traunstein ins Krankenhaus bringen ließen. Wir hätten ihn ja lieber in unser Krankenhaus bringen lassen, aber dieses stand kurz vor der Schließung. Es hatte kaum noch Schwestern, kaum noch fachgerechte medizinische Versorgung und wurde am 31. Juli des folgenden Jahres endgültig geschlossen.

Am 10. März 1969 tat mein Vater im Krankenhaus zu Traunstein seinen letzten Atemzug, im Beisein von seiner Frau und mir. Er starb im 92. Lebensjahr, beweint und betrauert von seinen zahlreichen Nachkommen. Er hatte es immerhin auf die stattliche Anzahl von 22 offiziellen Enkelkindern gebracht. Wie viele Urenkel er hatte, weiß ich gar nicht.

Von seinem Enkel Daniel, unserem Sohn, den er noch einige Male im Kinderwagen ausgefahren hatte, gibt es eine nette Begebenheit zu berichten. Für mich war es mal wieder an der Zeit, einen Routinebesuch beim Frauenarzt zu machen. Es war an einem Vormittag, und unsere Töchter weilten in der Schule. Danach würden sie von Oma Theres verköstigt und betreut werden. Den vierjährigen Daniel nahm ich einfach mit nach Traunstein. Erstens liebte er es, im Auto mitzufahren, und zweitens wollte ich meine Mutter – sie war mittlerweile 73 – nicht den ganzen Vormittag mit dem lebhaften Buben belasten. Meine Schwester Gretl fuhr ebenfalls mit, um den Gynäkologen aufzusuchen. Das war für uns beide von Vorteil. Sie, die kein Auto hatte, erreichte ihr Ziel, und ich hatte jemanden, der im Wartezimmer auf unseren Sohn aufpasste, während ich mich im Sprechzimmer befand. Wie immer war das Wartezimmer brechend voll, denn damals pflegte man noch keine Termine zu vereinbaren. Daniel setzte sich zwischen uns und blätterte eifrig in seinem Bilderbuch. Als er damit zu Ende war, schaute er sich interessiert im Raum um. Dabei entdeckte er eine große, weiße Tafel, auf der in schwarzen Lettern etwas geschrieben stand.

Wissbegierig, wie er schon immer war, erkundigte er sich: »Mama, was steht denn da?«

Unbefangen las ich es ihm vor, da er es ja doch nicht verstehen würde: »Zum Schwangerschaftstest bitte Morgenurin mitbringen.«

Darauf mein Sohn, dem die Verlegenheit ins Gesicht geschrieben stand: »Ui, und ich habe gar keinen dabei.«

Die zwanzig Frauen, die rundum auf den Stühlen saßen, lachten schallend. Daniel sah sie verständnislos an. Als das Gelächter abgeebbt war, fragte eine der Patientinnen leutselig, vielleicht um das verdutzte Kind wieder aufzumuntern: »Was möchtest du denn mal werden?«

Wie aus der Pistole geschossen kam seine Antwort: »Entweder Frauenarzt oder Pfarrer.« Wieder erhob sich schallendes Gelächter.

Was ein Frauenarzt tat, war ihm völlig fremd. Um das zu erkunden, wäre er bei jedem meiner Besuche liebend gerne mit ins Sprechzimmer gegangen. Das erlaubte ich aber nie. Damit er mir nicht nachlief, hatte ich ja seine Tante mitgenommen. Vermutlich hatte er diesen Berufswunsch geäußert, weil er endlich hinter die Kulissen schauen wollte.

Was ein Pfarrer zu tun hatte, wusste er in etwa. Den hatte er in der Kirche schon öfters bei seiner »Arbeit« beobachten können. Dennoch barg auch dieser Beruf für ihn noch viele Geheimnisse, die er zu ergründen hoffte.

Als ich endlich ins Sprechzimmer gerufen wurde, erwähnte ich kein Wort von den drolligen Äußerungen meines Vierjährigen. Damals hielt ich das für unpassend. Heute bedauere ich, dass ich nichts erzählt habe. Der Arzt hätte sich gewiss gefreut, wenn er in seinem ernsten Alltag auch mal was zu lachen gehabt hätte.

Daniel wurde später aber keines von beiden. Völlig freiwillig trat er in die Fußstapfen seines Vaters, wurde Steuerberater und Wirtschaftsprüfer und machte sich in einem anderen Ort selbstständig. Am 1. November 2004 heiratete er seine Barbara, die aber nicht in seine Firma einstieg, sondern bei der Bank blieb, bei der sie schon lange beschäftigt war.

Tochter Marion dagegen, die eine Ausbildung zur Steuerfachangestellten gemacht hatte, trat am 1. September 1981 in das Unternehmen ihres Vaters ein. Nur einige Monate später starb meine Mutter. Still und bescheiden, wie sie gelebt hatte, entschlief sie am 18. Mai 1982.

Unsere Uschi hatte ganz andere Ambitionen als ihre Geschwister. Sie, die mir als Kleinkind schon immer auf die Finger geschaut hatte, als ich mit Metallen und Emaille hantierte, äußerte schon früh den Wunsch, Goldschmiedin zu werden. Dagegen war nichts einzuwenden, hatte doch auch ich eine Weile davon geträumt, noch zusätzlich diesen edlen Beruf zu erlernen.

Weil sich in der näheren Umgebung kein Ausbildungsplatz für sie fand, machte sie ihre Lehre in einer Goldschmiede zu Augsburg. Ihre Gesellenprüfung bestand sie mit Bravour und durfte weiterhin im Betrieb ihres Meisters bleiben. Die junge Goldschmiedin war richtig glücklich in ihrem Beruf.

Nachdem sie einige Jahre bei ihrem Lehrherrn gearbeitet hatte, hatte sie den Ehrgeiz, die Meisterprüfung zu machen. Dazu musste sie in die Goldschmiedemeisterschule nach München. Um sich die häufige Fahrerei zu ersparen, nahm sie sich in der Landeshauptstadt ein bescheidenes Zimmer. Ihre Wohnung in Augsburg behielt sie aber bei. Das konnte sie sich leisten, denn sie verdiente nicht schlecht. Außerdem hatte sie in ihrer Augsburger Wohnung von Anfang an eine Mitbewohnerin aufgenommen, da ihr die Wohnung zu groß und zu teuer erschienen war.

Am 30. Oktober 1987, es war ein Freitag, entließ die Schule ihre Schüler für eine Woche in die Ferien, die Uschi bei uns zu verbringen gedachte. Nach dem Unterricht wollte sie aber noch nach Augsburg, um einige Sachen für ihren Aufenthalt in Reit im Winkl zu holen. Auf dem Weg zum Bahnhof spürte sie plötzlich heftige Schmerzen in einem Weisheitszahn, weshalb sie umgehend den nächstgelegenen Zahnarzt aufsuchte. Dieser verpasste ihr eine örtliche Betäubung und zog den Störenfried. Anschließend versorgte er die kleine Wunde fachgerecht und ermahnte die Patientin: »Seien Sie vorsichtig. Sie könnten mit dem Kreislauf Probleme bekommen.«

»Danke für den Rat, ich werde schon aufpassen.« Dann fuhr sie zu ihrer Augsburger Wohnung.

Unterdessen begab sich unsere andere Tochter am Nachmittag zur ausgemachten Zeit nach Prien zum Bahnhof, um ihre Schwester abzuholen. Wer aber nicht aus dem Zug stieg, war Uschi. Beunruhigt fuhr Marion nach Hause. Das Handy-Zeitalter war ja noch nicht angebrochen. Besorgt saßen wir daheim ums Telefon und warteten auf einen erklärenden Anruf aus Augsburg. Der Abend war schon weit fortgeschritten, da läutete das Telefon endlich. Es war aber nicht unsere älteste Tochter am Apparat, sondern ihre Mitbewohnerin. Diese war erst am Abend nach Hause gekommen und hatte Uschi bewusstlos auf dem Boden des Badezimmers vorgefunden. Der sofort herbeigerufene Notarzt ließ das Mädchen umgehend in die Klinik bringen. Mehr konnte uns die Mitbewohnerin nicht erzählen.

Tief beunruhigt machten wir uns am nächsten Morgen auf den Weg nach Augsburg – Manfred, Marion, Daniel und ich. Eilig hasteten wir durch die langen Gänge des Klinikums, bis wir endlich an ihr Zimmer kamen. Gott sei Dank, sie war bei Bewusstsein und erzählte uns die Geschichte von ihrem Weisheitszahn. Erleichtert atmeten wir auf, dass nichts Schlimmeres hinter ihrer Ohnmacht steckte. Allerdings konnte sie ihre linke Hand nicht bewegen und jammerte: »Wie soll es damit weitergehen in meinem Beruf?«

»Mach dir mal keine Sorgen, Uschi, vielleicht wird es ja wieder«, versuchte ich sie zu trösten. »Und falls nicht, du weißt doch, dass mein ehemaliger Chef mit nur einer Hand, und noch dazu mit der linken, die schönsten Kunstwerke geschaffen hat.«

Manfred hatte auch noch ein Trostwort für sie: »Wenn du in deinem Beruf nicht mehr arbeiten kannst, dann lass das nur unsere Sorge sein.«

Gleich schaute sie schon wieder zuversichtlicher drein. Wir verabschiedeten uns von ihr und versprachen, am übernächsten Tag wiederzukommen. Der nächste Tag war nämlich Allerheiligen, und wir wollten am Morgen die heilige Messe besuchen, um für die Verstorbenen zu beten. Um 14 Uhr wollten wir mit meinen Geschwistern zur Gräbersegnung am Familiengrab stehen. Anschließend würden wir uns, wie immer, in unserer Stube zum gemeinsamen Kaffeetrinken versammeln.

Als wir dort plaudernd beisammensaßen, schrillte das Telefon. Aufmerksam beobachteten wir meinen Mann, der den Hörer abgehoben hatte. Mit einem Mal wurde er blass und vermochte nur noch stockend zu sprechen. Es dauerte geraume Zeit, bis er uns nach dem Telefonat erzählen konnte, was man ihm mitgeteilt hatte. Der Anruf war vom Krankenhaus in Augsburg gekommen. In der Nacht habe sich die Bewusstlosigkeit unserer Tochter wiederholt. Nach entsprechenden Maßnahmen sei sie nach kurzer Zeit wieder zu sich gekommen. Um sie besser überwachen zu können, habe man sie umgehend auf die Intensivstation verlegt. Dort habe sie plötzlich nach Atem gerungen und sei blau angelaufen. Der sofort herbeigerufene Arzt habe nur noch den Tod feststellen können: Lungenembolie!

Wie versteinert saßen wir um den Kaffeetisch. Zunächst konnten wir nicht glauben, was wir gehört hatten, da sie am Vortag noch so munter und optimistisch gewirkt hatte. Es war für uns unbegreiflich, dass unsere Uschi, dieser junge, lebensfrohe Mensch, für immer von uns gegangen war. Was uns dabei am meisten erschütterte, war die Tatsache, dass ein dummer Weisheitszahn die Ursache für ihren Tod gewesen war.

Nach der Beerdigung trösteten wir uns damit, dass uns zwei gesunde Kinder geblieben waren. Wir erfreuten uns an Daniels beruflichem Erfolg und genossen es, dass Marion noch immer bei uns wohnte. Sie war fleißig und sparsam, hatte gleich mit 18 ihren Führerschein gemacht und sich ein Auto gekauft. Damit unternahm sie mehrwöchige Urlaubsreisen, mal allein, mal mit Freundin Gabi. Wir gönnten es ihr von Herzen, obwohl uns die Sorge nie losließ, wenn sie auf großer Fahrt war. Wir atmeten jedes Mal auf, wenn wir sie nach dem Urlaub unversehrt in unsere Arme schließen konnten.

Eines Tages hatte sie Griechenland für sich als Ferienziel entdeckt. Immer wieder verbrachte sie ohne ihre Freundin einige Wochen in einem verschlafenen Ort mit nur 200 Einwohnern. Weil dort niemand Deutsch sprach, lernte sie notgedrungen Griechisch. Bisher war sie nie mit dem Auto dorthin gereist, sondern immer per Flugzeug und Bus. Im Frühjahr 1991 verkündete sie, dass sie in diesem Sommer mit dem Auto nach Griechenland zu reisen gedenke. Das gefiel uns nicht so recht. »Das ist doch viel zu anstrengend und viel zu gefährlich«, versuchte ich, sie von dieser Idee abzubringen.

»Ach, Mama, du siehst das zu schwarz. Ich möchte nicht immer an einem Platz hocken, ich möchte das Festland ein bisschen erkunden und eine Rundreise auf Kreta machen, um Land und Leute kennenzulernen. Inzwischen kann ich genug Griechisch, um mich durchschlagen zu können.«

»Du wirst doch hoffentlich nicht allein fahren?«

»Nein, Gabi fährt mit, du kannst ganz beruhigt sein. Dann wird es für mich auch nicht zu anstrengend, wir wechseln uns beim Fahren ab.«

Diese Antwort besänftigte mich einigermaßen. Anfang Juni ging es los. Einige Tage nach ihrer Abreise trafen die ersten bunten Postkarten ein, immer aus einem anderen Ort. Nach drei Wochen waren die reiselustigen Damen wohlbehalten zurück. Unsere Tochter hörte kaum auf, von ihren Reiseerlebnissen zu berichten. Zunächst waren sie an der Ostküste Italiens bis Ancona gefahren. Dort hatten sie die Fähre bestiegen, die sie nach Patras auf dem Peloponnes bringen sollte. Während der Überfahrt hatte sie die Bekanntschaft eines gut aussehenden deutschsprechenden Griechen gemacht. Er nannte sich Jannis und war ein Jahr älter als sie. Nun geriet sie regelrecht ins Schwärmen. Jannis arbeitete in Holland und befand sich auf der Heimreise, um seinen Jahresurlaub in seinem Elternhaus auf der Insel Euböa zu verbringen, die durch zwei Brücken mit dem griechischen Festland verbunden ist. Marion verstand sich mit ihrer neuen Eroberung so gut, dass sie ihm ihre Urlaubspläne verriet und auch, in welchem Hotel sie nach ihrem Trip durch Kreta wohnen würden. Nachdem die Freundinnen zwei Wochen lang die Insel erkundet hatten, wollten sie eine Ferienwoche in Athen anhängen. Bereits am Abend ihrer Ankunft erwartete Marions Verehrer sie im Foyer des Hotels. Eine ganze Woche führte er sie durch seine Landeshauptstadt und zeigte ihnen voller Stolz die Sehenswürdigkeiten. Sie dankten ihm für diese wunderschöne Urlaubswoche und tauschten beim Abschied die Adressen aus.

Einen Monat später stand der junge Grieche vor unserer Tür, während Marion und ihr Vater noch im Büro waren. Er sei Lkw-Fahrer, erklärte mir der Besucher. Zufällig habe er in der Gegend zu tun, deshalb wolle er Marion besuchen. Als sie von der Arbeit kam, war sie überrascht und erfreut zugleich. Er blieb drei Tage und wohnte während dieser Zeit in seinem Lkw. Doch die jungen Leute trafen sich jeden Abend. Dabei muss er sie davon überzeugt haben, dass er sie wahnsinnig liebe und ohne sie nicht mehr leben wolle. Er werde seine Zelte in Holland abbrechen, sich einen Arbeitgeber in unserer Region suchen und seinen Wohnsitz nach Reit im Winkl verlegen, versprach er. Welches Mädchen hört solche Worte nicht gern?

Gleich nach seiner Abfahrt begab sich unsere Tochter auf Wohnungssuche. Sie fand auch bald das Geeignete, sogar in unserem Dorf. Kaum, dass Jannis aus Holland zurück war, zog unsere Tochter mit ihm dort ein. Nun war unser Nest leer, was uns nicht störte, wohl aber, dass alles viel zu schnell gegangen war. Unsere Tochter kannte diesen jungen Mann doch kaum. Außerdem gefiel uns seine Art nicht und auch, dass wir so gut wie nichts über ihn wussten, nichts über seine Herkunft, nichts über seine familiären Verhältnisse. Vorschriften konnten wir ihr nicht machen, sie war immerhin 25 Jahre alt. Ihr den Mann auszureden, hätte auch nichts gebracht. Welches verliebte Mädchen würde schon auf den Rat der Eltern hören? Wir mussten also dem Schicksal seinen Lauf lassen, während wir mit immer unguteren Gefühlen diese Verbindung beobachteten.

Überraschend spielte ein glücklicher Zufall meinem Mann in die Hände. Über seine Besorgnis um die Tochter hatte er mit seinem besten Freund gesprochen. Vielleicht hatte er einen guten Rat erwartet oder Trost. Der Freund aber eröffnete ihm, dass er im Mai nach Griechenland fliegen werde. Er, ein erfahrener Segler, der auf dem Chiemsee ein Segelboot hatte, wollte in griechischen Gewässern einen Segeltörn machen und dazu vor Ort ein Boot chartern. Weil alleine segeln aber nicht so viel Spaß macht, und weil man ab und zu eine helfende Hand brauchen kann, wollte er zwei Spezln mitnehmen.

Manfred bat ihn, wenn er schon mal in Griechenland sei, möge er doch bitte in Euböa Nachforschungen über Jannis und seine Familie anstellen, um herauszufinden, in welchen Verhältnissen sie lebten.

Nach zwei Wochen waren die Segler zurück, und der Freund erstattete in unserer Stube Bericht. Dieser fiel nicht zu Jannis' Gunsten aus. Das armselige Häuschen auf Euböa war schnell gefunden, und der Hausherr

Demetrios auch. Dieser hatte sie freundlich begrüßt und ihnen angeboten, ihnen Athen zu zeigen. Dieses Angebot hatten die drei Freunde begeistert angenommen. Da Demetrios kein Deutsch sprach und die drei abenteuerlustigen Deutschen kein Griechisch, hatte man sich in holprigem Englisch verständigt. Jannis' Vater war zu ihnen in den Leihwagen gestiegen und hatte sie nach und durch Athen gelotst. Was aber hatten sie von der Hauptstadt zu sehen bekommen? Nicht eine einzige Sehenswürdigkeit, weder die Akropolis noch den Parthenon-Tempel, geschweige denn das Dionysos-Theater oder ein Museum. Stattdessen hatten sie eine Menge Kneipen von innen gesehen, denn der alte Grieche hatte sie gewissenhaft von einer zur anderen geschleppt. Überall hatte er sich von seinen Besuchern einen ausgeben lassen, wogegen diese mit alkoholischen Getränken äußerst zurückhaltend waren. Daher waren sie am frühen Abend noch stocknüchtern, während ihr »Stadtführer« schon so betrunken war, dass sie Mühe hatten, ihn ins Auto zu kriegen, um ihn nach Hause zu schaffen.

Nach diesem Bericht wussten wir genug. Nun galt es, den richtigen Zeitpunkt abzupassen, um unsere Tochter über ihren Adonis aufzuklären. Zu unserer Überraschung erwies sich das als überflüssig, denn ihr waren inzwischen von selbst die Augen aufgegangen. Bei ihrem nächsten Besuch im Elternhaus erklärte sie uns, sie wolle sich so bald wie möglich von ihm trennen. Es störte sie nicht nur, dass er so oft zu tief ins Glas schaute, sondern vor allem, dass er sie nach Strich und Faden betrog. Ihr Herz hatte er damit gewonnen, dass er ihr beteuert hatte, sie sei seine einzige und große Liebe und dass er ihr ewige Treue geschworen hatte. Doch schon bald war sie dahintergekommen, dass er immer wieder Abenteuer hatte.

Als sie ihm das erste Mal auf die Schliche gekommen war, zeigte er sich sehr zerknirscht, spielte den zärtlichen Liebhaber und schwor, er werde nach keiner anderen Frau mehr schauen und werde sich auch mit dem Trinken zurückhalten, sodass sie nicht mehr über ihn zu klagen habe.

Ein paar Wochen ging das gut, dann blieb er wieder über Nacht weg und kam am Morgen betrunken nach Hause. Das wiederholte sich mehrere Male. Nach jedem Ausrutscher wollte sie ihn hinauswerfen, doch immer wieder tat er ihr schön, und sie ließ sich einwickeln. Dass sie ihn nicht sofort hinauswarf, hatte einen plausiblen Grund. Er hatte auch eine Menge Schulden gemacht, für die sie in gutem Glauben gebürgt hatte. Sobald er seine Schulden zurückgezahlt habe, werde sie endgültig Schluss machen.

Zu unserem großen Bedauern zog sich die Geschichte noch eine Weile hin. Nicht nur, dass er sie mit der Rückzahlung des Geldes hinhielt, er gelobte immer wieder Besserung und machte ihr sogar einen Heiratsantrag.

Da sie für seine Versprechungen bald taube Ohren hatte und seinen Heiratsantrag nicht annahm, zog er andere Saiten auf. Er beschimpfte und bedrohte sie und wurde sogar handgreiflich. Dann wieder entschuldigte er sich, jammerte und flehte, sie solle bei ihm bleiben, er brauche sie. Ihr war klar, was er brauchte, nämlich ihr Geld. Da er kleine Raten zurückzahlte, hoffte sie immer noch, ihr Geld zu retten.

Sie ließ sich wieder herumkriegen und nach einiger Zeit erzählte sie ihm, dass sie schwanger sei. Das machte ihn regelrecht euphorisch, und sie gewann den Eindruck, dass er die Schwangerschaft provoziert hatte, um sie endlich fest an sich zu binden. Am liebsten wäre er mit ihr sofort aufs Standesamt marschiert. Sie dachte jedoch nicht an Heirat, wollte aber in ihrem Zustand keinen Zornesausbruch von seiner Seite riskieren. Diplomatisch erklärte sie ihm, sie wolle mit der Heirat warten bis nach der Geburt des Kindes. Dass sie ihn hinhielt, stimmte ihn jedoch so ungnädig, dass er sein altes Lotterleben wieder aufnahm, trank und nächtelang nicht nach Hause kam. Ihre ganzen Sorgen und ihren Kummer behielt sie in dieser Zeit für sich. Deshalb konnten wir ihr nicht helfen. Wenn sie uns besuchte, setzte sie stets eine heitere Miene auf, von der ich mich aber nicht täuschen ließ. Erst als sie bereits im fünften Monat war, teilte sie uns mit, dass sie ein Kind erwartete. Auf dieses erste Enkelkind freuten wir uns sehr, wenn es auch von Jannis war und ledig zur Welt kommen würde. Zu unser aller Freude brachte Marion am 24. März 1993 im Krankenhaus zu Traunstein ein gesundes Mädchen zur Welt.

Der frischgebackene Vater zeigte am Wochenbett überschwängliche Freude und bedachte die junge Mutter mit einem mächtigen Rosenstrauß. Diese Aufmerksamkeit und seine Glückwünsche nahm unsere Tochter huldvoll entgegen, wohl wissend, dass von seiner Seite alles nur Schauspielerei war. Sie wusste genau, warum er sich über die Geburt des Kindes so freute. Er glaubte, damit einen Freibrief zu haben, sie aufs Standesamt schleppen zu können. Diesen Schritt würde sie auf keinen Fall wagen, denn sie war überzeugt davon, nach der Hochzeit werde er sich noch schlimmer aufführen als vorher.

Den Namen für das Kind, Zoe, suchte sie selbst aus. Weil dies ein griechischer Name war, hatte er keine Einwände. Zu Deutsch bedeutet der Name »Leben«. Er gefiel Marion auch deshalb, weil er kurz war und sich nicht verstümmeln ließ. Außerdem passte er gut zu ihrem Familiennamen Zeus.

Nach ihrer Entlassung aus dem Krankenhaus wagte Marion es nicht, die Trennung gleich durchzuziehen. Sie befürchtete, die Aufregung würde weder ihr noch dem Neugeborenen guttun. Dennoch war sie wild entschlossen, Jannis so bald wie möglich den Laufpass zu geben. Mittlerweile war sie so zermürbt, dass sie bereit war, auf den Schulden, die Jannis auf ihren Namen angehäuft hatte, sitzen zu bleiben. Diese würde sie nach und nach abtragen, Hauptsache sie müsste nicht mehr seine Schikanen ertragen. Dennoch hielt sie fünf weitere Monate durch. Diese verliefen erstaunlich harmonisch, er war nämlich kaum zu Hause. Entweder war er mit seinem Transportfahrzeug unterwegs oder er hatte Besuch aus Griechenland, Freunde und Verwandte. Diese beherbergte und bewirtete er in seiner kleinen Wohnung, die er schon seit längerer Zeit in Grassau unterhielt.

Eines Abends stellte Marion ihm sein Lieblingsessen hin, damit er bei guter Laune war. Dann ließ sie sich den Wohnungsschlüssel geben. Er war so überrumpelt, dass er ihn kampflos herausrückte, vermutlich überblickte er die Konsequenzen nicht. Sie dagegen hatte sie bedacht. In der Befürchtung, er werde nicht kampflos aufgeben, hatte sie vorsichtshalber ihr Kind zu uns gebracht. Nach der Herausgabe des Schlüssels blieb er erstaunlich friedlich und verließ am anderen Morgen das Haus wie üblich. Als er aber am Abend nicht mehr in die Wohnung konnte, ging der Terror los. Dass der solche Ausmaße annehmen würde, hatte sie nicht erwartet. Von nun an belästigte er sie jede Nacht. Entweder er rief mitten in der Nacht an oder er stand vor der Tür und randalierte. Wenn sie ihm mit der Polizei drohte, lachte er nur: »Die sollen ruhig kommen. Die können mir nichts wollen.«

Heute würde man ein solches Verhalten als Stalking bezeichnen und es wäre strafbar. Damals existierte ein entsprechendes Gesetz noch nicht.

Marion lebte in der ständigen Angst, ihr Ex-Partner werde ihr oder dem Kind etwas antun oder ihnen beiden. Er beschimpfte sie auf unflätigste Weise und stieß die wüstesten Drohungen aus: »Wenn du mich nicht heiratest, bringe ich dich um!« oder: »Entweder du heiratest mich, oder ich werde dafür sorgen, dass du bald neben deiner Schwester liegst!« oder: »Du heiratest mich, oder ich werde das Kind entführen! Schließlich ist es auch mein Kind.« Erstaunlicherweise wusste er das, aber er hat nie einen Pfennig Alimente für sie gezahlt.

Von all den Bedrohungen war unsere Tochter bald so mit den Nerven herunter, dass sie uns endlich ihr Herz ausschüttete. Ein oder zwei Wochen später war ich an einem Sonntagnachmittag bei meiner Schwester Gretl zum Kaffee eingeladen. Wer stand da plötzlich vor der Tür? Jannis, mit einem riesigen Blumenstrauß. Weil er wusste, dass Marion ein enges Verhältnis zu ihrer Tante hatte, versuchte er, bei ihr »gut Wetter« zu machen. Da kam er aber an die falsche Adresse. Energisch erteilte sie ihm eine Abfuhr: »Nichts werde ich tun. Du hast meine Nichte so schäbig behandelt, dass wir alle erleichtert sind, dass sie endlich den Schlussstrich gezogen hat.«

Bei mir konnte er noch weniger landen. Empört über die Worte, mit denen er meine Tochter bedroht hatte, hielt ich ihm vor: »Dass du dich nicht schämst, mich um Hilfe zu bitten! Dass du dich noch traust, mir unter die Augen zu treten, nachdem was du ihr angedroht hast! Nämlich, wenn sie dich nicht heirate, werde sie bald neben ihrer Schwester liegen. Woanders magst du in einem solchen Ton reden können, bei uns aber geht das nicht!« Danach verließ er fluchtartig den Raum. Erleichtert atmeten wir auf. Wir Schwestern staunten über unseren eigenen Mut. Diesen hatten wir wahrscheinlich nur aufgebracht, weil wir wussten, das Rudi, Gretls Mann im Nebenzimmer war.

Der Verflossene unserer Tochter ließ sich nie wieder bei uns blicken. In Marions Wohnung aber ging der Terror weiter.

Nach dem Ende des Mutterschaftsurlaubs brachte die besorgte Mama ihre kleine Zoe jeden Morgen vor Arbeitsantritt zu Sofie Mecking, die schon so oft unser 15. Nothelfer gewesen war. Sie wohnte noch immer über den Räumen von Manfreds Steuerbüro, arbeitete aufgrund ihres Alters aber nicht mehr dort. Marion hatte ihr eingeschärft, sofort die Polizei zu verständigen, sollte Jannis sich blicken lassen. Vor diesem Anruf jedoch wäre Sofie selbst in Aktion getreten. Neben ihrer Wohnungstür stand auf einem kleinen Tisch eine Messingstatue von Herrn Bunge, die er seiner treuen Sekretärin einmal verehrt hatte. Diese »Dame mit Windhund« hatte ein ganz schönes Gewicht.

»Sollte er kommen, fackle ich nicht lange. Dann haue ich ihm die über. Erst danach rufe ich die Polizei.«

Es war sein Glück, dass er nie einen Versuch gewagt hatte, bei Frau Mecking einzudringen. Bei ihr wusste Marion ihr Kind in besten Händen, und sie begab sich beruhigt hinunter zur Arbeit in den Betrieb ihres Vaters.

Ein Jahr nachdem Marion ihren Lebensgefährten vor die Tür gesetzt hatte, hörte der Terror schlagartig auf. Erleichtert und verwundert zugleich nahm sie das zur Kenntnis. Dennoch schwelte in ihr noch lange die unterschwellige Angst, seine Belästigungen könnten wieder beginnen. Dafür, dass sie ihn während dieser Zeit nicht vergaß, hatte er gesorgt. Monat für Monat wurde sie an ihn erinnert, wenn sie die nächste Rate an seine Schuldner überwies. An den Schulden, für die sie gebürgt hatte, knabberte sie 14 Jahre lang.

Solange Zoe, unsere Enkelin, klein war, vermisste sie ihren Vater nicht. In ihrem Opa Manfred hatte sie einen vollwertigen Vaterersatz. Mit großer Liebe hing er an dem Kind und las ihm jeden Wunsch von den Augen ab. Liebevoll nannte er die Kleine immer »mein Sternlein«. Mit ihr verbrachte er wesentlich mehr Zeit, als er je für seine eigenen Kinder aufgebracht hatte. Das war verständlich. Als unsere Kinder klein waren, stand er berufsmäßig in der Aufbauphase. Jetzt aber blühte sein Geschäft, und er hatte tüchtige Angestellte, sodass er nicht immer anwesend sein musste. Ja, er verwöhnte seine kleine Enkelin dermaßen, dass ich mich manchmal genötigt sah, gegenzusteuern. Einmal hatte sie etwas angestellt – sie mochte zwischen vier und fünf gewesen sein – und ich musste sie schimpfen.

Darauf sah mich Zoe mit verwunderten Augen an: »Wie redest du denn mit Opa sein Sternlein?«

Im September 1999 wurde sie eingeschult. Nach einiger Zeit fiel ihr auf, dass die anderen Kinder immer wieder etwas über ihre Papas erzählten. Eine Weile hörte sie sich das schweigend an. Eines Tages jedoch baute sie sich vor ihrer Mutter auf und wollte wissen: »Warum habe ich keinen Papa?«

Mit einer solchen Frage hatte unsere Tochter schon lange gerechnet. Dennoch blieb ihr erst einmal die Sprache weg. Als sie sich wieder gefangen hatte, setzte sie sich mit ihrer Tochter auf die Couch und legte den Arm um sie. Ruhig und sachlich erklärte sie der Kleinen, sie habe einen Papa, mit dem hätten sie beide eine Weile zusammengewohnt. Das sei aber nicht gut gegangen, es habe viel Streit gegeben, deshalb hätten sie sich getrennt. Mit dieser Erklärung gab sich das Kind zufrieden.

In dieser Zeit lebte Marion einigermaßen sorglos, denn Jannis, der alle zwei oder drei Jahre bei ihr anrief, um sich nach dem Ergehen seiner Tochter zu erkundigen, hatte ihr mitgeteilt, dass er eine Griechin geheiratet und mit ihr zwei Buben bekommen habe. Erleichtert konstatierte sie, dass er nun nicht mehr sonderlich an seiner Tochter interessiert sei, da er ja zwei Söhne habe. Sie hatte keine Angst mehr, er könne ihre Tochter entführen.

Nun wagte sie es endlich, wieder eine größere Urlaubsreise zu machen. Ihr Kind wusste sie ja bei uns gut versorgt. Also plante sie, mit ihrer Cousine Gabriele, der Tochter meiner Schwester Gretl, nach Südamerika zu fliegen. Sie wollten ihre Tanten Maria Liebharda und Rosi besuchen, weil diese aufgrund ihres fortgeschrittenen Alters schon lange nicht mehr nach Deutschland kommen konnten. Vier Wochen wollten die Cousinen in Südamerika verbringen. Ihr Cousin Robert, Tante Rosis jüngster Sohn, hatte sie herzlich eingeladen. Er war verheiratet und hatte einen Sohn, Gaston, der 1968 geboren war.

Anfang Oktober ging es los. Robert holte sie am Flughafen in Buenos Aires ab. Voller Stolz zeigte er ihnen die Schönheiten seiner Heimat. Sein Vater war längst gestorben und seine Mutter befand sich zu der Zeit im Krankenhaus, weshalb sie ihr gemeinsam einen Besuch abstatteten. Rosi freute sich riesig, ihre beiden Nichten zu sehen und von ihnen Grüße und kleine Geschenke aus der Heimat entgegennehmen zu können.

Nach drei Wochen Argentinien flogen die Cousinen weiter nach Brasilien, zu ihrer »Klostertante«. Auch diese freute sich sehr, in ihren Nichten für eine Weile ein »Stück Heimat« um sich zu haben. Nach einer Woche flogen sie von Rio de Janeiro zurück nach Deutschland.

Im Alter von zwölf Jahren begann sich Zoe auf einmal für ihren Erzeuger zu interessieren. Immer wieder stellte sie Fragen nach ihm und äußerte schließlich den

Wunsch, ihn kennenzulernen. Sie hatte nämlich einmal einen seiner Anrufe mitbekommen. Es gelang ihrer Mutter, sie von Jahr zu Jahr zu vertrösten. In ihr steckte immer noch die Angst, er werde Ansprüche auf das Kind erheben und es womöglich an sich reißen.

Als Zoe 16 war, ließ sie sich von ihrer Mutter nicht mehr mit Versprechungen abspeisen. Daher sah Marion sich zum Handeln genötigt. Sie rief Jannis an und erklärte ihm, seine Tochter möchte ihn gerne treffen. Darüber zeigte er sich hocherfreut. Um aber nichts zu gefährden, wollte Marion erst einmal die Lage sondieren und flog ohne Tochter, dafür aber mit ihrer Freundin Gabi, nach Athen. Allein hätte sie sich nicht getraut, ihm gegenüberzutreten.

Jannis, der mit seiner Familie in Athen lebte, holte sie vom Flughafen ab. Als Gabi sah, dass er mit einem protzigen Mercedes-Jeep vorgefahren war, regte sie sich auf: »Dir hat er nie einen Pfennig Alimente gezahlt. Dich hat er jahrelang seine Schulden abzahlen lassen, und jetzt spielt er den großen Macker! Am liebsten würde ich ihm eins drüberhauen.« Daran konnte Marion sie gerade noch hindern, bevor er die Freundinnen zunächst nach Euböa in ihr Hotel brachte. Danach kutschierte er sie zu seinem Elternhaus, wo sie von seiner Mutter und ihrer Schwester, die im selben Haus wohnte, freundlich empfangen wurden. Die Verständigung klappte prima, weil Marion ausreichend Griechisch-Kenntnisse besaß. Wie sie erfuhren, war Demetrios, Jannis' Vater, vor einigen Jahren bei einem Autounfall ums Leben gekommen. Da Jannis sich von seiner besten Seite zeigte und offensichtlich in geordneten Verhältnissen lebte, hegte unsere Tochter keine Befürchtungen mehr und vereinbarte für das folgende Jahr ein Treffen von Vater und Tochter. Zum vorgesehenen Datum würde sie mit Zoe im Haus von Jannis' Mutter erscheinen. Das Dirndl freute sich nicht nur auf die Reise, sondern vor allem darauf, außer ihrem Vater auch ihre Großmutter väterlicherseits und ihre Halbbrüder kennenzulernen.

Kurz nach Marions Rückkehr von ihrer Griechenlandreise, hatten wir einen Trauerfall in der Familie. Am 28. September 2010 starb unsere liebe, gute Sofie Mecking im Alter von neunzig Jahren. Sie, die so viel für uns getan hatte, war jahrelang wie ein Familienmitglied gewesen. Nun wollten wir nicht, dass sie nach ihrem Tod irgendwo allein in einem Grab liege. Deshalb ließen wir sie in unserem Familiengrab beisetzen.

Als Marion, wie sie das mit dem Kindsvater ausgemacht hatte, im Jahr darauf mit Zoe nach Griechenland fuhr, hatte sie nicht die Absicht, im Haus der griechischen Oma zu wohnen. Für sich und ihre Tochter hatte sie für zwei Wochen ein Zimmer in einer kleinen Pension gebucht, die recht nah am Strand lag. Außer Jannis' Familie zu besuchen, wollten sie unter griechischer Sonne Urlaub machen. Diesmal legte Marion die lange Reise wieder mit dem Auto zurück. Wie ausgemacht, besuchten sie zunächst die Familie in Euböa. Zu diesem Treffen war auch Helena, die Ehefrau von Jannis, mit ihren beiden Söhnen, 13 und 14 Jahre alt, erschienen. Sie war neugierig, die Tochter ihres Mannes kennenzulernen, und ihre beiden Buben waren neugierig auf ihre Halbschwester. Helena war eine nette Person, mit der sie sich auf Anhieb verstanden. Zum Empfang ihrer Gäste hatte sie eigens einen Kuchen gebacken. Während die beiden Damen diesem eifrig zusprachen, erzählte Helena aus ihrem Leben. Sie arbeite in Athen als Verkäuferin, um für sich und ihre Söhne den Lebensunterhalt zu verdienen. Von ihrem Mann sei nicht viel zu erwarten. Er arbeite als Lkw-Fahrer in dem kleinen Umzugsunternehmen ihres Vaters, aber leider nicht regelmäßig. Das waren interessante Informationen für Marion und Zoe.

Der Nachmittag verlief sehr harmonisch. Auch mit Oma und Großtante verstanden sie sich prima, deshalb nahmen sie die Einladung für den folgenden Nachmittag gerne an. Jannis sollte erst nach einer Woche dazukommen, weil er noch beruflich unterwegs war. Leider tauchte er bereits am nächsten Tag auf und »glänzte« mit ungebührlichem Verhalten, sodass Zoe regelrecht geschockt war. Ihm wehte eine beachtliche Alkoholfahne voraus, und er war schmutzig von oben bis unten. Sein Begrüßungssatz lautete: »Also Geld brauchst du von mir keines zu erwarten!«

Von dieser unangebrachten Äußerung unangenehm berührt, versicherten Mutter und Tochter, sie seien nicht in dieser Absicht gekommen, sondern weil das Kind Vater und Großmutter kennenlernen wollte. Nun schwenkte er um und umarmte stürmisch seine Tochter. Angewidert entwand sie sich seinen Armen. Das war ihr doch des Guten zu viel. Schließlich war er für sie ja ein fremder Mann. Dann legte er eine andere Platte auf: »Ich weiß nicht, warum du mich damals rausgeschmissen hast.« Diese Äußerung versetzte sie in eine Art Schockstarre, zum einen, weil er das offenbar noch immer nicht begriffen hatte, zum anderen fand Marion diese Bemerkung mehr als taktlos in Gegenwart seiner Frau und seiner Söhne. Flexibel, wie er war, ging er leicht über die angespannte Situation hinweg und befahl seiner Frau, drei Gläser und zwei Flaschen zu bringen, nämlich Ouzo und Tsipouro, typische griechische Schnäpse. Von Letzterem schenkte er sich und seinen beiden Besucherinnen je ein Glas ein, kippte dann das Glas in einem Zug hinunter und schenkte sich gleich wieder nach, abwechselnd aus der einen und der anderen Flasche, während Mutter und Tochter zaghaft an ihren Gläsern nippten. Noch bevor sie diese geleert hatten, erhoben sich Marion und Zoe, um dieser unschönen Situation zu entrinnen. An der Haustür versicherte ihnen Jannis, er werde am nächsten Tag wieder herkommen, um das Familienidyll fortzusetzen.

Wie Zoe mir berichtete, war die folgende Nacht die schlimmste ihres Lebens. Ihre Mutter konnte keinen Schlaf finden, weil Panikattacken sie heimsuchten. Daher waren weder Mutter noch Tochter an einer erneuten Begegnung mit Zoes Vater interessiert. Lieber wollten sie einen geruhsamen Tag am Meer verbringen. Daraus wurde zu ihrem Bedauern nichts.

Kaum hatten sie es sich unter ihrem Sonnenschirm gemütlich gemacht, tauchte Jannis mit seinen beiden Söhnen auf. Heftig redete er auf Marion ein, sie und Zoe sollten mit ihm in sein Elternhaus kommen. Doch die beiden Damen bewegten sich nicht von der Stelle. Nach einiger Zeit gab er auf, wahrscheinlich, weil er

Sehnsucht nach seinen Flaschen hatte. Zoe dagegen unterhielt sich noch eine Weile recht freundschaftlich mit ihren Halbbrüdern auf Englisch.

Um ihrem Vater nicht noch mal begegnen zu müssen, brachen die beiden Damen ihre Zelte in Euböa vorzeitig ab und begaben sich aufs Festland, wo sie den Rest ihrer Ferien in Ruhe genossen.

Wieder zu Hause, zeigte sich unsere Enkelin von der Sehnsucht nach ihrem Vater geheilt. Sie hatte ja ihren Opa Manfred, an dem sie nach wie vor mit großer Liebe hing und in dem sie einen vollwertigen Vaterersatz sah. Als dieser Großvater 2014 starb, war das Kind lange Zeit untröstlich.

Es vergingen einige Jahre, da äußerte Zoe den Wunsch, ihre griechische Oma noch mal wiederzusehen. Sie hatte die freundliche Frau in guter Erinnerung behalten. Bevor Marion aber eine zweite Reise mit ihrer Tochter nach Euböa wagte, setzte sie sich mit Daphne, der Schwester von Jannis, in Verbindung. Diese hatte sie bei ihrem ersten Besuch im Haus von Zoes Großmutter kurz gesehen. Im Gegensatz zu ihrem Bruder machte sie einen sehr soliden und vernünftigen Eindruck.

Daphne verriet ihr, dass Jannis sich mit seinem Schwiegervater überworfen habe, weil er während der Arbeit zu oft nach der Flasche gegriffen hatte. Aus diesem Grund habe ihn auch keine andere Transportfirma mehr eingestellt. Jannis habe sich eine Zeit lang als Taxifahrer über Wasser gehalten, wurde aber auch dort wegen seiner Trunksucht bald gefeuert. Danach habe er eine Weile von der Hand in den Mund gelebt, indem er sich tageweise ein Taxi geliehen und damit

Gäste in Athen herumkutschiert habe. Da seine Söhne nach dem Abitur zum Studium nach England gegangen waren, sei er vor drei Jahren mit seiner Frau nach London gezogen, in der Hoffnung, dort Fuß fassen zu können.

Mit Erleichterung hatte Marion das vernommen. Nun sah sie keine Gefahr mehr, ihrem Ex-Lebensgefährten in Griechenland zu begegnen. Also packten sie Anfang September 2019 begeistert ihre Koffer und setzten sich in den Flieger nach Athen, nicht ohne vorher Zoes Oma ihren Besuch angekündigt zu haben.

Am Flughafen bestiegen sie einen Leihwagen und tuckerten nach Euböa. An dem bewussten Haus läuteten sie an der Tür. Die Schwester der Oma öffnete, bat sie jedoch nicht ins Haus, sondern beschimpfte sie aufs Ärgste, hielt ihnen vor, dass sie nur gekommen seien, um sie zu bestehlen, und befahl ihnen, sofort zu verschwinden.

Als Marion endlich zu Wort kam, erklärte sie der Tante, sie müsse sie doch kennen. Vor sieben Jahren seien sie schon einmal hier gewesen, sie kämen aus Deutschland, und Zoe, Jannis' Tochter, wolle ihre Großmutter besuchen. Deshalb hätten sie sich bereits vor Wochen angemeldet.

Davon wollte die Großtante nichts wissen und fuhr mit ihrer Schimpfkanonade fort. Sie seien Lügnerinnen, sie kenne keine Zoe aus Deutschland. Vor einem Jahr sei die echte Zoe mit ihrer Mutter hier gewesen. Doch sie beide seien Betrügerinnen und nur darauf aus, ihnen Geld zu stehlen. Dann schlug die energische Tante ihnen die Tür vor der Nase zu. Einige Augenblicke standen die beiden wie erstarrt davor, und meine Tochter dachte, sie sei im falschen Film. Aufmerksam schaute sie nach rechts und nach links, ob sie vielleicht die »Versteckte Kamera« entdecke.

Dann kehrte Marions Unternehmungsgeist zurück. Sie setzten sich in ihren Leihwagen und verließen die Insel. Ihre Rundreise begannen sie früher als geplant. Die letzte Ferienwoche verbrachten sie an einem malerischen Strand. Ende September waren sie wieder daheim und erzählten begeistert von ihren wunderschönen Urlaubserlebnissen, wobei sie die »freundliche« Begrüßung durch die Tante nicht aussparten.

Im Oktober entdeckte Zoe auf Facebook, dass Helena, die Frau ihres Vaters, Geburtstag hatte. Also sandte sie ihr über das soziale Netzwerk herzliche Glückwünsche. Nicht nur das Geburtstagskind reagierte darauf, indem es sich für die guten Wünsche bedankte, sondern noch eine weitere Person. Sie heiße Zoe, lebe in Holland und wollte wissen: »Woher kennst du Helena?«

Meine Enkelin antwortete: »Das ist die Frau meines Vaters.«

Darauf Zoe aus Holland: »Das ist auch die Frau meines Vaters. Demnach bist du meine Schwester.« Unsere Zoe stellte noch einige Fragen an die holländische Zoe, die diese umgehend beantwortete. Nachdem meine Enkelin über das Internet an diese Informationen gelangt war, stürmte sie zu ihrer Mutter: »Stell dir vor, Mama, ich habe nicht nur zwei Halbbrüder, ich habe auch eine Halbschwester!«

»Ah, geh, Zoe, bind mir keinen Bären auf! Die Helena ist mittlerweile zu alt zum Kinderkriegen.«

»Nein, nicht die Helena ist die Mutter von meiner Halbschwester Zoe, die elf Monate jünger ist als ich, sondern eine Thera aus Den Haag.«

Marion rechnete schnell nach: »Wenn die holländische Zoe wirklich elf Monate jünger ist als du, muss diese während der fünf Monate entstanden sein, in denen dein Vater noch bei mir gewohnt hat. Das ist ja die Unverfrorenheit selbst, dass er diesem Kind auch noch deinen Namen gegeben hat.«

Als sich meine Tochter vom ersten Schreck erholt hatte, rief sie wieder bei Daphne an. Bevor sie sich über die plötzlich aufgetauchte Halbschwester ihrer Tochter erkundigte, wollte sie Aufklärung über das sonderbare Verhalten von Daphnes Tante haben, als sie einige Wochen zuvor in Euböa Besuch bei Zoes Großmutter machen wollten.

Ja, erklärte die Nichte, ihre Tante sei inzwischen hochgradig dement und finde sich in der Realität nicht mehr zurecht. Die alte Frau müsse es zusätzlich verwirrt haben, dass plötzlich eine weitere Zoe aufgetaucht sei, wo doch bereits im Jahr zuvor die holländische Zoe mit ihrer Mutter aufgekreuzt war. Thera habe gehofft, vom Kindsvater endlich Geld für ihr Kind zu bekommen. Als sie aber erkennen musste, dass nichts zu holen war, sei sie mit ihrer Tochter ganz schnell wieder abgerauscht. Damit war gleichzeitig Marions zweite Frage beantwortet, ohne dass sie diese gestellt hatte. Die Sache mit der holländischen Zoe stimmte also.

Bis jetzt hat meine Enkelin noch nicht das Bedürfnis verspürt, ihre Halbschwester kennenzulernen. Aber warten wir ab, was die Zeit bringt. Jedenfalls ist

Marion einige Wochen nach der Rückkehr von ihrer Griechenlandreise mit ihrer Tochter in ihr Elternhaus zurückgezogen. Darüber freue ich mich sehr. Mit meinen 92 Jahren bin ich in einem Alter, in dem es gut ist, wenn man nicht allein im Haus lebt.

Damit möchte ich die Lebensgeschichte meines Vaters beenden. Von allen seinen Kindern bin nur ich noch am Leben. Sofern ich richtig nachgezählt habe, hat er es auf 22 Enkel gebracht. Er liebte alle seine Enkelkinder, aber ich glaube, meine drei Kinder waren ihm besonders ans Herz gewachsen, weil er täglich mit ihnen zusammen war und er sie aufwachsen sah. Mittlerweile hat er es auf eine stattliche Anzahl Urenkel gebracht und es sind bereits einige Ur-Urenkel dazugekommen. Gewiss wäre er sehr stolz auf eine solch ansehnliche Schar von Nachkommen.

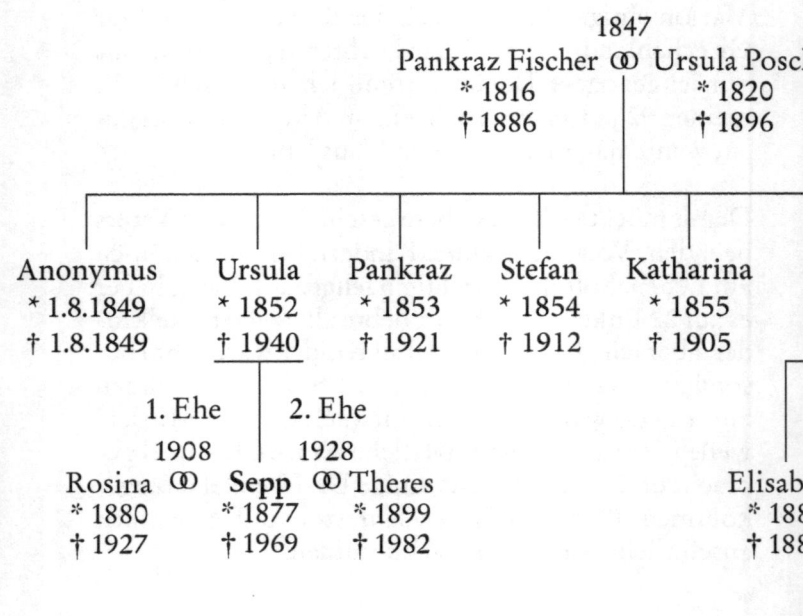

Sepps Familie

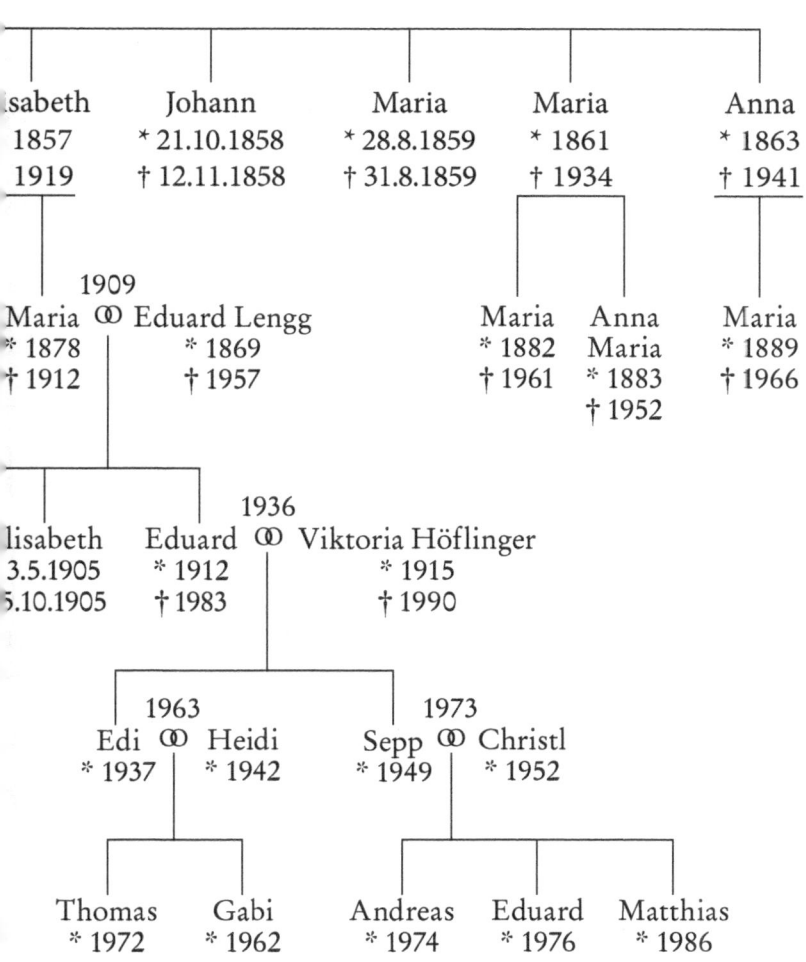

lisabeth	Johann	Maria	Maria	Anna
1857	* 21.10.1858	* 28.8.1859	* 1861	* 1863
1919	† 12.11.1858	† 31.8.1859	† 1934	† 1941

1909
Maria ⚭ Eduard Lengg   Maria   Anna   Maria
* 1878   * 1869   * 1882   Maria   * 1889
† 1912   † 1957   † 1961   * 1883   † 1966
                                  † 1952

lisabeth   Eduard ⚭ Viktoria Höflinger
3.5.1905   * 1912   * 1915
5.10.1905   † 1983   † 1990

1936

1963   1973
Edi ⚭ Heidi   Sepp ⚭ Christl
* 1937 * 1942   * 1949 * 1952

Thomas   Gabi   Andreas   Eduard   Matthias
* 1972   * 1962 * 1974   * 1976   * 1986

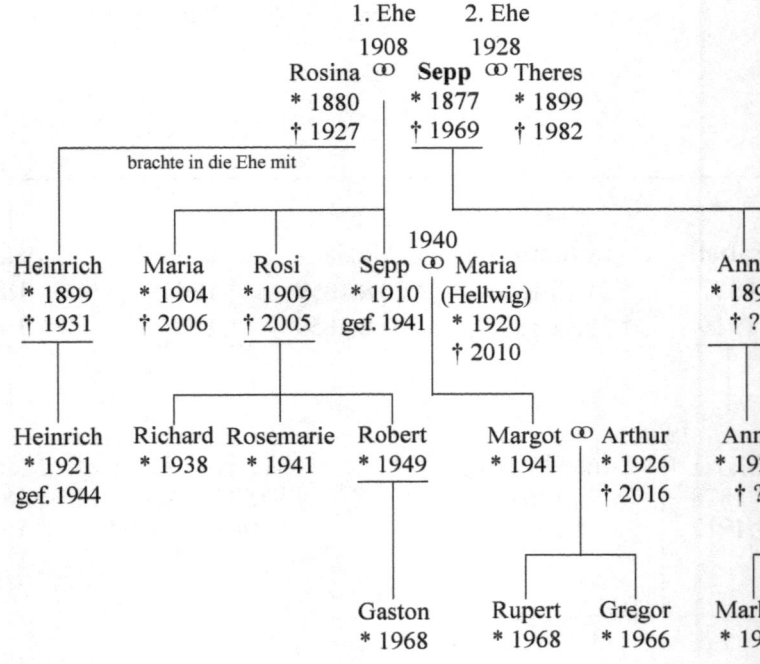

Sepps 1. Ehe und seine ledigen Kinder

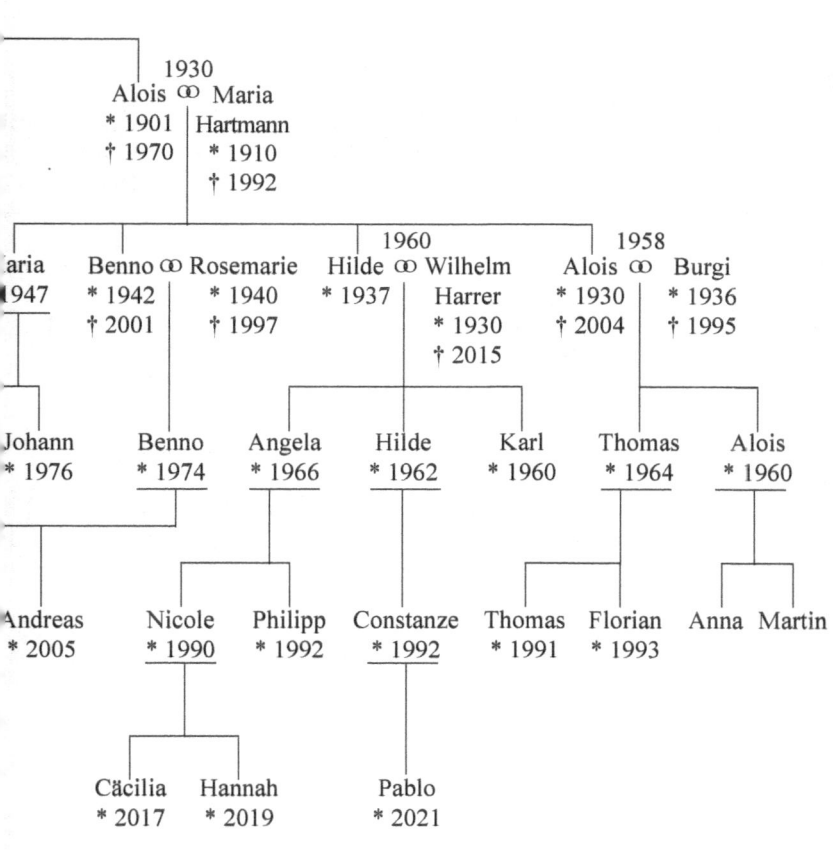

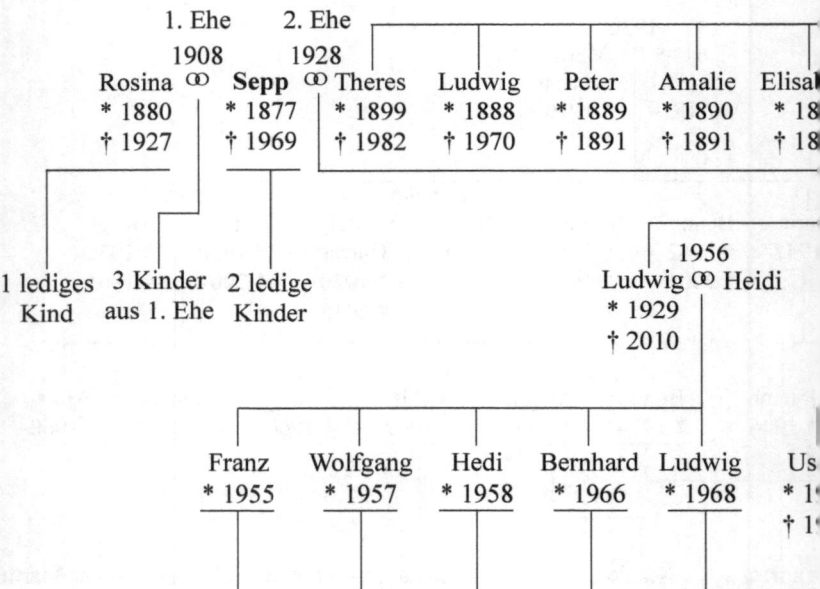

Sepps 2. Ehe

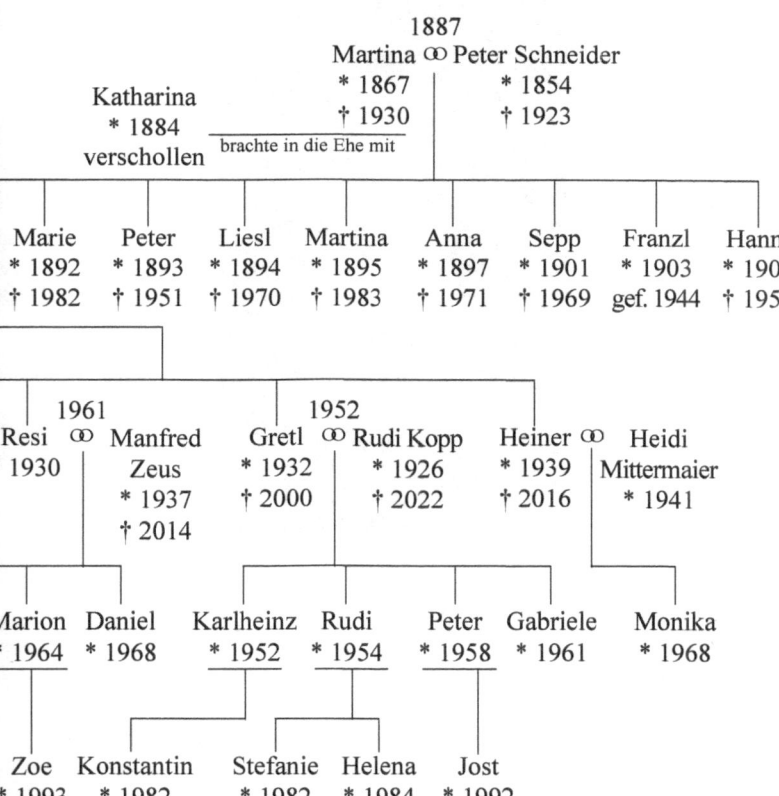

Weitere Bücher von Roswitha Gruber

Die verheimlichte Großmutter
240 Seiten
ISBN 978-3-475-54919-9

Helene, ein aufgewecktes Mädchen, stellt im Alter von acht oder neun Jahren fest, dass sie zwar zwei Großväter, aber nur eine Großmutter hat. Auf ihre Fragen an die Familie erhält sie nur ausweichende Antworten. Also versucht sie auf andere Weise an Informationen zu kommen. Dabei stößt sie auf ein schreckliches Geheimnis. Nun beginnen ihre Nachforschungen erst recht.

Eine eigenwillige Bauerntochter
256 Seiten
ISBN 978-3-475-54906-9

Als jüngstes von acht Geschwistern verbringt Ursula auf dem ärmlichen Einödhof ihrer Eltern eine sehr behütete Kindheit. Schon früh weiß sie, sie möchte alles werden, nur nicht Bäuerin. Doch im Alter von 18 Jahren verliebt sie sich in den Sohn eines begüterten Bauern. Damit scheint ihr Weg vorgezeichnet. Der Zweite Weltkrieg wirbelt allerdings ihre Lebensplanung völlig durcheinander, und das Schicksal hält für sie zahlreiche Erschütterungen bereit. Trotz allem geht Ursula unbeirrt ihren Weg und meistert alle auftauchenden Schwierigkeiten.

Vom harten Leben einer Bauernmagd
272 Seiten
ISBN 978-3-475-55469-8

Nach dem Tod ihrer Großmutter kommt Franziska auf den Hof ihrer Tante, wo sie klaglos alle Schikanen vonseiten ihres Onkels erträgt. Mit 21 flüchtet sie zu einem Großbauern. Im Winter arbeitet sie dort als Stallmagd und im Sommer als Sennerin. Obwohl sie auch hier hart anpacken muss, gefällt es ihr auf dem Berghof, denn die Bauersleute sind sehr nett zu ihr. Doch als nach dreißig Jahren der Hof an die Jungbauern übergeht, wird sie erneut schikaniert. Aber sie ist nicht gewillt, die Demütigungen und die Ausbeutung durch den Jungbauern und seine Frau länger zu ertragen.

Der Einödhof und sieben Töchter
272 Seiten
ISBN 978-3-475-55453-7

Liesi wächst auf einem Einödhof im oberbayerischen Dorfen als älteste von acht Geschwistern auf. Von klein auf besteht ihr Leben aus Arbeit und Pflichten. Mit 14 Jahren wird sie Dirn bei einem Großbauern. Schon bald lernt sie Hans kennen, ihre große Liebe. Sie ist überglücklich, als sie ein paar Jahre später als seine Frau in seinen Einödhof einzieht. Ihr Leben könnte perfekt sein, wenn da nicht seine Stiefmutter wäre, die ihr das Leben immer wieder schwer macht.

Unglaubliches Schicksal einer Nonne
272 Seiten
ISBN 978-3-475-54853-6

Als die vier Kinder des Ehepaares Waldheim nacheinander sterben, geben diese auf Anraten ihres Pfarrers das Versprechen ab, ihre nächsten Kinder in den Dienst der Kirche zu stellen. So werden die 13-jährige Anna ins Kloster und der 14-jährige Xaver ins Priesterseminar nach Prag gebracht. Anna, die sich auch nach sechs Jahren immer noch nicht mit ihrem Leben im Kloster abgefunden hat, immerhin hat sie diesen Lebensweg nicht selbst gewählt, lernt einen jungen Adeligen kennen, der das Kloster mit Wäsche beliefert. Sie verlieben sich ineinander, doch eines Nachts entführt er sie…

Verjagt von Haus und Hof
304 Seiten
ISBN 978-3-475-54873-4

Schon seit sie fünf Jahre alt ist, hat die Halbwaise Lisi keinen anderen Wunsch als Bäuerin zu werden. Daher sieht sie es als Glücksfall an, dass ihr viele Jahre später der 18-jährige Wastl begegnet. Sie verliebt sich auf den ersten Blick in ihn. Das ist kein Wunder, denn er sieht nicht nur blendend aus, er wird auch eines Tages einen ansehnlichen Bauernhof erben. Doch kurz vor der Übergabe stirbt Wastl, und Lisi wird mit ihrem gemeinsamen Kind vom Hof gejagt …

Aloisia
352 Seiten
ISBN 978-3-475-54933-5

Im Kreißsaal einer kleinen Münchner Klinik liegen zwei Frauen in den Wehen. Bei beiden kündigt sich eine komplizierte Geburt an, bei der es um Leben und Tod geht. Die Hebamme Aloisia fühlt sich überfordert. Doch da die herbeigerufenen Ärzte nicht rechtzeitig eintreffen, sieht sie sich zum Handeln gezwungen … Doch ihre eigenmächtige Entscheidung, mit der sie schicksalhaft in das Leben zweier Familien eingreift, wird für lange Zeit ihr Gewissen belasten. Erst als sie 94 Jahre alt ist, kommt die Wahrheit durch einen sonderbaren Zufall ans Licht.

Informationen zu unserem Verlagsprogramm finden Sie unter www.rosenheimer.com